KB178705

한민족의 예언과 예언자들

박영구 지음

지성문화사

머 리 말

마침내 모든 국민이 성원하던 남북정상회담이 이루어졌다. 한정된 숫자이기는 하지만 남북정상회담의 후속 프로그램의 일환으로 이산가족들이 만나기로 합의를 보았다.

남북으로 갈라선지 반세기만의 경사이다. 북쪽에서 남쪽의 이산가족을 찾는 명단이 텔레비전과 신문지상을 메우고 있다. 그 명단을 보고 남쪽의 이산가족들은 하나같이 기뻐하고 있다.

이산가족이 없는 사람들도 자기 일인냥 모두 기뻐하고 있다. 곧 통일이라도 되는 듯이 흥분한 얼굴들이다. 물론 통일이 이처럼 간단히 이루어지면 얼마나 좋겠는가?

그러나 통일은 그렇게 간단히 오지 않는다. 우리의 역사가 말하고 있고, 또 태극기가 그렇게 말하고 있다.

미래를 내다본다는 것, 그것은 어찌 보면 인간의 영역이 아닐지도 모른다. 더욱이 내일이나 모레가 아닌 몇 십 년, 몇 백 년 후의 일을 예언한다는 것은 더욱 그러하다.

하지만 우리는 알든 모르든 간에 예언 속에서 살아가고 있다. 일상 생활 속에서, 역사 속에서, 문학 속에서 예언을 접하고 있는 것이다.

그렇다면 우리 민족의 운명에는 어떤 기막힌 운명이 예언되어 있는가? 더구나 통일에 대해서는 어떤 기막힌 예언이 있는가?

이제부터 그 예언을 찾아서 길을 떠나보려 한다. 물론 자신의 앞날을 아는 것도 어려운 일인데 국가의 운명이 걸린 통일의 시기를 거론하는 것조차 무모하고 황당한 이야기라고 비웃을지도 모른다.

그동안 수많은 예언가들과 정세분석가, 정치인 등이 1980년 통일설, 1988년 통일설 등을 발표해 왔다.

그러나 여기 미래학자도, 예언가도, 점술가도 아닌 평범한 대한민국 국민이자 시민인 필자는 감히 우리 민족의 통일의 시기를 2015년으로 확신하고자 한다. 필자는 절대적인 신념을 가지고 그 숫자를 믿는다. 그러면 어째서 2015년에 통일된다고 보았을까?

그것은 이제부터 밝히는 이 책의 내용을 보고 독자 여러분 스스로 판단해 보기 바란다.

지은이 씀

차 례

6

제1부
예언에 담긴 뜻

1. 예언과 예언자들

새 천년 2000년이 도래했다. 그러나 지나간 1999년이 시작되기도 전에 이미 인류의 미래는 어두운 그림자가 드리워지고 있었다. 가까운 중국에서는 '9'라는 숫자의 불길한 주기설로 긴장했고, 일본에서는 일본열도 침몰설, 해일설, 대공황설로 1999년이 시작되기도 전에 술렁거렸다.

서양은 노스트라다무스의 인류 최후의 날 예언에 가슴을 떨었고, 과학자들은 엘리뇨와 라니냐 등 환경의 신이 인간에게 복수할 것이며, 2000년 1월 1일 0시를 기해 밀레니엄 버그(Y2K)로 인한 대란이 엄습할 것이라고 경고하였다.

그러나 '99년 7월 하늘에서 공포의 대왕이 출현한다는 노스트라다무스의 예언은 실현되지 않았고, 중국과 일본 역시 예언은 예언으로 끝나고 말았다.

　그럼에도 불구하고 터키의 대지진과 대만의 대지진, 그리고 필리핀의 화산 폭발, 미국의 허리케인 급습 및 모스크바의 무더위 등 세계 곳곳에서 일어난 이상 기후 현상은 예언이 완전히 빗나가지 않았음을 시사해주고 있다.

　오늘날은 수백 개의 인공위성이 지구 주위를 돌고, 머지 않아 우주여행도 가능한 시대가 오며, 게놈의 완성으로 인간 복제는 시간 문제인 시대가 되었다.

　이처럼 과학문명이 고도로 발달한 오늘날 시시콜콜하다고 생각되는 예언이나 운명얘기를 왜 다시 꺼내는지 여러분들은 의아하게 생각할 것이다.

　뉴턴이 완성한 고전 물리학에 의하면 자연계에서 일어나는 현상은 미래를 정확하게 예측할 수 있다고 한다. 그러나 독일의 저명한 학자 하이젠베르크는 '불확정성의 원리'라는 자기 저서 속에서 미래를 정확하게 예측한다는 것은 불가능하다고 주장했다.

　사실 맞는 말이다. 과학과 문명이 아무리 발달한다 하더라도 과학이 풀지 못하는 미스터리는 얼마든지 있다.

　그렇다면 우리들 주변에 널려 있는 예언이니, 사주니, 관상이니, 운명이니 하는 것은 정말 존재하고, 또 믿을만한 것인가? 아니면 그러한 것들은 터무니없는 낭설인가?

　결론적으로 말해서 그것은 아무도 모를 일이다.

　미래를 내다본다는 것은 어찌 보면 인간의 영역이 아닐지도 모른다. 더욱이 내일이나 모레가 아닌, 몇 십 년 혹은 몇 백 년 후의 일을 예언한다는 것은 신조차도 힘들지 모른다. 하지만 우리는 알든 모르든, 싫든 좋든 간에 예언 속에서, 운명 속에서 살고 있다 해도 과언은 아니다. 일상 생활 속에서, 문학 속에서, 역사 속에서 예언을 접하고 있기 때문이다.

그렇다면 과연 우리 민족의 운명이 걸린 통일에는 어떤 기막힌 예언이 숨어 있을까?

자신의 앞날을 아는 것도 어려운 일인데, 남의 미래를 점친다는 것 또한 불가능한 일이거늘 국가의 존망이 걸린 통일의 시기를 거론한다는 것 자체가 무모하고 황당한 얘기가 될지도 모른다.

그 동안 수많은 예언자들과 통계학자, 정세분석가, 정치인들이 1980년 통일설, 1988년 통일설, 1999년 통일설, 2000년 통일설, 2005년 통일설, 2007년 통일설, 2018년 통일설 등을 발표했다.

독일의 겐셔 전 외무장관도 한국은 통일의 날이 멀지 않았다고 내다보았다. 하지만 이런 수많은 예언은 실현되지 않았고 2000년 통일설도 현재로서는 실현되기 어려운 실정이다.

그러나 여기 미래학자도, 과학자도, 예언자나 점술가도 아닌 평범한 대한민국의 국민이자 시민인 필자는 이 책을 통하여 감히 우리 민족의 통일 시기를 정확하게 밝히고자 한다.

제 2차 세계대전이 끝나고 전쟁을 일으킨 침략국 일본은 분열되지 않고, 오히려 일본의 가장 큰 피해자인 대한민국은 분단국가가 되었다. 더구나 그 전쟁의 덕으로 일본은 패전국의 멍에를 벗고 대국으로 발돋움하였다.

왜 이런 일이 일어났을까?

수많은 예언자들이나 동양철학을 연구하는 사람들은 그것이 우리 민족의 운명이라고 주장하며 머지않아 일본은 침몰하고 대한민국 국운은 다시 활짝 피게 될 것이라고 주장하고 있다. 필자도 물론 그렇게 되었으면 좋겠다고 믿는 사람 중의 한 사람이다.

이처럼 개인에게 운명이 있듯이 국가도 운명이 있다. 우리 인간은 도저히 흉내낼 수 없는 운명, 또한 우리 인간은 절대로 거역할 수 없는 운명, 그것을 이제부터 찾아가고자 하는 것이 필자의 의도이다.

그것은 대한민국 국기인 태극기와 미국, 중국, 러시아, 일본 등 한반도 주변의 4대 강국과 1875년부터 2015년까지의 역사와 미래, 이승만, 박정희, 김구, 김일성, 김정일, 김영삼 등 대한민국 현대사를 좌우했던 사람들의 발자취를 더듬으면서 한반도의 통일과 태극기에 어떤 묘한 역학관계가 형성되어 있다고 믿었기 때문이다.

그리고 그렇게 믿고 연구하다 보니 대한민국 국호와 운요호 사건, 한일합방, 광복절, 한국전쟁, 5.16 군사쿠데타, 광주민주화운동, IMF 등의 일련의 사건이 태극기와 긴밀한 함수관계가 있음을 발견할 수 있었다.

물론 이러한 대비와 역학관계를 모두 과학적으로 증명할 수가 없기 때문에 논리적이지 못한 부분도 있을 수 있다.

하지만 독일의 통일에서 보듯이 통일이란 말이 쉽지 현실적으로는 정말 어렵고 험난한 것이다. 더욱이 독일은 동, 서의 물리적인 충돌 없이 이루어진 통일이었지만, 대한민국은 동족상잔의 비극적인 망령이 현재까지도 엄연히 존재하고 있다. 오죽하면 니콜라스 에버스타트라는 미국 기업연구소 연구원은 한반도는 통일보다 현상유지가 더 어렵다고 말했겠는가?

민족 염원의 통일은 대통령이나 정치인들의 힘만으로는 불가능하다. 7천만 한 민족 전체가 서로 증오하는 마음을 버리고 통일에 대한 관심과 열정을 갖고 서두르지 않고 실타래를 풀 듯이 하나씩 풀어나가야만 가능할 것이다.

그럼, 여기서 우리 나라의 장래와 통일에 대한 생각은 잠깐 접어 두기로 하고, 과거 역사적인 예언가들은 어떠한 예언들을 했으며 그 내용들은 과연 어떠한 것들이었는가를 먼저 살펴보기로 하자.

대 예언자 노스트라다무스

1999년 하늘에서 공포의 대왕이 내려온다고 예언한 미셀 드 노스뜨르담은 1503년 프로방스 지방에서 태어났다. 후에 이름을 라틴식으로 노스트라다무스로 고쳤다.

그는 유태계였으나 기독교도로서 양육되었다. 성장하면서 의학도가 되었고 흑사병 환자를 다루는 의사로서 명성을 얻었다. 의사인 그는 갈릴레이 보다 100년 먼저 지구가 태양 주위를 돈다고 주장하였다.

청년시절 이탈리아를 여행하던 그는 지나가던 한 수도사 앞에 무릎을 꿇고 "교황님 앞에 무릎을 꿇나이다." 라고 말했다. 당시 그 수도사는 보잘 것 없는 수도사라서 자기 자신조차도 믿지 못했지만 그 수도사는 후일(1585년) 정말 교황이 되었다. 그가 바로 식스투스 5세였다.

어느 날 한 귀족이 그를 시험하기 위해 집안에서 키우는 돼지 2마리의 앞날을 점쳐 보라고 하였다. 그는 검은 놈은 귀족에게 먹힐 것이고 흰 놈은 늑대가 잡아먹을 것이라고 했다.

귀족은 그의 예언과 반대로 흰 돼지를 잡아 식탁에 올릴 것을 하인들에게 지시했다. 돼지고기 요리를 맛있게 먹고 난 그는 하인의 말을 듣고 깜짝 놀랐다. 흰 돼지를 잡으려 했는데 집에서 기르던 늑대가 흰 돼지를 잡아먹어 할 수 없이 검은 돼지를 잡아 올렸다는 것이었다.

노스트라다무스의 소문은 마침내 앙리 2세의 왕비의 귀에 들어갔고, 그녀는 궁중으로 노스트라다무스를 불러들였다.

앙리 2세를 만난 노스트라다무스는,

"폐하! 부디 결투는 삼가십시오. 앞으로 10년간 각별한 주의를 바랍니다. 뇌에 상처를 입고 눈이 멀게 되어 끝내는 죽게 될 것이니……."

앙리 2세는 이 예언이 마음에 걸려 자중하였다. 그러나 세월이 흘러 10년째 되던 해 이 예언을 잊은 왕은 공주의 결혼 피로연이 열린 자리에서 무술시합을 자청하였다.

그의 예언서 제1권 35편에는 앙리 2세의 죽음에 관한 예언이 다음과 같이 기록되어 있다.

"젊은 라이온이 늙은 사자를 쓰러뜨리리라, 맞겨루는 승부의 마당에서 황금바구니 속의 눈을 찌르니 두 상처는 하나로 합쳐 괴로운 죽음에 이르리라."

그런데 왕이 선택하여 시합한 상대는 왕의 친위대장이며 "라이온"이란 별명이 있는 몽고메리 백작이었다. 마침내 시합이 시작되었다. 말 위에 앉은 두 사람이 창을 들고 상대를 향해 달려들었다. 순간 백작의 창끝을 싸맨 커버가 벗겨지고 예리한 창날이 황금 투구를 뚫고 왕의 눈을 찔렀다. 상처는 뇌에까지 미쳐 얼마 후 앙리

2세는 그 상처로 죽고 말았다.

그의 예언 시 몇 가지만 더 살펴보자.

'대영제국은 3세기 이상 걸쳐 그 세력을 떨치리라. 그 권세는 물을 건너고 바다를 건너리라. 포루투갈은 이에 얼굴을 찌푸리리라.'

이것은 대영제국의 번영과 스페인의 무적함대를 격파한 사건을 예고한 것이다.

'밤이 되자 렌느의 숲 속에 이르러 도망 길에 나선 두 사람은 헤메이도다. 흰 보석으로 유명한 왕비와 바렌느에서 회색 사제복을 입은 왕 까뻬 왕가에서 선발된 그가 소란과 불 그리고 피비린내 나는 살육의 원인이더라.'

루이 16세와 마리 앙뜨와네뜨는 1791년 바렌느로 도망쳤다가 결국 혁명군에게 붙잡혀 길로틴에 처형되었다. 흰 보석이라 함은 왕비의 평판을 나쁘게 한 다이아몬드 목걸이를 말하며 당시 마리 왕비는 흰옷을 즐겨 입었다. 그리고 잡힐 때는 머리가 하얗게 되어 있었다고 한다. 왕은 체포되었을 때 회색 옷을 입었으며 그는 까뻬 왕가의 후손이었다.

'궁형 속에서 금은도 녹이는 광선이 번득인다. 포로는 서로를 먹으리라. 그 최대의 도시는 완전히 황폐하고 함대도 침몰하여 헤엄칠 수밖에 없다.'

궁형이란 일본의 국토모양을 말하고, 금은을 녹이는 광선이란 원자탄을 말한다고 한다.

그 외 영국 찰스 1세가 사형 당하고 크롬웰의 공포정치가 20개월 안에 끝날 것이라는 것.

나폴레옹의 출현과 몰락을 예고.

스페인 내란 예고.

히틀러의 등장과 종말을 예언.

무솔리니의 최후.

20세기말 이슬람 근본주의 창궐을 예언.

심프슨 부인과의 결혼으로 왕위를 버린 에드워드 8세 등의 예언은 대부분 적중되었다.

그러나 그의 예언 중 가장 무서운 것은 예언서 10장 72편에 있는,

'1900년의 90의 9년 제7의 달에 하늘에서 공포의 대왕이 내려오리라. 앙골모와 대왕을 부활시키기 위하여 그 전후의 기간 마르스는 행복이란 이름으로 지배하리라.'

노스트라다무스 4행 시는 해독하기 어렵고 애매한 표현들이 많아 그 예언이 실현될 시기를 밝힌 것이 없다고 한다.

그런데 위 72편 4행 시 "1999년 7월의 달 지구종말론"은 정확하게 연, 월까지 밝히고 있다.

그러나 1999년 7월, 세계는 그 어느 곳에서도 종말의 조짐이 없었다. 노스트라다무스 연구자들은 1999년이 지나고 7개월 째인, 즉 2000년 7월에 종말이 올 것이라고 주장한 것이라고 말한다.

격암유록

격암유록은 이조 명종 때의 기인 남 사고가 남긴 글로 '남 사고 비결'이라고도 한다.

이 책은 앞부분에 저자에 대한 간략한 약력 소개가 있고, 예언서, 세론시, 계룡론 등 논 18편, 궁을가, 은비가 등 가사 30편, 충장론, 승지론 등 논 10편, 말초가, 말중가 등 가사 3편으로 되어 있다. 파자 은어. 속어. 변칙어 등으로 씌어 있어 노스트라다무스 예언서 못지 않게 난해하다.

그 중 순서에 관계없이 몇 가지 간단한 것만 소개한다.

"임진년에 백마를 다고 온 사람이 남쪽으로부터 나라를 침범하리라." 했는데 왜장 중 가토가 백마를 탔다고 전해진다.

隆四七月 李花洛 白拘身 蟬鳴時 (융사칠월 이화락 백구신 첩명시)(개띠 해 매미소리 요란할 때) 융희 4년 7월 이씨의 꽃이 떨어지고,

三十六年 無主民 階爲曾孫 不知佛 日本東出 西山沒 日中之變 及於世界 (삼십육년 무주민 계위증손 부지불 일본동출 서산몰 일중지변 급어세계)

삼십 육 년 동안 주민이 없고 중의 자손인 것처럼 살지만 불법을 알지 못한다. 일본이 동쪽으로 진출해 서양과 싸우고(태평양전쟁) 중국과 전쟁을 일으켜 세계는 급변한다.

五百而七四始末 (오백이칠사시말)
조선의 운세를 나타낸 것으로 500년 운(실제518년)에 7X4=28
즉 28명의 임금으로 끝난다(실제 27대 임금).

新增李氏 十二年 流水聲中 人何生
 (신증이씨 십이년 유수성중 인하생)
새로 등장한 이씨 십이 년에 흐르는 물소리처럼 원성이 자자하다.
백성은 어찌 사는가? (이승만 정권 12년 한국전쟁. 4.19 등 혼란기
를 뜻함)

漢山漢水 多骨多灘 (한산한수 다골다탄) 한국전쟁을 의미함.

無面相語 萬國語 金絲千里 人言來 東北千里 鐵馬行 三層花閣 人坐
去 空中行船 風雲腱 赤旗女雨 白鶴飛 (무면상어 만국어 금사천리
인언래 동북천리 철마행 삼층화각 인좌거 공중행선 풍운건 적기여
우 백학비)
얼굴을 대하지 않고 모든 말(언어)이 쇠 실을 타고 사람대신 말이
천리를 간다.
철마는 삼층누각 같고 앉아서 간다.
공중에는 배가 비, 바람, 구름에 관계없이 백학처럼 나른다.
즉 전화, 기차, 비행기의 출현을 예언한 것이다.
 그리고 남북 분단. 三八선과 판문점도 예언했다.
 또한 말운가에서는 '금수강산 조선 땅에 천하 운기가 취합되면
태고이래 대운수가 도래한다.' 라고 되어 있다.

그러나 그 정확한 시기에 대해서는 언급이 없다. 내용 어딘가에 숨어 있는지는 아직 아무도 밝히지 못하고 있다.

정감록

정감록은 조선시대 이후로 민간에서 널리 읽힌 대표적인 예언서로 정감과 이심의 대화형식으로 서술되었다. 표현기법상 은어, 우의, 시구, 파자(破字)를 많이 써 해석이 어렵고 애매한 표현이 많다.

규장각 본을 원본으로 보지만 수많은 이본(異本)이 있으며 그 정확한 저자도 원본도 알 수가 없다. 다만 한 사람의 창작이 아니라 세월이 흘러가는 가운데 많은 사람들의 손을 거친 것으로 추정된다.

그 중 몇 가지만 짚어보면,

汝子孫 殺我子孫 我子孫 殺汝自孫 其都 (여자손 살아자손 아자손 살여자손 기도)

너의 자손들이 나의 자손들을 죽이고 나의 자손이 너의 자손을 죽이는 (동족상잔--한국전쟁) 비극이 있으니 도읍지가 어디인가?

三羊之毒 再被患於 倭人之毒 三被患於 淸水之毒 世事已到 縣而 (삼양지독 재피환어 왜인지독 삼피환어 청수지독 세사이도 현이) 왜인의 해를 입고(일제36년), 서양3국 (미. 영. 소-모스크바3상. 포

츠담선언)의 해를 입고, 중국의 해를 입는다(한국전쟁 때 중국 군
참전)

鳴乎 血流成川 自妙香山南 菲僧非俗之徒 (명호 혈유성천 자묘향
산남 비승비속지도)

통곡하노라! 유혈이 강을 이루고 묘향산 남쪽에는 묘한 일들이
많구나 중도 아니고 속인도 아닌 무리들이

頭戴葛冠 以女人 數千 或習陳

(두대갈관 이여인 수천 혹습진)

풀잎위장을 하고 여인 같기도 한 수천 명이 진을 치고 있다.

한국전쟁시 UN군

若逢聖歲 千艘忽泊富之廣野

(야봉성세 천소홀박인부지광야)

만일 성스러운 해를 만나면 인천 부평의 넓은 들에 천 척의 배가
갑자기 정박하게 될 것이다.(인천상륙 작전)

村村及茅 家家進士 富益富 貧益貧 之際 土價如金遠方 珍巧之物
奢侈無貴賤矣 貧笑 富之時 土價如起 方出間 架上貫

(촌촌급모 가가진사 부익부 빈익빈 지제 토가여금원방 진교지물
사치무귀천의 빈소 부지시 토가여기 방출간 가상관)

마을이 승격하고 집집마다 석사, 박사가 넘치고, 부자는 더욱 부
자가 되고 가난한 자는 더욱 가난해진다. 먼 곳을 여행하여 진기한
물건이 들어오고 땅값이 금값이 된다. 이런 시절이 지나면 가난한
자가 부자를 보고 비웃을 때가 되는데 땅값이 하찮게 되어 땅 가진

거지가 속출한다.

(시, 군이 늘어나고 대학생이 많아지고 부익부 빈익빈 심화 해외
여행과 사치품 수입이 늘어나고 땅값 상승을 예언)

隋黨勿行末世　風俗僅以

耕讀豫習寒暑　飢渴身兼奴僕身燥版搜　生方自此生矣

(수당물행말세　풍속근이)

(경독예습한서　기갈신겸노복신조판수　생방자차생의)

말세에는 온갖 퇴폐풍조가 만연하니 심히 경계하고 기근과 추위
에 대비하여 참고 견디고 천한 일을 기피하지 말고 스스로 찾아 일
하라, 그러면 살 방도가 생기게 된다. (IMF 경고)

그러나 가장 핵심적인 예언은 정씨 성을 가진 진인이 나타나 이
씨 왕조가 멸망하고 새로운 세계가 도래한다는 예언이다.

入於鷄龍山　鄭氏八百年之地 (입어계룡산 정씨팔백년지지)

산천의 기운이 계룡산으로 들어가니 정씨의 팔백 년 도읍 할 땅
이로다.

鄭氏大運　太祖姓　鄭氏名　絲工木兆　一名文政字

(정씨대운 태조성 정씨명 사공목조 일명문정자)

정씨 대운이 도래하면 그 태조의 성이 정씨이며 이름은 홍도(紅
桃)이며 흔히 부르는 이름은 문정(文政)이라 한다.

정문정(鄭文政)= 정도령

하지만 이씨 왕조를 멸망시킨 건 일본이고, 그 뒤에도 이, 박, 전, 노, 김씨 등이 등장했지만 정씨 성은 보이질 않았다.

1987년 정주영 현대그룹 명예회장이 대선에 출마했으나 뜻을 이루지 못했다. 하지만 고려시대에 성행한 도참설(十八자가 왕이 됨)이 이(李)성계가 조선을 열어 적중했듯이 정감록의 예언 또한 실현되리라 생각한다. 다시 말하면 이씨 왕조, 즉 두 나라 남북한으로 보며 정씨 성의 진인이 새로운 세계(통일)를 여는 것이 아닌가 생각한다.

여기서 정씨 성의 진인이란, 꼭 정씨 성을 가진 사람이 아니라는 말도 있지만 필자가 보건대 정말 정씨(鄭)성이 남북한 통일을 이룰 것으로 본다. 그 시기는……?

수정구로 예언하는 딕슨 부인

1944년 제2차 대전이 끝날 무렵 딕슨 부인은 루스벨트 대통령을 백악관에서 만났다. 딕슨 부인은 이 자리에서 소련이 미국보다 먼저 인공위성을 쏘아 올릴 것이며, 소련보다는 중국이 더 적대국이 될 것이라고 했고, 고령인 루스벨트 대통령이 45년 6월을 넘기지 못할 것이라고 예언했다고 전한다. 루스벨트는 45년 4월 12일 사망했다.

딕슨 부인의 양친은 독일계로 부계나 모계에 특별한 능력을 가진 사람은 없었고, 다섯 명의 오빠도 그저 평범한 사람에 불과했다. 어렸을 적 늙은 집시여인이 딕슨 부인을 보자 깜짝 놀라며 놀라운 능력을 가진 소녀라며, 인류를 돕게 될 것이라고 하면서 수정구를 딕슨 부인에게 주었다고 한다. 딕슨 부인은 환상을 본 것을 예언했지만 특정한 일을 요청을 받았을 때는 수정구를 보면서 예언했다고 한다.

딕슨 부인은 부동산 매매업이 본업으로 앞일을 내다보는 상업 상담자로서 널리 알려지게 되었다. 딕슨 부인은 어느 날 킴볼이라는 양화점 주인이 찾아온 자리에서 "킴볼씨! 당신은 얼마 전에 악어가죽을 수입했군요."라고 말했다.

킴볼은 깜짝 놀랐다. 악어 가죽 수입은 비밀로 하여 그 누구에게도 말하지 않았기 때문이다. "앞으로 한 달 후 악어가죽의 품귀현상이 일어납니다. 당신은 커다란 돈을 벌게 될 것입니다."

한 달여가 지나자 악어가죽의 시세가 올랐다. 킴볼은 악어가죽으로 손가방을 만들어 놓아 큰돈을 벌었다고 한다.

그리고 함마 슐트 UN 사무총장 비행기 사고사를 예언했고, 대법관 프랑크 머피의 심장 발작사, 스탈린이 죽고 이어 등장한 말렌코프의 실각을 예언했다고 한다.

그녀의 가장 유명한 일화는 케네디 대통령 암살을 예언한 것이다. 케네디 대통령이 암살 당하기 3주일 전 헤리 코트라는 여류 명사와 점심을 먹고 있던 딕슨 부인은 문득 놀라 외쳤다.

"앗! 케네디 대통령이 암살 당합니다."

그리고 여러 명사들에게 2~3주 후 장차 백악관에 비극이 일어날 것이라고 예언했고, 백악관 밴드 마스터는 딕슨 부인에게 이러한 말을 들었다.

"백악관 뒤에 자욱한 먹구름이 보입니다."

1963년 11월 22일 딕슨 부인은 친구들과 식당으로 들어가면서 "오늘이 바로 그날" 이라고 외쳤다. 그 날 정오가 조금 지나자 케네디는 달라스에서 암살 당했다. 그리고 1964년 6월 19일 아침, 대통령 관저의 고급 사무관 월터 스토크씨의 부인과 전화로 "케네디 가의 비극은 아직 끝나지 않았다."고 했다. 다음 날 상원의원 에드워드 케네디는 타고 가던 비행기가 추락, 사망하지는 않았지만 중상을 입었다. 그리고 4년이 지난 뒤 대통령 선거전에 뛰어든 로버트는 앰버서더 호텔에서 암살 당했다

케네디 가의 크고 작은 사건과 구설수는 지금껏 이어지고 있고, 1999년 존 F·케네디의 아들인 주니어 케네디마저 비행기 사고로 숨졌다.

그 외 "미국은 중공과 국교를 개선하고 서로 접근한다.", "미국을 뒤흔드는 엄청난 스캔들이 일어날 것이며 아마도 수천 명의 인사가 연루될 것이다."(워터게이트 사건) 등이 있다.

그는 1975년 이후의 미래에 대해 다음과 같이 예언했는데 그 진위여부는 독자께서 판단하길 바란다.

1975년　미국에 동란이 발생 1년간 계속된다.

　　　　　파업과 대규모 시위가 일어나며 이것은 여러 나라에 파급된다.

1976년　미국정부는 큰 정변을 치른다.

1977년　소련은 외교 활동이 활발해진다.

1978년　미국에 인플레 시대가 도래한다.

1979년　소련이 중동 문제에 본격적으로 돌입하고 이스라엘은

주변국가들로부터 공격받는다.

1980년 세계적 규모의 대지진과 재해가 일어난다.

원자 폭탄 투하와 일본의 항복을 내다 본 로버트 앤더슨

1918년 11월 1일 제1차 세계대전이 끝나기 10일 전의 일이다. 미국 오하이오주 앤더슨씨네 집에서 놀고 있던 사내아이 로버트가 어머니에게 소리쳤다. "엄마 넬슨이 죽었어!"라고.

넬슨은 로버트의 형으로 캐나다 군에 자원하여 프랑스전선에 나가 있었다. 어머니는 기분 나쁜 말을 하는 로버트를 나무랐다. 그러자 로버트는 "아니에요. 나는 봤어요. 형이 얼굴에 총을 맞았어요!"라고 말했고 어머니는 이를 대수롭지 않게 생각했다.

그러나 며칠 뒤 군에서 전사 통지서가 날아왔다. 넬슨 앤더슨이 얼굴에 총탄을 맞고 전사했다는 것이다. 그 후 로버트는 성장할 때까지 단 한번도 그러한 예지능력을 나타내질 않았다.

그런데 그가 사랑에 빠진 여자가 하필이면 유부녀였다. 그는 번민했는데 6개월 후의 미래가 그의 눈앞에 스쳤다. 그리고 그녀에게 사랑을 고백했다.

"당신은 내 아내가 됩니다. 6개월 이내가 될 것이오."

부인은 그런 소리를 하는 로버트를 미친 사람 취급했다. 그런데 그녀는 남편과 예기치 못한 일로 이혼했고 6개월이 못되어 로버트와 결혼했다. 결혼 후 그녀는 태어날 아기들의 성별을 모두 맞추었다. 성별쯤은 일반인도 운만 좋으면 맞출 수 있다지만, 아이가 조산할 것이라 했는데 정말로 부인이 예정일을 앞당겨 출산했다.

둘째딸 베티가 약혼했을 때,

"베티는 아이를 셋을 낳지만 결혼생활은 파탄한다."고 했는데 불행하게도 이 예언은 빗나가지 않았다. 그는 비행기표를 예약하고 여행준비를 하다가 비행기가 추락하는 예지가 떠올라 여행일정을 바꾸었는데, 아닌게 아니라 그 비행기는 추락하여 탑승지 전원이 사망했다.

1945년 1월 로버트는 조지아주 '메신저'라는 신문편집국장 ED 홀을 만나 "루스벨트는 금년 4월에 죽습니다. 아이젠하워는 앞으로 미국 대통령이 됩니다. 독일과의 전쟁은 금년 5월 6일이나 7일에 끝납니다."라고 했다. 신문에 실어도 좋다는 허락을 받은 홀은 "앤더슨의 예언"이라는 표제로 신문 기사를 냈다.

이튿날 아침 경찰은 전시에 대통령의 죽음을 예언한다는 것은 민심 교란죄가 된다면서 그를 연행하려 했다. 그 때 임시 뉴스가 라디오전파를 타고 흘러나왔다. 루스벨트 대통령이 사망했다는 뉴스였다.

경찰은 머쓱한 표정으로 물러났고, 그 해 5월 앤더슨은 메신저 신문사를 방문해 "8월 8일경 어떤 일이 생긴다. 그리고 일본과의 전쟁은 8월 18일경 끝난다."고 예언했다.

8월 8일의 어떤 일이란 8월 6일 히로시마, 8월 9일 나카사키 원폭투하를 말하며 비록 3일이 앞당겨졌지만 일본은 8월 15일 항복했다.

2차 대전을 예언한 성녀

7세기말 독일과 접경지대에 있는 프랑스에서 눈먼 소녀가 태어났다. 부모는 이 딸을 버려 수녀원에 맡겨졌다.

성장해서 그녀는 기적적으로 광명을 찾았고 그녀를 버린 부모도 찾아와 그녀를 위해 성을 수도원으로 만들어 주었다. 그녀는 그곳에서 일생을 보내며 봉사와 선행을 해서 알자스의 수호성녀로 많은 사람들로부터 숭앙 받았다고 한다.

그녀는 프랑스 알사스의 대 영주, 아다리르크의 딸로 '오디일'이란 이름으로 불러왔다. 오디일이란 '빛의 딸'이란 뜻이다.

2차 대전을 예언한 그녀의 산문 시를 보면 1천년 후의 일을 얼마나 정확하게 예언했는지 알 것이다.

"때가 되면 땅위에서 가장 호전적인 나라 독일은 일어나리라. 그리고 독일의 태내에서 무서운 사나이가 세상에 나오리라. 이 사나이는 전쟁을 꾀하리라. 전쟁준비를 하면서 사람들은 그를 적 그리스도라 부르리라. 정복자는 다뉴브강변에서 나타나리라. 지구는 군대의 충돌로 뒤집히리라. 특히 20개의 나라와 불행한 사람들이 전쟁에 휘말리리라.

(히틀러는 다뉴브 강변에서 태어났고, 전쟁기간 독일은 20개국에 침범했다고 전함).

자기를 죽인 가문의 뒷일을 예언한 사나이

브래언 시어라는 이름의 16세기 스코틀랜드 사람은 수많은 예언을 했다. 말이 끝지 않는 긴 객차(철도)의 출현을 예언했고, 캘라도니아 운하(스코틀랜드 북쪽. 대서양과 북해로 통하는 운하)가 생겨나리라는 것도 예언했다.

그는 한 백작 부인에게 백작이 정부를 두고 있다고 말해주자 화가 난 백작 부인은 그를 솥에 끓여서 죽였다.

그는 죽기 전에 백작 가문의 최후의 후계자는 벙어리에다 귀머거리일 것이며 그의 상속자는 흰 두건을 쓴 아가씨로 자기의 여동생을 죽이게 될 운명이라고 예언했다(어쩌면 그의 저주일지도 모른다).

1815년 최후의 후계자 프랜시스 메켄지는 병에 걸려 벙어리에다 귀머거리가 되더니 죽었다. 남편이 죽어 흰 상복을 입고 있던 그의 맏딸이 재산을 상속했다. 그 후 맏딸이 타고 달리던 마차에서 여동생이 떨어져 죽었다.

이루어지지 않는 예언

지금까지 보아온 것처럼 많은 예언들이 적중하였다. 그러나 또한 한편으로는 적중하지 않은 예언들도 많았다. 이번에는 이루어지지 않은 예언 가운데 대표적인 것들을 찾아보기로 한다.

1. 1736년 영국 캠브리지 대학에서 뉴턴의 뒤를 이어 천문학 강의를 맡고 있던 윌리엄 휘스턴이 다음과 같은 예언을 하였다.

"다음 목요일 오전 5시 큰 혜성이 나타나고 월식이 시작된다. 이것은 구세주가 지상으로 돌아오는 징조이며 금요일에 엄청난 규모의 격렬한 지진이 일어나서 세계는 종말을 맞는다."

과연 그 시간에 하늘에 문제의 그 혜성이 나타나자 런던 시민들은 공포에 빠졌다. 다행히 혜성만 나타났지 지진은 일어나지 않았고 구세주도 나타나지 않았다.

2. "20세기는 행복할 것이다. 과거의 잔재는 아무 것도 남아있지 않을 것이다. 사람들은 더 이상 정복이나 침략, 주권 강탈, 무력분쟁, 왕실들 사이의 결혼에 따른 문명의 단절, 의회에 의한 국가의 분단, 왕조의 교체에 따른 영토 분할 등을 두려워 할 필요가 없을 것이다.

- 빅토르 위고 「레미제라블」 中 (1862년) -

3. "20세기가 다 가기 전에 인류가 합법적인 수단으로서 전쟁을 사용하는 행위는 종식되어 있을 것이다.

- 1899년 노벨 평화상 수상자 베르타 폰 주트나 -

4. 1844년 예수 재림예언 - 윌리엄 밀러 (미국 전도사) -

5. 1967년 지상에 천국 실현 - 문선명 -

6. "서기 2000년이 되면 누구나 자동차와 하늘을 나는 요트를 소유하며 인생은 매일 축제와 같을 것.

- 1899년 마지막 일요일자 브루클린 데일리 이글지 -

7. 인류 최후의 전쟁인 아마겟돈 전쟁이 1986년 발생, 러시아가 미국을 패배시켜 세계에 공산주의 독재가 수립될 것.

－ 모제스 데이비드(하느님 아이들 전도사) －

8. 1997년 종말이 임박했으니 모두 자살해 외계인의 우주선에 승선하라고 말함.　－ 마샬 허프 애플화이트(천국의문 교주) －

9. 지구 종말 직전인 1998년 3월 하나님이 타이완 TV 채널 18에 모습을 나타낼 것이라 예언함.

－ 첸 헹밍(타이완 목사) －

10. 2000년이 되면 모기, 파리, 바퀴벌레 등이 자취를 감춰 없어지고 들쥐와 집쥐가 박멸되며 동물원 이외에서는 야생 동물을 볼 수 없을 것.

－ 1900년 12월 미국 '레이디스 홈 저널' －

11. 2000년쯤 공산권이 점점 우월해져 인류의 5분의 4가 공산주의　체제와 그 영향권에 든다.

－ 1950년대 말 프리츠바데의 저서 2000년의 모습 中 －

12. 전염성 질병은 이젠 대부분 사라질 것이다.

－ 1969년 미국 공중위생국장 스튜어트 －

13. 1997년까지 달과 화성에 지붕으로 완벽하게 둘러싸인 식민지가 건설될 것이고, 태양 발전소가 지구 순환 궤도상에 건설되고, 1999년에는 고래가 완전히 멸종하며 석유가 부족해 많은 사람들이 따뜻한 지역으로 이주할 것이다.

- 1980년 미국에서 발간된 미래예언에 관한 책 -

14. 잠자는 예언자로 불리는 '에드가 케이시'(1877~1945)는 잠자는 동안 무의식을 통해 불치병을 치료해 주는 등 기이한 행적을 남겼다. 1910년 뉴욕타임스에도 등장. 1930년대 기적의 인간으로 불리던 미국에서 가장 유명했던 인물로 그의 예언 1만 4000여 개의 내용이 버지니아에 있는 한 도서관에 계속 보관 중이라고 한다.

1, 2차 세계대전이 일어날 것을 예언해서 적중했고, 소련 공산주의 붕괴를 정확히 맞추었다. 그는 또 미국 동해안이 융기하고 로스앤젤레스 등 서부해안이 침몰하며 일본열도 대부분이 침몰한다고 예언했다. 이 일은 1958년부터 1998년 사이에 일어난다고 예언했다.

15. 미국의 미래학자 코니쉬는 1986년에 새 천년이 되면 공기 오염으로 사람들은 평상시에도 헬륨으로 가득 찬 우주복 같은 것을 입어야만하고 집안에서만 얼굴을 공기에 드러낼 수밖에 없게 될 것이라 예언함.

16. 영국의 사회학자 맥러키는 1971년에 예언하기를, 남아선호 사상에 의한 남성인구의 불균형적인 증가로 한 여자가 다섯 명의

남편을 거느리게 될 것이라고 내다 봄.

17. 1963년 미국 '미래연구소'는 21세기에는 작은 자동차들이 하늘을 날거나 적어도 수륙양용으로 사용될 것이라고 전망.

18. 영국의 미래학자 피케 박사는 1977년 21세기 인류는 대부분의 음식물을 튜브를 통해 섭취하게 될 것이라고 점쳤다.

19. 대부분 고령에 취임하게 되는 교황의 죽음도 점성가들의 단골메뉴로 등장한다. 특히 건강상태가 좋지 못한 현 교황 요한 바오로 2세는 지난 10여 년간 거의 매년 사망설이 끊이지 않았다.

20. 1998년 11월 남북통일이 이루어진다.
2005년 무렵 한국인의 평균수명은 남성 92세, 여성 107세로 늘어나게 된다.   - 오재학 -
21. 1999년 이내에 통일이 이루어진다.

- 丹에 나오는 우학도인 -

2. 관상·사주·명당·성명학은 믿어야 하는가?

점쟁이와 아들

아주 유명한 점쟁이가 있었다. 그 점쟁이 집에는 구름 떼처럼 점을 보려는 사람들로 붐볐다. 한 40대 남자가 그 점쟁이 앞에 앉았다. 그러자 점쟁이는 대뜸 "당신은 교통사고로 곧 죽을상이다."라고 말했다. 남자는 너무나 놀라 그 액운을 비껴나갈 방법을 가르쳐 달라고 사정했다. 그러자 점쟁이는 "부적을 하나 그려줄 테니 대문 밖을 나가자마자 처음 보는 남자에게 그 부적을 건네주어라. 액운이 그 남자에게로 옮겨갈 것이니 그 남자가 대신 죽을 것이다." 하며 부적을 그려 주었다. 물론 점쟁이는 상당한 복채를 챙겼음은 두말할 나위가 없다.

40대 남자는 점쟁이의 말대로 대문 밖을 나가자마자 집안에 들어오는 남자를 발견하고 다짜고짜 그 부적을 쥐어주며 바람같이 사라지고 말았는데 아닌 게 아니라 얼마 후에 그 40대 남자는 교통사고를 당했다. 차는 산산 조각날 정도로 처참했는데 자신은 가벼운 찰과상만 입고 무사했다.

그 남자는 점쟁이에게 고마움을 느끼고 자신을 대신해서 죽었을 (?) 부적을 받아든 남자의 영혼을 달래는 방법이 없나 생각하고 점쟁이를 찾았는데, 점쟁이는 아들이 교통사고로 사망해서 장례를 치르기 위해 자리를 비우고 없었다. 알고 보니 부적을 받아든 남자는 아버지를 만나러 온 그 점쟁이의 아들이었다.

맹신하는 것은 파멸한다

점을 맹신하는 어리석은 아버지가 있었다. 자신의 아들이 물 때문에 죽을 수 있다는 점괘를 믿고 여름철 냇가에서 물에 빠져 죽을까 봐 어린 아들을 방에 가두었다.

35℃가 넘는 밀폐된 방에서 어린 아들은 탈수 증세로 숨을 거두었다. 어린 아들은 물을 외치며 마실 물을 달라고 소리쳤지만 아버지에게 그 뜻이 전달되지 않았다.

또 이런 이야기가 있다.

떠돌이 장사꾼이 장사를 마치고 나귀를 타고 고갯길을 넘고 있었다. 그런데 고개 정상에 웬 노파가 앉아 지나는 말로 "쯧쯧! 나귀가 방귀를 세 번 뀌면 죽겠구나, 쯧쯧."하고 독백했다. 장사꾼은 대

수룹지 않게 생각했는데 평소 방귀를 뀌지 않는 나귀가 힘차게 방
귀를 한 번 뀌는 게 아닌가? 그리고 조금 가다가 다시 한번 '뿡
웅…' 장사꾼은 노인의 말이 생각나 겁이 더럭 났다. 그래서 나귀
가 방귀를 뀌지 못하게 항문을 헝겊으로 막는 순간 귀찮아진 나귀
가 힘차게 뒷발질을 하였다. 뒷발에 급소를 맞은 장사꾼은 그 자리
에서 죽고 말았다.

좋은 이름과 나쁜 이름

　어떻게 이름을 짓느냐에 따라 자신의 운명에도 어느 정도 영향
을 미친다고 한다. 이름에 따라 그 사람의 성격과 인품이 형성되기
때문이라고 한다.

　이러한 성명학을 단순한 미신으로 몰아 부치기도 하지만 심리학
의 역사에서는 꽤 중요하게 취급되기도 한다.

　어떤 부부가 아들을 나면 서양식으로 '루마'라고 짓고, 딸을 낳으
면 '린내'라고 짓기로 했다가 포기하고야 말았다. 왜냐하면 남편의
성이 구씨였기 때문이다. 그랬다면 '구린내'와 '구루마'로 어렸을
때부터 놀림을 받아 밝은 성격이 형성되지 못할 것이라고 생각했
기 때문이다. '아지'란 이름도 최아지, 김아지는 좋지만 강아지, 송
아지, 박아지, 마아지 등은 놀림감이 된다.

　다음의 이름도 마찬가지이다.

　김치국, 김세내, 박아라, 조진아, 이세기, 주정근, 여(연)인숙, 원
순히, 모난희, 고리라, 고돌이 등.

그리고 얼마 전까지만 해도 예지(애지)는 여성들에게 귀엽고 부르기도 좋은 이름이었으나, '에이즈'의 출현으로 아주 나쁜 이름으로 전락하고 말았다니 참으로 이름짓기도 어렵다 하겠다.

나의 중학동창 중에 소영미란 학생이 있었다. 소련, 영국, 미국을 연상케 하는 대단한 이름이다. 이 여학생의 이름만 기억하면 포츠담, 얄타회담, 모스크바 3상회의 문제가 모두 문제가 되지 않았다. 그리고 또 어떤 남자의 아내의 여고 동창생 중에 '소점심'이라는 여학생이 있었다. 소의 점심시간을 연상시켜 결코 좋은 인상을 주지는 않는다.

그리고 내게는 딸만 둘 있는데 큰 아이는 지혜를 갖추고 살라고 '지혜'(知慧)라고 이름 지었고, 둘째는 지성을 갖추라는 의미에서 '지성'(知性)이라고 지었다. 그런데 큰 아이가 초등 학교에 입학하더니 이름을 바꾸어 달라고 졸랐다. 박쥐라고 놀린다는 것이다.

불현듯 어린 시절이 생각났다.

좁은 소견이지만, 이름이란 부르기 좋고 뜻이 좋고 쓰기 쉬우면 좋은 것이 아닌가 생각한다.

구한말 안경수라는 이가 있었다

그는 부산에서 일본 장사꾼들과 교우를 맺은 후에 일본에 건너가 오카야마, 오사카 등지에서 개명(改名), 세상을 접하고 일본말을 익혀서 돌아왔다. 진고개 일본인과 접촉하면서 당시 세도가 중한 사람인 민영준에게 줄을 대 궁중의 서양 물품을 대는 특권을 얻어 많은 부를 거머 쥐었다.

본 이름은 경수(敬壽)인데 어느 날 점을 쳤더니 얼굴이 말상이라 이름에 마(馬)자가 들어가면 관운도 트인다는 말을 듣고 경(敬)자 대신 동(駧)자로 바꿨으며 평생 몸에 준마도(駿馬圖)를 지니고 다녔다고 한다. 그래서인지 한때 한성 판윤, 좌우포도 대장, 경리사란 노른자위 네 벼슬을 두루 누렸다고 한다.

빙(氷)과 수(水)

1998년 3월 모 방송국 프로에서 방영된 것을 소개한다. 4대 독자가 할아버지와 함께 밤 외출을 했다.

그런데 이상하게 생긴 노파가 손자를 유심히 보며 "귀한 자식인데 올 8월을 넘기지 못하겠구나. 물, 물을 조심해야 돼." 하며 사라졌다. 할아버지는 괴노파의 말을 처음에는 대수롭지 않게 생각했지만 한편으론 꺼림칙한 마음이 사라지질 않았다. 그리하여 손자에게 물에는 가까이 가지도 못하게 하고 심지어는 물까지 천천히 마시게 하였으며 아들과 며느리를 불러 세심한 주의까지 주었다. 그러던 어느 날 손자가 목욕하다가 물이 묻은 타일 바닥에 미끄러져 다치자 할아버지의 근심은 더욱 깊어만 갔다.

6월과 7월이 지나고 8월이 오자 할아버지는 더욱 조바심을 내었다. 할아버지는 손자를 수영장에도 가지 못하게 했고, 친구들과 어울리지도 못하게 했다. 드디어 8월 31일 할아버지가 잠깐 한눈을 판 사이 손자는 밖에 나가 친구들과 놀게 되었다.

할아버지는 급한 마음에 손자를 찾아 나서다 다리를 다치고 말
았다. 물론 손자는 곧 돌아왔다. 며느리는 아들에게 시아버지의 아
픈 곳에 얼음찜질을 하기 위해 얼음을 사오라고 시켰다. 그 사실을
안 할아버지는 아픈 다리를 이끌고 손자의 뒤를 쫓았다. 손자는 얼
음 가게에서 얼음을 사기 위해 기다리고 있는 중이었는데, 그 때
빙(氷)사가 쓰여진 낡은 차양이 무게를 견디지 못하고 떨어셨다.
손자를 밀쳐낸 할아버지는 가벼운 부상을 입었고 손자는 무사했
다. 그런데 낡은 차양에 쓰여진 빙(氷)자는 획이 하나 없어져 수
(水)자가 되어 있었다고 한다.

일란성 쌍둥이

한 날 한 시에 태어난 일란성 여자 쌍둥이가 있었다. 그녀들은
피치 못할 사정으로 고아원에 가게 되어 한 사람은 부잣집으로 입
양되었고, 한 사람은 가난한 집으로 입양되었다. 한 사람은 좋은
교육도 많이 받고 좋은 양부모를 만나 부러움 없이 살고 있었지만,
다른 한 사람은 제대로 교육도 받지 못하고 양부모의 핍박으로 가
출하여 거리의 여성이 되었다.

한 날 한 시에 태어나 사주도 같고 일란성 쌍둥이라 생김새도 같
아 관상의 운도 같았던 그녀들은 서로 상반된 삶을 살았다.

사또의 아들과 죄수의 아들

옛적에 관상을 잘 보는 사또가 있었는데 아들의 관상을 보니 자신이 죽은 후에는 죄를 지어 귀양을 가거나 사형에 처해질 운명이 예견되었다. 그는 무척 고민하고 있던 중 죄수를 면회 온 젊은이를 보니 앞으로 입신양명하여 귀한 벼슬자리에 오를 인물상이었다. 사또는 생각 끝에 젊은이를 불러 "내가 너의 아버지를 용서할 터이니 너는 나에게 무슨 보답을 하겠느냐?"고 물었다. 그 젊은이는 "지금은 사또님께 보답할 것이 아무 것도 없습니다만 먼 후일이라도 반드시 은혜에 보답하겠습니다."라고 하였다. 그러자 사또는 아들을 불러 의형제를 맺게 하고 죄수를 풀어 주었다.

세월이 흘러 사또는 죽었고, 죄수의 아들은 과거에 장원급제하였으나 사또의 아들은 낙방을 거듭하여 말단 관리에 머물렀다. 죄수의 아들은 벼슬이 형조판서에 이르렀으나 사또의 아들은 아버지의 예견대로 역적모의에 연루되어 사형에 처하게 되었다. 형조판서가 된 죄수의 아들은 사또와의 약속을 생각하고 백방으로 노력하여 그의 누명을 벗겨 주었다고 한다.

명당 중의 명당

지금으로부터 300여 년 전 조씨 성을 가진 사람이 장가를 갔다. 그런데 첫날밤 신부가 복통을 일으키더니 옥동자를 낳았다. 조씨는 하늘이 무너지는 충격을 받았다. 웬만한 사람 같으면 그 자리를

박차고 나가 버렸을 것이고, 그랬다면 신부와 신부의 가족까지 세
상사람들의 얼굴을 보지 못하고 멸문의 길을 걸었을 것이다. 그러
나 조씨는 침착하게 아무도 모르게 아이를 안고 나가 안전한 장소
에다 데려다놓고 신부를 안심시켰다. 조씨는 새벽같이 일어나 산
책하는 시늉을 하더니 하인을 불러 아기 울음소리가 난다며 같이
가보자 하였다. 조씨는 아이를 보더니 깜짝 놀라는 시늉을 하며 불
쌍한 생명이니 데려다 키워야 한다며 아이를 집으로 데려왔다.

　그로부터 17년이 지난 후 조씨의 부인이 그 아이(자신의 아들)
를 불러 조씨와 결혼하기 전 이웃집 남자와 정을 통하여 너를 낳았
으며 조씨가 너를 친자식 같이 키워왔다며 모든 것을 털어놓았다.
소년은 묵묵히 이야기를 듣더니 홀연히 자취를 감추었다. 그로부
터 20년이 지난 후 조씨는 늙어 세상을 떠났다.

　온 집안이 슬픔에 잠겨 있을 때 중년의 승려 한 사람이 상가를
찾아와 조씨의 유해를 명당 중의 명당을 보아 둔 곳이 있으니 그곳
에 유해를 모시라고 적극 권고하였다. 이렇게 해서 조씨의 유해는
승려가 말한 명당자리에 안치되었다. 그 승려는 바로 20년 전에 집
을 나간 그 소년이었다.

　조씨가 자신의 생명을 구하고 어머니와 어머니의 집안까지 구해
준 은혜를 보답하기 위해 그는 불도를 닦고 풍수를 공부하여 천하
제일의 명당자리를 보아 두고 조씨를 그곳에 장사 지내게 했던 것
이다. 이 조씨 집안은 조선 말기에 판서와 정승을 무수히 배출한
집안이 되었다고 한다.

무학대사 부도

절의 대웅전과 부도는 명당 터에 있다고 한다.

언제부터 명당 자리에 부도를 세웠는지 정확하게 기록되어 있지 않지만 대체로 전남 화순군에 있는 쌍봉사 칠감선사(798~876)부도 때부터였다고 전해진다.

철감선사 부도가 자리한 곳의 혈상은 와혈이다. 와혈이란 혈이 오목하게 들어가 제비집, 닭 둥지 모양, 조리모양, 오므린 손바닥 모양에 해당된다.

이후 부도는 철저하게 명당 터에 세워졌으나 고려를 거쳐 조선조로 들어오면서 더 이상 명당을 찾아 쓰지 못했다고 한다. 명당은 한정되었고 조선조에 억불정책으로 사찰의 재정 부족이 겹쳐 부도를 한 곳에 집단으로 설치하게 되었다.

부도를 명당에 모신 마지막 것은 고려말 조선초기에 세워진 나옹화상 부도(경기 양주 회암사. 여주 신륵사), 무학대사 부도(회암사)라고 한다. 특히 양주 회암사 부도 자리는 풍수지리의 대가 무학대사가 자신의 스승인 인도 지공선사와 나옹 화상 및 자신을 위해 직접 잡은 것으로 전해진다.

그런데 조선조의 억불정책으로 회암사가 폐사되자 무학대사의 부도 자리에 순조 21년 (1841년) 이응준이라는 사람이 지관과 짜고 무학대사 부도를 무너뜨린 뒤 그 자리에 자신 부친 유골을 암장한다. 나중에 순조가 이 사실을 알고 이들을 섬으로 유배시키고 무너진 비석과 부도를 다시 복원시켰다고 한다.

경복궁 터를 거친 사람들

경복궁 터를 포함한 청와대 터는

주산　　북악산

안산　　남산

좌청룡 낙산

우백호 인왕산으로

전형적인 임산 배수인 명당론의 답안지에 해당한다고 한다. 고려의 도선 국사와 함께 쌍벽을 이룬다는 무학대사가 잡은 경복궁 터는 과연 명당일까?

1392년 고려왕조를 무너뜨린 이성계는 2년 뒤 개경에서 한양으로 수도를 옮긴다. 그러나 이성계는 말년에 왕자의 난으로 자식들 간에 서로 싸우는 골육상쟁을 겪고 오른팔과 같았던 정도전 마저 잃었다. 그리고 순종까지 27명의 왕이 재위할 때까지 고려시대 보다는 자주적이지 못했다. 왕조실록을 보면서 어떤 왕도 편안하게 보낸 왕이 거의 없었다 해도 과언이 결코 아니다.

1910년 대한제국을 합병한 일제는 경복궁 터에 총독부 관저를 세웠지만 결국 패망했고, 총독부 관저에서 살면서 조선을 통치했던 미나미지로, 고이소 구니아키, 아베노부유키 등 역대 총독들의 말로 역시 좋지 않았다. 일본으로 돌아간 뒤 일찍 죽거나 정적에 의해 제거되었다.

일제가 끝나고 미군정 시대에는 총독부 관저를 사령관 관사로 사용했고, 청와대를 거친 이승만, 윤보선, 박정희, 전두환, 노태우,

김영삼 등은 결국은 끝이 좋지 못했다. 단, 하지 중장만은 대한민국 정부가 수립되자 사령관직을 사임하고 본국으로 돌아가 1953년 대장으로 예편했다.

사주, 관상, 풍수

그리 멀지 않은 지난날에 태어난 년, 월, 일, 시를 보고 운명을 판단하는 사주의 일인자와, 상(관상·골상·족상·수상)을 보고 인간의 앞날을 예측하는 상학의 일인자와, 조상을 천지의 기운이 합치는 좋은 곳에 모시면 그 후손들에게 운이 트인다는 풍수의 대가 세 사람이 모여 담소하고 있었다.

그러던 중에 지나가던 거지 총각을 보고 각자 자기 분야의 판단으로 왜 저 총각이 거지로 살아가야 하는지를 알아보기로 했다. 먼저 관상의 명인이 거지를 보고 천천히 입을 열었다.

"참으로 딱하고 딱하도다. 태어날 때부터 지금까지 아무 것도 없이 살았고, 앞으로도 재물과는 인연이 없겠구나. 얼굴은 그렇다하더라도 수상, 족상도 그러하니 걸인 신세를 면치 못하겠구나. 자네의 인생이 그러하니 모든 것을 겸허하게 받아들이고 살아가게나."

그러자 사주의 일인자가 청년의 사주를 풀어 보더니,

"내 수백 명의 사주풀이를 했건만 자네처럼 초년, 중년, 말년운이 좋지 않은 사람은 처음 보겠네. 그것이 운명인가 보이."했다.

거지 청년은 두 사람의 말을 듣고 낙담했다.

풍수의 대가는 지금껏 잠자코 있다가 청년에게 물었다.

"두 어른의 말을 들으니 딱하기가 그지없네 그려! 그래 돌아가신 아버지의 묘는 어디에 있는가?"

"예. 그리 멀지 않은 곳에 있습니다."

이렇게 해서 풍수의 대가와 그 거지는 그의 아버지 묘를 찾아갔다. 풍수의 대가가 한참을 살펴보니 그 장소는 후손에게 발복이 일어나지 않을 장소였다.

풍수의 대가는 거지를 측은히 여겨 가까운 자리에 좋은 자리를 찾아내어 이장하도록 했다. 거지는 풍수 대가의 말을 듣고 이장을 했다. 그 후 그 거지 총각은 운수 대통하여 큰 부자가 되었다.

그는 훗날 상학의 대가와 풍수의 대가를 만났는데 상학의 대가는 깜짝 놀랐다. 거지상이던 그가 부귀겸전의 상으로 바뀌어 있었다.

사주가 중하냐? 관상이 더 중요하냐? 관상과 사주가 좋지 않더라도 조상 묘의 발복으로 운명이 바뀔 수가 있는가? 그것은 아무도 모른다. 중요한 것은 마음가짐이다. 그리고 행하는 것이다.

제 아무리 상이 좋고 조상을 천하 명당에 모셔도 나쁜 마음을 먹고 선을 행하지 않고 악을 행하여 남의 눈에서 눈물이 나게 하면 큰복이 오히려 재앙이 된다는 사실이다.

변상이라도 좋아야

관상가들은 얼굴이나 기타 신체에 있는 점도 복점과 흉점으로 구분하며 흉터가 있는 것도 좋지 않다 하여 성형수술로 흉점을 없애거나 흉터를 없애면 운명이 바뀌기도 한다고 주장한다.

또한 나쁜 치아를 잘 교정하면 개인의 운명이 훨씬 더 좋아진다고 한다.

옛날 큰 부잣집에 유명한 관상가가 묵게 되었다.

관상가가 부자 주인의 머리끝에서 발끝까지 아무리 살펴보아도 어디 한 군데도 부자가 될 상이 아니었다. '이럴 리가 없는데 나의 눈은 정확한데…, 이 사람은 분명 빈천한 상인데…, 아! 나도 이제 눈이 어두워졌구나.' 이렇게 생각하고 하루를 더 머물며 그 원인을 알고자 고심했다.

그러다가 화장실에 갔는데 주인과 마주쳤다. 주인이 용무를 마치고 나오는 길이었던 것이다. 화장실에 들어선 관상가는 "그러면 그렇지!"하며 무릎을 탁 쳤다. 주인이 남겨 논 배설물의 모양이 나선형을 그리며 동그랗게 쌓여 있었다. 마치 차곡차곡 쌓인 노적가리 형상을 하고 있었던 것이다.

주인의 풍채나 외모는 빈상이었지만 변상이 좋아서 부자로 살게 되었다는 것이다. 부잣집을 떠나 전국을 유랑하던 그는 다 쓰러져가는 초가집에서 하룻밤을 묵게 되었다. 집주인은 워낙 가난하여 아내마저 가출하고 혼자 살고 있었는데 그의 관상을 보니 이게 웬일인가? 천만금을 희롱하며 예쁜 아내까지 둘 상이 아닌가?

밥도 제대로 얻어먹지 못하고 관상가는 가난한 주인과 한방에서 자게 되었다. 새벽녘에 가벼운 진동을 느낀 관상가는 잠을 깨었다. 알고 보니 주인이 오른쪽 다리를 심하게 떨고 있었다. 관상가는 '아하! 이 양반이 이렇게 굴러온 복을 떨어내는구나.' 하고 밖에 나가 몽둥이를 가져와 잠자고 있는 주인의 다리를 때려서 불구를 만

들어 놓고 그대로 줄행랑을 쳤다.

그리고 10여 년이 흐른 뒤 그는 그곳을 지나게 되었는데 그 자리에는 쓰러져 가는 초가지붕 대신 고래등같은 기와집이 들어앉아 있었다. 그는 호기심에 그 집에 들어가 하룻밤을 묵게 되었는데 그를 알아본 주인이 관상가에게 절을 크게 올리며 이렇게 말했다. "처음에는 영문을 몰라 선생님을 죽도록 미워했으나 그것이 저를 위한 일이란 걸 알았습니다. 다리 병신이 되어 다리를 떨 수 없게 되자 하는 일마다 복이 되어 큰 재산을 모았고 예쁜 아내까지 얻게 되었습니다." 하며 관상가에게 큰 사례를 하였다.

이 시간 이후부터 화장실에 가거들랑 뒤를 한번 바라 볼 것이며, 무심결에 자신이 다리를 떨고 있거든 그 버릇을 고치는 것이 어떠한가? 사실 다리를 떠는 사람은 의외로 많은데 그것은 보기에도 좋지 않다.

손금을 수술한 사람

과학과 문명이 발달한 서구에서는 점이나 미신 등을 믿지 않을 것 같지만 기실은 동양보다 더 하다. 중세에는 마녀 사냥이란 명목으로 수 만 명의 여성이 죽음을 당하기도 했다. 전 미국 대통령 레이건의 부인 낸시 여사가 점성술을 신봉한 것은 널리 알려진 사실이다.

미국 미네소타 주에 사는 헬렌(당시53세)은 운세를 바꾸려고 1992년 봄에 손금 수술을 받았다. 어느 날 우연찮게 손금을 보았는데 앞날이 좋지 않았다. 어딘가가 미심쩍은 헬렌은 다른 두 사람에게도 손금을 보였는데 공교롭게도 먼젓번과 거의 일치했다. 실망하고 두려운 생각을 가진 그녀는 성형수술로 손금을 바꾸었다. 특히 생명선과 애정선을 바꾸었다고 한다. 그 후 하는 일 마다 잘 풀렸으며 남편과의 애정도 깊어만 갔다고 한다.

부자와 빈자는 하늘이 정한다

어렸을 적에 밥에 물을 말아먹다가 물을 따르고 밥을 먹으면 어머니께서 가난하게 살게 되니 그렇게 하지 못하게 하시곤 했다. 또한 나이 드신 어른들께서는 발을 떠는 사람은 복을 털어 내어 가난하게 산다고 생각하신다. 또한 엎어서 자면 (배를 방바닥에) 복이 쏟아져 부자가 되질 못한다고 한다.

나는 가끔 부부 싸움을 한다. 그 원인이 나의 잠버릇 때문이다. 난 새벽녘에 엎어서 자는 버릇이 있다. 그러면 어떻게 알았는지 아내가 잠을 깨운다. 저녁에 받은 복을 새벽에 다 쏟아 버린다는 것이다. 그러나 일부러 그렇게 자는 것도 아니오, 또한 잠버릇이 하루아침에 바뀌는 것도 아니다. 그러한 말 자체를 믿지 않는 나는 화만 날 뿐이다.

아내는 심지어 야구공을 배에다 붙이고 자라고 강요까지 한다. "우리가 이렇게 열심히 살면서도 잘 살지 못하는 것은 당신이 새벽에 엎어서 자기 때문이다." 하며 불평한다.

난 그때마다 변명 아닌 변명을 한다.

"잠을 어떻게 자느냐에 따라 부자가 되고 가난하게 된다면 세상에 그렇게 쉬운 일이 어디에 있겠는가? 나에게는 복이 너무 많아 남들이 빼앗아 가려고 하기 때문에 가져가지 못하도록 가슴과 배 밑으로 깔고 잔다." 하면서 변명을 해대곤 한다.

기업가와 역술가

쇠를 만지면 흥한다는 역술가의 말을 믿고 한보철강을 일으켰다가 결국 모래탑처럼 무너진 정태수 한보그룹 회장. 국내 굴지의 재벌 총수가 신입사원 면접을 볼 때 역술인을 대동시켰다는 사실은 널리 알려진 이야기이다.

그리고 장영자 사건에 휘말려 몰락한 중견건설 업체의 사장실에 어느 역술인이 들렀는데 마침 한 직원이 사장실에 들렀다. 그 직원이 나간 다음 역술인은 사장에게 물었다.

"저 사람을 내보내시오. 그렇지 않으면 회사가 큰 화를 입을 것이오."

하지만 사장은 대수롭지 않게 생각했다. 그 자금 담당자는 장영자 측 사람과 친분이 있어 결국은 그로 인해 회사가 몰락했다고 한다.

5. 16사건의 주역 중 한 사람이었던 모 중령은 사건 후 우연찮게 어느 역술인을 찾아갔는데 그를 본 역술인은 대뜸,

"야! 이놈아 여긴 뭐 하러 왔어. 네놈의 아들이 죽어가고 있는데 어서 집에나 가 봐!" 라고 하였다.

그러자 그 중령은 화가 머리끝까지 올랐다. 당시 그의 권력은 무소불위(無所不位)에 가까웠다. 참지 못한 그는 역술인에게 폭언과 폭행까지 하고 집으로 돌아와 보니 어린 아들이 교통사고가 나서 병원에서 죽었다.

토정 이지함 선생

토정비결의 저자 이지함은 흙집에서 살았다 해서 토정 선생이라고 불리었다. 그는 서경덕의 수제자로서 경서는 물론 의약·복서· 천문·지리·음양·술서에 이르기까지 두루 박식했다.

이지함은 밥솥을 갓으로 쓰고 다녀 '이인이다, 기인이다' 하여 성망이 높았고 조식 등과 교류하였다.

그러한 그에게 많은 사람들이 신수를 보아 달라고 몰려들었다. 그는 주역에서 8괘를 풀어 사람의 나이와 태세를 표준하여 괘를 내고 생월과 생일에 각기 월진과 일진을 맞추어 토정비결을 만들어 내었다.

그는 택일을 봐주면서도,

"이사를 하거나 집을 고치거나 할 때 아무 날이나 청명한 날 하면 되지 무슨 택일이란 말인가?" 했다고 한다.

그가 운명하게 되었을 때 부인이 남편을 보고 말했다.

"당신이 돌아가면 사람들은 신수를 다 보았구려!"

"허허 내가 하늘의 이치를 알아서 신수를 보았나? 사람들이 하도 졸라서 보아 준 것이지!"

- 하늘에는 예측할 수 없는 비바람이 있고, 사람은 아침과 저녁으로 화와 복이 있다. - 명심보감

요재지이 중에서

옛날 중국에 주 학사라 불리는 사람이 있었다.

그는 관리의 자손이었는데 관상을 잘 보는 유 학사와는 절친한 친구 사이였다. 유 학사는 주 학사에게 "자네는 관리로 출세하기는 인연이 멀지만 막대한 재산이 생기겠네. 그러나 부인은 박명할 상으로 자네의 성공을 지켜보지는 못할 걸세." 하고 말했다.

유 학사의 말대로 주 학사의 아내는 죽고 말았다.

주 학사는 외로움을 느끼고 유 학사를 찾아가 자기의 재혼에 대해서 상의했다. 그러자 유 학사는 오는 길에 넝마 옷을 걸친 사람을 보지 못했느냐고 물었다.

"아! 보았지. 넝마 옷을 걸치고 거지꼴을 하고 있던 사람 말인가?"

"그가 바로 자네 장인이 될 사람이네. 소홀히 대하지 말고 정중히 대접하게."하였다.

그러나 주 학사는 유 학사의 말을 믿지 않았고 언짢게까지 생각했다. 그런 주 학사의 마음을 읽은 유 학사가 조심스럽게 말을 이었다.

"나는 천명과 운수를 믿네. 저 사나이는 악랄하고 천한 상놈이지만 운수와 복이 두터운 딸을 가질 운이라네. 그러나 서둘러서 부부

가 되려고 한다면 화가 따를 것이네. 내가 그 액운을 예방해 줄 테니 기다리게." 하였다.

집에 돌아온 주 학사는 유 학사의 말이 믿어지지가 않았다.

그러던 어느 날 유 학사는 한 병졸을 주 학사에게 소개했다. 그리고 자신이 병졸에게 말 한 필을 선사하면서 유학사가 보낸 것이라 하였다. 그 후 주 학사는 안찰사의 막하로 들어가려고 강서에 도착했는데 산적에게 포로로 잡히고 말았다. 산적 두목은 주 학사에게 자신의 딸과 결혼할 것을 강요하고 그렇지 않으면 죽일 것이라고 말한다.

주 학사는 살기 위해서 산적 두목 딸과 결혼했다. 딸은 천하의 미인이며 마음가짐도 예뻤다. 그리고 산적 두목(장인)을 자세히 보니 언젠가 유 학사가 말한 거지 차림의 사나이였다.

주 학사는 몇 일을 머무르며 아내를 데리고 고향으로 갈려는 참이었는데 별안간 관군이 산채를 점령했다.

꼼짝없이 산적들과 함께 죽게 되었는데 관군대장이 자기를 알아보며 말을 준 은혜를 갚는다며 그와 아내를 풀어 주었고 다른 사람들은 모두 처형되었다.

그 관군대장은 바로 유 학사가 데려온 그때의 병졸이었다. 주 학사는 장인의 시체를 찾아 장례를 치르고 부인은 황금이 묻혀있는 비밀장소를 알아 그것을 꺼내어 고향으로 돌아와 아내의 수완으로 장사를 해 거부가 되었다.

그러나 친구인 유 학사는 온데 간데 없이 행방을 감춰 전혀 알 길이 없었다고 한다.

신세대도 궁합만은 철썩 같이

예전처럼 결혼 전에 궁합을 중요하게 생각지 않는 세대들이 늘어만 가고 있다. 그렇지만 지금도 몸과 마음을 섞고 약혼을 했어도 궁합이 좋지 않거나 살이 끼었다는 소리를 들으면 과감히 모든 걸 정리하는 사람들이 있다고 한다.

어떤 젊은이는 4년간 사귀던 여자친구에게서 결별 당했다. 이유를 물어보니 궁합이 좋지 않다는 것이다. 어렵게 여자친구와 가족을 설득해 결혼했다. 또 이십대 후반의 여성은 남자친구와 궁합을 봤는데 매우 평탄하고 절대 망하지 않는 생을 산다는 결과가 나왔다. 보통 사람들이라면 이렇게 좋을 수가 하고 결혼했겠지만 야망(?)이 큰 이 여성은 더 큰 고기(재벌)를 잡기 위해 그 남자친구를 떠났다. 어떤 사람들은 살이 끼었다 하면 과감하게 모든 걸 정리한다. 그토록 깊었던 정도 소용이 없다.

모 이벤트 회사에서 최근 이혼하거나 사별한 남녀를 대상으로 벌인 설문조사에서 속 궁합이 필요하다고 생각하느냐에 34.4%가 그렇다고 대답했고, 모르겠다가 30.1%나 되었다고 한다.

어떤 노처녀는 사업가와 선을 보고 궁합을 보았는데 재운이 짧아 남자의 사업은 망하고 다툼도 잦게 된다는 말을 들었지만 변강쇠 살을 타고나 양기가 충만하다는 소리를 듣자 그녀는 미련 없이 그 남자와 결혼을 했다고 한다.

그리고 요즘 세대들은 속 궁합만큼은 철학관의 말을 잘 듣지 않는다고 한다. 직접 자신이 체험해서 판정을 내린다고 하니 말이다.

역시 현명한 판단이다. 속 궁합처럼 다른 모든 궁합도 상대방의 직업, 성격, 건강 등처럼 스스로 판단하는 것이 좋을 것이다. 그러나 제일 중요한 것은 사랑하는 마음일 것이다.

3. 꿈은 현실인가, 미래인가?

왕건 조상들의 설화

옛날에 자칭 성골 장군이라 부르는 호경이라는 사람이 있었다. 어느 날 마을 사람들과 사냥을 나갔다가 동굴에서 하루를 묵게 되었다. 그런데 호랑이 한 마리가 입구를 막고 울부짖자 사람들은 두려움에 떨면서 자신들 중 한 명의 목숨을 호랑이에게 받치고 남은 사람의 목숨을 건지기로 합의하였다. 그래서 그들은 굴 밖으로 각자의 소지품을 호랑이에게 던져 호랑이가 건드리는 소지품의 임자가 희생양이 되기로 하였다.

합의가 끝나고 각자 소지품을 한 가지씩 밖으로 던지자 호랑이가 호경이의 모자를 입으로 물어 호경이가 밖으로 나오게 되었다. 그 순간 허름한 굴이 순식간에 무너지고 굴 안에 있던 아홉 사람은 모두 죽었다. 밖으로 나온 호경이가 호랑이를 찾아보니 호랑이는 이미 사라지고 없었다. 그때서야 호경은 호랑이가 그들을 잡아 먹으로 온 것이 아니라 곧 무너질 것 같은 굴에서 자신들을 구출하러 왔다는 것을 알았다.

그 후 호경은 그 산의 여 산신과 결혼하여 그 산의 대왕이 되었고, 사람들은 그 후 두 번 다시는 호경을 볼 수가 없었다.

한편 호경의 본처는 호경이 종적을 감춘 뒤 재가를 하지 않고, 홀로 살고 있었는데 꿈에 호경이 나타나 부부관계를 맺었다. 그런데 신기하게도 임신하여 아들을 낳았고 그 이름을 강충이라 지었다. 강충이 결혼하여 아들 둘을 얻었는데 첫아들은 이제건, 둘째 아들은 손호술이라 하였다. 후에 손호술은 지리산으로 출가하여 중이 되었으며 이름을 보육으로 바꾸었다. 보육은 어느 날 꿈속에서 고개에 올라 남쪽 방향을 향해 오줌을 누었더니 그 오줌이 온 땅에 가득 차 은(銀)바다로 변했다.

이튿날 그는 형 이제건을 찾아가 꿈 이야기를 하였다. 이제건은 동생의 꿈이 보통 꿈이 아니라고 생각하고 자신의 딸을 동생의 아내로 주었다. 보육은 두 딸을 얻어 성년이 되었다. 두 딸 중 언니가 꿈속에서 오관산에다 오줌을 누었는데 그 오줌이 흘러 천하에 가득 차는 꿈을 꾸었다. 이 말을 들은 동생은 언니에게 비단 치마를 주고 그 꿈을 샀다.

그 때쯤 당 현종 12년 (753년) 아직 왕자로 있던 당의 숙종이 산천을 유람하다 패강(예성강) 나루에 도착하여 동방의 산천을 구경하던 중 송악에 도착하여 보육의 집에 묵게 되었다. 당의 숙종은 꿈을 산 동생과 동침하였다. 그 뒤 그 동생에게 태기가 있었다. 하지만 숙종은 당나라로 가게 되었고, 떠나면서 자신은 당나라 귀족이라고만 밝히고 아들이 태어나면 자신의 활과 화살을 전해주라는 말을 남기고 떠났다.

그리고 아들이 태어나 그 이름을 작제건이라 하였다. 작제건이 16세가 되자 아버지를 찾으러 활과 화살을 가지고 당나라로 가다가 용왕을 만나 그 용왕을 괴롭혀온 늙은 여우를 물리치게 되었다. 용왕은 그 답례로 동방의 왕이 되고 싶다는 작제건의 소원을 들어주기로 하였다. 그러자 용왕은 동방의 왕이 되려면 세울 건(建)자가 붙은 이름으로써 그 자손이 3대를 거쳐야만 된다고 했다.

그리고 용왕은 작제건을 사위로 삼고 딸 용녀을 주어 작제건은 용녀와 함께 개성으로 왔다. 개성의 송악 남쪽 기슭에 터전을 잡았는데 그 곳은 옛날 강충이 살던 곳이었다. 작제건은 용녀에게서 네 아들을 얻었는데 장남을 용건이라 불렀다. 용건은 후에 이름을 융으로 고치고 자를 문명이라 하였으니 이가 곧 왕건의 아버지이다.

용건은 어느 날 꿈에 한 미인을 만나 부부가 될 것을 약속했다. 꿈에서 깨어난 후 개성 송악산 영안성으로 가는 길에 한 여자를 만났는데 바로 꿈에서 본 여자였다. 그래서 용건은 그녀와 혼인하였다. 용건이 그 아내를 꿈에서 보았다하여 사람들은 그녀를 몽부인이라 불렀다. 그녀가 곧 왕건의 어머니 한씨라고 한다.

이성계와 서까래 3개의 꿈

이성계가 왕위에 오르기 전 안변이라는 곳에 우거하고 있었다. 어느 날 밤 꿈에 만가(萬家)의 닭이 동시에 울고, 천호(千戶)의 다듬이 돌 소리가 동시에 들려오는데 자신이 고옥에 들어가서 서까래 세 개를 지고 나오니 고옥(古屋)이 무너지고, 꽃이 떨어지고, 거울이 깨지는 바람에 깜짝 놀라 깨었다. 이성계는 동네 노파에게 해몽을 부탁했으나 노파는 인근 설봉산에 이상한 중이 있으니 그곳에 가서 알아보라고 했다.

이성계는 설봉산에 올라가 그 승을 만나 길흉을 판단해 달라고 부탁했다. 그 승은 갑자기 표정을 엄숙히 하며,

"이는 군왕이 될 꿈이오이다. 만가의 닭이 운 것은 고귀한 자리를 경하하는 소리며, 천호의 다듬이질 소리는 그것이 가까워졌음을 의미하며, 서까래 세 개를 진 것은 임금왕(王)을 뜻합니다. 고옥이 무너진 것은 지금의 나라가 멸망할 조짐이며 꽃이 떨어지면 열매를 맺고, 거울이 깨지면 소리가 나니 반드시 새로운 왕업을 이루게 될 것입니다. 이제 공의 상을 자세히 보니 군왕의 상이오, 오늘 일은 삼가 누설치 마십시오."했다.

그 꿈풀이를 해 준 스님이 후에 왕사가 된 무학대사였고, 무학대사의 부탁으로 그 자리에 절을 지어 절 이름을 석왕사(釋王寺:임금이 될 꿈을 풀이한 절)라 하였다. 함경남도 안변군 문산면에는 그 때 지은 응진전이 지금도 남아 있다고 한다.

복두를 벗고 왕이 되다

신라 제 38대왕 원성왕이 아직 왕위에 오르기 전이다.

김경신은 각간으로서 수상 다음 자리에 있었는데 어느 날 꿈을 꾸니 복두(귀인이 쓰는 모자)를 벗고 흰 갓을 쓰고 열두 줄 가야금을 들고 천관사 우물 속으로 들어갔다.

꿈에서 깨어 사람을 시켜 점을 치니,

"복두를 벗은 것은 관직을 잃을 징조요, 가야금을 든 것은 칼을 쓸 조짐이요, 우물 속으로 들어간 것은 옥에 갇힐 징조이다." 라 하였다. 김경신은 이러한 풀이를 듣고 매우 근심하였다. 이때 아찬 벼슬로 있는 여삼이 찾아와 김경신은 꿈 이야기를 조심스럽게 꺼냈다. 여삼은 한참을 생각하더니,

"이는 좋은 꿈입니다. 복두를 벗은 것은 위에 앉는 이가 없다는 것이요. 흰 갓은 면류관을 쓸 징조요. 12줄 가야금을 든 것은 12대 손이 왕위를 이어 받을 조짐이요. 우물에 들어간 것은 궁궐로 들어갈 상서로운 조짐입니다."라고 하였다.

그 후 37대 선덕왕이 세상을 떠났다. 김경신은 왕위에 오를 서열이 아닌데도 수상 김주원이 갑자기 불어난 물로 궁으로 들어오지 못해 왕위에 오르게 되었다.

정몽란, 정몽룡, 정몽주

고려의 마지막 충신 정몽주의 이름은 원래 정몽란이었다.

그의 어머니가(후에 정몽주에게 다음과 같은 시 한수를 들려

줌)

　　"가마귀 싸우는 곳에 백로야 가지 마라

　　성난 가마귀 흰 빛을 새오나니

　　청파에 좋이 씻은 몸을 더럽힐까 하노라"

　꿈을 꾸었는데 누군가에게 난초를 받았다가 그만 손에서 미
끄러져 떨어지고 말았다. 그런데도 난초는 하나도 상하지 않았
고 더욱 싱싱해졌다. 더욱 신기하게도 떨어진 난초에서 아름답
게 난초 꽃이 피어올랐다.

　아내의 꿈 이야기를 들은 아버지 정운관은 곧 태어난 아기의
이름을 鄭夢蘭(정몽란)이라고 지었다. 몽란이가 일곱 살이 되자
어머니는 낮에 잠을 자다가 용 한 마리가 마당 앞에 있는 나무
위로 올라가고 있는 꿈을 꾸었다. 꿈에서 깬 어머니가 몽란이를
찾았는데, 몽란이는 어머니가 꿈에 본 마당 앞 나무 위에 용이
오르던 자리를 기어오르고 있었다. 이렇게 해서 夢龍(몽룡)으로
부르게 되었다.

　그 후 성장한 몽룡을 아버지는 주나라의 주공(周公:B.C. 11세
기경 중국 주왕조 개국공신. 후에 충신과 성인으로 추앙받음)을
본받는 사람이 되라고 夢周(몽주)로 바꾸었다.

　고려말 이성계의 위하도 회군과 더불어 실권을 잡고 있던 세
력들은 새 왕조를 세우려고 정몽주의 마음을 돌려보려 하였지
만 돌이킬 수 없음을 알고 이방원의 부하 조영규가 선지교에서
죽였다. 곧고 푸른 대나무처럼 굽히지 않은 정몽주의 절개를 기
려 그 다리는 선지교가 아닌 선죽교가 되었다.

한국고전 속의 예언

한국 고전에도 예언과 꿈 이야기는 자주 등장한다.

먼저 춘향전에서 보자. 춘향은 감옥에서 꿈을 꾸게 되었다. 주유천하하다가 집에 돌아오니 방문 위에는 허수아비가 달려있고, 뜰에는 앵도화가 떨어져 있고, 평소에 보던 몸 거울의 한복판이 깨어져 있었다. 깨어나서 남가일몽이라 하면서,

"이것이 무슨 일인고 내가 죽을 꿈이로다. 도련님 다시 못 보고 죽으면 눈을 감지 못하리라." 하고 한탄할 즈음 건넛마을 허봉수란 판수에게 꿈 해몽을 부탁하였다. 판수는 "꽃이 떨어지니 능히 열매를 이룰 것이오. 거울이 깨어지니 어찌 소리 없으며 문 위에 허수아비가 달려 있으니 이는 반드시 도령이 급제하여 쉬 만나 볼 점 쾌이다." 라 하였다.

또 임진록에는 꿈 해몽으로 임진왜란을 예견한 이야기가 있다. 조선대왕께서 한 몽사를 얻었는데, 어떤 계집이 기장을 자루에 넣어서 그것을 이고 들어와 내려놓는 것이었다. 임금이 크게 놀라 깨어보니 그것은 꿈이었다.

여러 제신을 불러 "경들은 이 몽사를 해몽하라." 하시니 영의정 최일령이 "신이 생각하건대 몹시 불길하더이다."하자 "길흉간에 말해보라."하시니 "신이 잠깐 해독하오니 인(人)변에 벼화(禾)하고 그 아래 계집녀(女)가 있으니 이 글자는 왜(倭)자이며 아마도 왜놈이 쳐들어올 듯하여이다." 하였다. 그러자 임금은 대노하여 최일령을 귀양보냈다.

김만중의 사씨남정기에서도 꿈은 등장한다.

귀양지에 도착한 유연수는 분한 마음에 죽게 되었을 때 꿈을 꾸었는데 꿈속에서 물병을 든 노인을 만났다. 꿈에서 깬 유연수가 뜰로 나가니 꿈에서 본 노인이 물병을 놓아둔 자리에서 물이 솟아나고 있었다. 그 물을 마시자 유연수는 씻은 듯이 병을 이겨냈다.

유연수가 동청과 교씨에 쫓겨 강가에까지 가게 되었는데 다행히 배가 나타나 유연수는 목숨을 구했다. 다름 아닌 사씨 부인이 그 배를 그곳에 두었던 것이다. 사씨 부인은 꿈에서 시아버지가 등장해 배를 끌고 강가에 나가 누군가를 구하라고 하였다 한다.

구운몽은 제목에서 보듯이 꿈 자체이다.

육관대사의 제자 성진은 스승의 심부름을 하던 중에 술까지 마시게 되었고 돌아오는 길에 여덟 명의 선녀를 만난다. 자신의 방에 돌아온 성진은 여덟 선녀에 대한 번뇌와 망상으로 잠을 이루지 못했다. 성진은 스승의 노여움으로 지옥의 염라대왕에게 보내졌다. 염라대왕은 성진과 팔선녀를 인간세계로 내 보냈다.

성진은 인간세계에서 양소유라는 이름으로 태어난다. 양소유가 열 다섯이 되어 과거를 보러 서울을 가다가 한 아가씨를 만나게 되어 결혼을 약속했고, 다시 또 한 기생을 만나 결혼을 약속한다. 양소유는 장원급제하였고 공을 세워 승상의 자리에 오르게 되었다. 이리하여 두 공주를 정실 아내로 삼고 지금껏 만났던 여인들 여섯 명을 첩으로 삼아 어머니를 모시고 행복하게 살았다. 세월이 흘러 어머니가 돌아가시고 승상자리에서 물러난 양소유는 자연을 벗삼아 지냈다.

그러던 어느 날 양소유는 아내와 첩들을 모아놓고 이렇게 말했다.

"생각해 보니 인생은 덧없는 것이오. 부귀와 영화도 뜬구름 같은 것이오. 그래서 나는 속세를 떠나고 싶소. 그대들의 생각은 어떠하오?"

그러자 두 명의 아내와 여섯 명의 첩(팔선녀)들은 한결같이 양소유의 뜻을 따르겠다고 한다. 그런데 그때 어디선가 지팡이 소리가 나서 바라보니 어떤 기품 있는 노인이 나타나 "승상은 아직 춘몽을 깨지 못했군요."했다.

"춘몽이라니요? 그럼 지금 내가 꿈을 꾸고 있다는 말입니까?"

"그렇지요!" 하면서 지팡이로 돌난간을 세 번 두드렸다.

그러자 노승과 두 아내 여섯 명의 첩들도 모두 온데 간데 없이 사라져 버렸다. 사방을 두리번거리던 양소유는 자신의 얼굴을 보니 머리는 깎여 있고 손에 염주가 들려 있었다. 비로소 양소유는 자신이 육관대사의 제자 성진이라는 것을 알았다. 성진이 법당으로 가니 육관대사가 "성진아 인간세계가 어떻더냐?" 하고 물었다.

성진은 "스승님 저의 잘못된 생각을 하룻밤 꿈으로써 깨우쳐 주셔서 감사합니다. 앞으로 헛된 생각을 갖지 않겠습니다." 하였다. 이 후 팔선녀도 육관대사의 제자가 되었고 성진은 스승의 뒤를 이어 세상에 불법을 알렸다.

자다가 봉창 뜯는다

옛날에 어느 가난한 선비가 과거를 보러 가기 위해 홀로 길을 떠나게 되었다. 그러다가 어느 주막에서 잠을 자게 되었는데 여러 하인을 거느리고 과거를 보러 가는 부자 선비와 부득불 한 방을 쓰게 되었다. 가난한 선비는 무척 부러웠다. '돈이란 좋은 거구나 저렇게 깨끗하게 차려입고 말을 타고 여러 하인까지 거느리고 과거를 보러 가다니.' 자신의 처지는 딱하기만 하였다. 당장 끼니 걱정을 할 판이었다. 한양은 아직도 멀었는데……

부자 선비와 가난한 선비는 상견례도 하였다. 가난한 선비는 그 선비가 만석꾼의 아들이라는 것과 학식 또한 깊은 것을 알게 되었다. 가난한 선비는 언뜻 노자라도 얻으려는 생각이 들었다.

두 사람은 잠이 들었고 새벽녘 가난한 선비는 갑자기 벌떡 일어나 봉창을 뜯었다. 북북 뜯어 소중하게 간직하려고 준비했다. 그 소란에 부자 선비가 일어나 무슨 일로 그러는지 조심스럽게 물어왔다. 가난한 선비는,

"내 생전에 이렇게 생생한 꿈을 꾸어 보기는 처음이오. 내가 꿈에서도 바로 이 방에서 과거 공부를 하고 있었는데 바로 이 봉창 문으로 청룡과 황룡 두 마리가 나란히 들어오는 것이 아니겠소. 너무나 놀랍고 생생해서 꿈을 깨었소. 이것은 필시 굉장한 꿈이오. 과거에 장원급제할 꿈이 아니겠소? 그래서 청룡과 황룡이 나란히 들어온 봉창 문을 뜯어 소중히 간직하려는 것이라오."

부자 선비는 가난한 선비의 말을 듣고 나서 곰곰이 생각하더니,

"이 보시오. 그 꿈을 내게 파시오. 돈은 얼마든지 드리리다."

"안 되오. 옛날 신라시대의 문희는 (김유신의 동생) 언니에게 꿈을 사서 왕비가 되었소이다. 결과적으로 꿈을 판 언니는 땅을 치고 후회하였다 하오."

"이 보시오. 그러지 말고 그 꿈과 봉창 문을 내게 파시오. 5,000냥을 드리리다."

이러한 실랑이 끝에 가난한 선비는 마지못한 척 5,000냥을 받고 꿈과 봉창 문을 부자 선비에게 팔았다. 두 사람은 이러한 우여곡절 끝에 한양에 당도하여 과거를 치뤘다. 부자 선비는 장원 급제하였고, 가난한 선비는 낙방하였다. 과연 그 꿈의 효력이 있었을까? (꾸며낸 가짜 꿈이었지만)

아마 모르긴 몰라도 부자 선비는 마음이 든든하였을 것이다. 그래서 흔들림 없이 과거에 임했지만 가난한 선비는 부자 선비에게 5,000냥을 받은 순간부터 과거는 안중에 없고 돈을 누가 가져가지 않나 돈만을 걱정했을 것이다. 그러니 제대로 과거를 볼 수가 있었을 것인가?

그렇다면 당연한 결과이다. 부자 선비는 장원 급제에 관운도 잘 풀렸지만 가난한 선비는 고향으로 돌아가 돈을 흥청망청 쓰고 학문마저 게을리 하여 폐인이 되었다. 그리고 예전처럼 가난하게 되자 깨달은 바가 있어 다시 학문에 전념하여 그 뒤 과거에 급제하였다. 그 선비가 깨닫게 된 연유는 다음과 같은 글귀 때문이 아니었을까?

까닭 없이 천금을 얻는 것은 큰복이 아니라 반드시 큰 재앙
이 될 것이다 - 소동파 -

4명의 최고 권력자의 꿈

나는 1988년 말 어느 날 밤 꿈을 꾸었고, 일어나자마자 복권
을 4장 샀다. 왜냐하면 꿈이 너무나 기막혔기 때문이다. 나는
꿈에서 당시의 노태우 대통령, 레이건 대통령, 고르바초프 서기
장, 그리고 북한의 김일성 4사람의 회담을 성사시켰다. 회담 장
소는 판문점이 아닌 다 쓰러져 가는 고향집이었다. 시간은 밤이
었는데 전기불이 아닌 호롱불을 쓰고 있었다.

4개국 정상은 경호원은커녕 비서 한 명 없었다. 나와 레이건,
고르바초프, 김일성이 먼저 도착했고 노태우 대통령이 웃음을
가득 머금고 맨 나중에 도착했다.

회담 내용은 전혀 생각나지 않지만 다만 그 분위기는 매우
화기애애했다. 나는 돼지 한 마리만 보아도 복 꿈이고 대통령을
보고 복권을 사면 1등에 당첨된다는 말을 들은 적이 있어서 남
북 정상은 물론 미·소의 정상을 보고 4개국 회담을 성사시킨
주역이 되는 꿈을 꾸었는데 어찌 복권을 사지 않겠는가 라고
생각하였다. 그리고 그 꿈은 그 누구에게도 발설하지 않았다.

하지만 신주단지 모시듯 애지중지하던 복권은 500원 짜리도
당첨되지 않았다. 이제 생각해보니 꿈에 쓰러져 가는 집은 몰락
을 의미한 것이고 호롱불은 원료인 석유가 다하면 꺼지게 마련
이 아니었던가? 나의 옛 고향집은 아무도 살지 않는 빈집이 되

었다가 90년 말 허물어졌다.

그 꿈을 꾼 후 얼마 있다가 고르바초프는 쿠데타를 만나 몰락했고 김일성은 사망했다. 레이건은 치매에 걸려 자신이 대통령이었다는 사실조차 모른다고 한다. 노태우 대통령은 비자금 문제로 영어의 몸이 되기도 했다. 나 역시 산간 벽지 외딴집에서 살았으며 재 상경해서도 단칸방에 살았던 적이 있었다. 이제 나는 결코 그 꿈이 길몽(吉夢)이라고 생각하지 않는다.

꿈은 과신도 말고 무시도 하지 않는 것이 상책이다. 아직도 꿈의 신비는 남아 있으니까 말이다.

4. 역사 속의 예언

국사 교과서의 예언

국사편찬 위원회에서 편찬하고 대한 교과서 주식회사가 1985년 3월 1일에 발행한 고등학교 국사 교과서(하편)는 당시 정권에 충성 어린(?) 예언을 하고 있다.

교과서 말미에,

"중략 - 제 5공화국은 정의 사회를 구현하기 위해 모든 비능률, 모순, 비리를 척결하는 동시에 국민의 진정한 행복을 위해 민주 복지 국가 건설을 지향하고 있는 만큼 우리 나라의 장래는 밝게 빛날 것이다."라고 되어 있다.

나라의 미래를 관망하면서 암울함을 암시하는 것보다는 밝음을 나타내는 것이 바람직하다 할 것이다. 그러나 그 교과서에는 제 5

공화국의 탄생이 왜곡되어 있었고, 12. 12나 광주민주화 운동은 거론조차 되지 않았다.

지나치게 당시 정권에 아부하는 듯한 인상을 풍기는 것은 연구진과 집필진 교수들의 명성을 무색하게 하고도 충분히 남는다. 그들은 자기들이 정부의 홍보책자를 만든 것이 아니라 한 나라의 역사(국사)교과서를 만든 사람임을 자각했어야 옳지 않았을까?

남명 조식과 율곡 이이의 임진왜란 예견

남명 조식은 이조 시대의 뛰어난 학자이다. 명종이 단성현감을 제수 했을 때 글을 올렸는데 그 상소문에서 자신은,

"분수에 넘치는 헛된 명성으로 임금의 인사를 그르치게 한다." 고 적었다.

그러나 이는 표면적인 이유이고 내심으로는 당시의 혼란스러운 정국에서 자신의 능력을 발휘할 수 없을 것을 예견했기 때문이었다. 남명은 현실 파악은 물론 미래를 예견하는 능력도 탁월했다. 그는 문하생들에게 임진왜란을 예견하고 그 대책을 묻는 모의시험을 치르게 했다. 이 시험은 문하생들로 하여금 일본 침입에 대한 방책을 스스로 생각하게 하고 후에 문하생들이 의병을 일으키게 하려는 가르침이 되었다. 정인홍, 곽재우, 김면 등이 그의 문하생들이었다.

율곡은 선조 14년 6월에 사헌부 대사헌이 되었다. 이어서 호조판서와 병조판서를 지냈는데, 어느 날 경연자리에서 10만 양병론

을 주장했다. 군사 10만을 길러 한성에 2만, 각 8도에 1만 명씩 배치해 국난에 대비하자는 국방정책이었다. 그러나 유성룡 등이 예산이 없고 민심을 어지럽힌다고 반대해서 결국 채택되지는 못했다.

그로부터 9년 후 1592년(선조25년 4월) 임진왜란이 발발했다. 뒷날 유성룡은 "지금 생각하니 율곡은 참으로 성인이다. 그가 주장한 정책은 모두 옳았다. 그의 말을 들었더라면 오늘날 나라가 이 지경이 되었으랴! 율곡은 왜 일찍 죽고 오늘 없더란 말이냐!"며 탄식했다.

이항복과 능양군의 그림

광해군 10년 인목대비의 폐위를 반대하다가 이항복은 북청으로 귀양을 가게 되었다. 평소 그를 존경하여 따르던 김류가 위로의 인사차 그를 찾아왔다. 고맙게 생각한 이항복이 김류에게 그림 한 폭을 주면서 "이 그림은 선조 임금께서 나에게 내리신 그림일세. 자네에게 오늘의 기념으로 주겠네." 라고 말했다.

그림에는 말 한 필이 버드나무에 매여 있는데 조그만 글씨로 능양군의 이름자가 적혀 있었다(이 그림은 왕자시절의 능양군이 그린 그림으로 선조 임금에게 바쳐졌다가 선조 임금이 이항복에게 하사한 것임).

세월이 흐른 후 이항복은 죽고 인조 임금이 능양군으로 있을 때, 하루는 밖에 나갔다가 소나기를 만나 어느 집의 문간에 들어서서 비를 피하고 있었다. 그런데 그 집이 바로 김류의 집이었다. 김류의 권유로 집안에 들어가게 된 능양군은 김류의 방 벽에 걸려 있는 자신의 그림을 발견하게 되었다(김류와 능양군은 이때가 첫 대면이었으며 능양군은 형인 광해군 때문에 신분을 잘 나타내지 않았다).

능양군은 무척 궁금했다. 그는 자신의 신분을 밝히고 어떻게 해서 자신의 그림이 왜 여기에 걸려 있는지를 물었다. 김류는 깜짝 놀랐다. 이 사람이 능양군이라니(사실 김류는 이때 이귀, 홍서봉, 구굉 등 뜻 있는 사람들과 광해군을 몰아내고 능양군을 추대하려는 모의를 하고 있었다). 김류는 이항복에게서 그림을 받은 연유를 말하고 더 놀라운 사실을 능양군에게 말했다.

"지난날 제 아내가 꿈을 꾸었는데 상감마마께서 타신 연이 우리 집 대문 안으로 들어오시더랍니다. 아내는 너무나 놀라 잠에서 깨었는데 상감마마의 얼굴이 생생하더랍니다. 그러다가 오늘 비가 오자 어느 분이 대문 앞에서 비를 피하는 것을 아내가 문틈으로 내다보고 깜짝 놀랐다고 합니다. 바로 꿈에서 뵌 상감마마와 비를 피하고 계신 나리와 얼굴이 꼭 닮았답니다. 그래서 제가 이렇게 안으로 모신 것입니다."

이렇게 해서 인조반정은 본격적으로 시작되었고 김류는 반정 일등공신이 되었다.

삼국사기와 삼국유사

삼국사기는 신라, 고구려, 백제를 중심으로 한 사서(史書)로서 고려 인종 23년에 김부식이 왕의 명을 받아 편찬한 것이다.

삼국유사는 충렬왕 때 승려 일연이 지은 것으로 삼국사기 보다 1세기나 후에 편찬한 것이다.

귀중한 역사서이지만 의외로 예언과 꿈, 신화, 전설 등이 많이 등장한다.

- 백제의 멸망 -

의자왕 재위 시 귀신 하나가 궁중에 들어와 크게 외쳐 "백제가 망한다. 백제가 망한다."하고 곧 땅으로 들어갔다. 이것을 이상하게 여겨 땅을 파게 하니 깊이 3자쯤에 거북이 한 마리가 있었는데, 그 거북이 등에는 '백제는 월륜(月輪)과 같고 신라는 월신(月新)과 같다.'라고 쓰여 있었다.

왕이 무당에게 물으니 말하기를 "월륜과 같다함은 가득 찼다는 뜻이니 가득 차면 기우는 것이요, 월신과 같다함은 가득 차지 않았다는 뜻이니 점차 차게 된다는 뜻입니다."라고 하자 왕은 크게 노하여 그 무당을 죽였다.

- 고구려 멸망 -

고구려 마지막 왕 보장왕 때도 백제의 멸망 때처럼 불길한 징조가 무수히 나타났다. 여자가 사내아이를 낳았는데 몸이 하나요, 머리가 둘이었다. 서리와 우박이 자주 내렸고 쇳물비가 내리기도 했다. 아홉 마리의 호랑이가 성안에 들어와 사람을 잡아먹었다.

신인이 나타나 "너희 군신이 사치와 무도하니 패망의 날이 멀지 않았다."고 했다. 이어 혜성이 나타났다. 당의 허경종이 말하기를 "혜성이 동북방에 나타나니 고구려가 장차 망할 징조이다."라고 하였다.

- 원효의 예언 -

원효는 어느 날 길거리에서 "누가 자루 없는 도끼를 빌려주겠는가? 나는 하늘을 받칠 기둥을 찍으련다."라는 노래를 불렀다.

사람들은 아무도 그 노래의 뜻을 알지 못했다. 이 때 무열왕이 이 노래를 듣고 "원효가 아마 귀부인을 얻어 훌륭한 아들을 낳고 싶은 모양이구나."고 생각하고 그것이 원효의 뜻이라고 짐작했다. 그리하여 원효는 요석공주와 인연을 맺어 설총을 낳았던 것이다.

- 신라의 멸망 -

신라의 대학자였던 최치원은 13세에 당나라에 유학하여 18세에 과거에 급제하였다. 그 후 신라에 귀국하여 벼슬을 지냈다.

그는 신라가 머지 않아 멸망할 것을 내다보고 경주(계림)의 소나무는 누런 잎, 개성(곡령)의 소나무는 푸른 잎이라는 뜻의 '계림황엽 곡령청송(鷄林黃葉 鵠嶺靑松)'이라는 글을 태조 왕건에게 전해 주었다고 전해진다.

우리 민족의 앞날

김정빈의 '丹'에 '우학도인(권태훈 옹)'은 우리 민족(백두산족)이 3,000년만에 대운을 맞이할 것이라고 적고 있다. 그리고 옛 은나라의 황족이 우리들의 조상이라는 것이다. 은나라가 주나라(한족)에 멸망했고 그 후손들이 만주를 거쳐 우리 나라에까지 왔다는 것이다. 그리고 1984년이 주나라에게 우리 민족이 운을 빼앗긴지 3,000년째라고 주장한다. 그러므로 그 운세가 3,000년이 지나면 끝나고 우리 민족의 운세는 대 회복기에 들어선다는 것이다.

또한 1999년 이내에 남북 통일이 되어 머지 않아 우리 민족이 세계 최강의 거국이 된다고 예언했다. 그러나 불행하게도 이루어지지 않았다.

그런데 대만 출신으로 일본에서 활동하고 있는 미래학자인 사세휘는 2015년경에는 한국이 세계를 이끌어갈 9대 강국 중 하나가 된다고 예측했다(예언이 아닌 통계학적 - 그는 2차 대전 직후 일본이 미국을 추월할 것이라고 예측했다. 당시는 아무도 그 말을 믿지 않았다. 그러나 한때 일본은 미국보다 1인당 GNP가 높았다).

또 어떤 명리 연구가는 주역 연구와 명상을 바탕으로 '물질과 불의 시대는 가고 인정과 물의 시대가 온다.'면서 '21세기 세계의 중심은 한국'이라는 장밋빛 청사진을 제시했다.

그에 따르면 다음 세기는 물과 음의 시대 즉 금력보다 정, 남성보다 여성이 앞서는 세상이 될 것이라고 한다. 하지만 아직 물질시대이기 때문에 높고 낮은 온갖 신들이 인간사에 개입 선동하는 탓에 정신병자와 사기꾼이 들끓는다고 한다. 또 '국운에 사주를 적용하면 통일신라나 세종 시절조차도 1년 소운에 불과하나 21세기는 10년 대운이다.'라고 주장했다.

또한 역술의 대가 모씨는 '세기말 대환란의 시기가 1999년이라는 것과 그 난세를 헤쳐나갈 정도령이 1997년 초입에 5극과 8기의 징표로써 드러나기 시작하며 이러한 진운을 시점으로 2015년경쯤 한반도가 환태평양의 주역이 된다.'고 주장한다.

그의 주장은 임시정부 27년, 군사정부 27년, 문민정부 27년이 끝나는 2015년경이라는 것이다(27년 주기설).

또한 우리 민족에게 IMF를 예고한 사람이 있다.

조명래씨는 그의 저서 '7년 대기근 7년 대환란'에서 '히브리 민족에게 7년 대기근이 있었고 한민족이 있는 곳에 7년 대환란이 온다.'고 예언했다. 과연 환란은 예고 없이 찾아왔다.

그는 이 환란은 반드시 통과할 문이며 동참하여 두려워말고 당당하게 7년 대환란을 통과하자고 역설했다. 그 아픔을 이겨내면 새로운 세계가 열린다는 것이다. 그 새로운 세계는 통일이 아닐까?

또한 김영삼 대통령의 몰락을 예고했으며 부끄러움도 두려움도 모른 채 죄악을 행한 일본열도는 서서히 침몰할 것이라고 주장했다.

그리고 여기 한 사람 더 필자는 2015년 통일이라는 것을 확고하게 예언한다. IMF는 늦어도 72개월(6년)이면 벗어나게 되고 빠르면 36개월(3년), 실업자는 180만 명 대를 넘지 않을 것이다. 한민족 최초로 노벨상 수상자가 연이어 나오거나 공동 수상할 가능성이 있다. 2004년 이내에……

오경명성

육관 선생(손석우)은 그의 저서 '터'에서 김일성은 전주 김씨로 그의 시조인 김태서 묘(전북 완주군 모악산에 있음)의 발복으로 49년간 절대 권력을 행사한다고 했다. 정확하게 말하면 94년 9월 14일(음력) 새벽 3~5시에 발복이 끝난다고 예언했다(김일성은 그의 예언에 매우 근접하게 7월 8일(양력)에 숨을 거두었다).

또 오경명성(五庚明星)이라는 별이 영국에 81년, 미국에 172년, 일본에 5년 3개월, 우리 나라에는 1986년 9월부터 381년 동안 비추어 한국은 전세계의 중심국가가 되며 서울은 국도의 수명을 다하여 통일을 하면 통일한국의 수도를 새롭게 정해야 하는데 그곳은 파주가 될 것이라고 하였다.

그리고 금강산 옆 통천에는 세계 의회의 의사당이 들어서며 세계가 하나로 통합되면 연합정부의 터는 중국 요녕성에 있는 계룡산 일대가 되며(이때는 우리 민족이 고구려의 옛 영토를 회복한다고 함), 서산 자미원은 세계 통일의 제왕이 나올 터라고 하였다(음택 - 묘자리).

그 외에도 여러 가지 예언을 했는데, 중요한 몇 가지만 소개한다.

가. 국립중앙박물관(옛 조선총독부 건물)이 헐려 삼각산의 지운만 회복하면 국운은 주체할 수 없이 회복된다.
나. 천운과 지운이 모두 서쪽으로 가 서해가 솟아오른다. 이렇게

해서 국토가 넓어진다.

다. 일본은 그들이 행한 악행으로 인해 일본열도는 가라앉는다.

프랑스 혁명을 예고한 사나이

1750년 7월 베르사이유 궁전 사교장에 30세쯤 되어 보이는 사나
이가 자신을 <샹 제르망 백작>이라고 소개한 뒤 자신의 나이를
2,000살이라고 하였다. 그는 자신에게는 불로불사의 영약을 갖고
있기 때문에 이렇게 젊게 살 수 있고, 각자의 운명이나 미래를 알
수 있다고 외쳤다. 그러나 아무도 이 말을 믿어주는 사람은 없었
다.

그는 홀연히 사라졌다가 1774년(루이16세가 왕위에 오를 때)
다시 프랑스에 나타났다. 그의 신통력을 믿은 프랑스의 위대한 계
몽사상가인 볼테르는 그를 직접 만난 후 루이 16세와 만남을 주선
했다.

하지만 루이 16세는 그를 만났지만 정작 그의 말에는 그다지 귀
를 기울이지 않았다. 단순한 흥미로 만났던 것이다.

1784년 1월 백작은 왕에게 혁명이 일어날 것이고 왕과 왕비의
생명까지 위태로울 것이라 경고했다. 하지만 왕 부부는 그 말을 무
시했다.

1784년 2월 23일 마리 앙트와네트의 시녀에게 앞으로 9년 후 피
의 혁명으로 왕비는 죽을 것이라 예언하고 그는 나흘 후에 죽었다.
그는 200년 후 다시 나타날 것을 예언했다고 전한다.

그리고 9년 후 그의 말대로 1793년 프랑스혁명이 일어났고 루이 16세와 마리 앙트와네트는 단두대의 이슬로 사라졌다.

라스푸틴

라스푸틴은 제정 러시아의 성직자로 예언과 환자 치료로 황제와 황후의 열광적인 지지를 받았다.

그러나 후일의 사람들은 그가 최면요법을 썼던 것으로 보고 있다. 1916년 12월 29일 황제의 조카사위인 유스포프에게 죽음을 당했는데, 그는 12월초 한 통의 편지를 남겼다. 거기에는 다음과 같은 글이 적혀 있었다.

"1월 1일이 오기 전에 나는 이 세상을 떠날 것이다. 내가 귀족들에게 살해당하면 그들은 내 피가 묻은 손을 25년 동안 씻지 못할 것이다. 형제들이 형제들을 죽일 것이고……이 나라에는 25년간 귀족이 없어지게 될 것이다."

그의 예언은 맞았다. 그러나 그것은 근시안적인 예언에 불과했다. 그가 죽은 뒤 곧바로 볼셰비키 혁명이 일어나 황제를 위시하여 많은 귀족과 많은 사람들이 죽었다. 그러나 새로운 귀족, 즉 핵심 공산당원들은 전 귀족보다 더 많은 특권을 누리게 된 것이다.

마호메트

마호메트는 하다자와 결혼 후 40세가 되어 동굴에서 알라의 계시를 받게 되었다. 610년 한 달간의 칩거 생활이 끝나는 날 밤 힐라산의 동굴에서 잠을 자던 마호메트는 '일어나라' 하는 소리에 잠을 깨었다. 머리맡에는 낯선 남자가 서 있었다.

"마호메트 기뻐하라. 신은 너를 예언자로 선택하셨다. 알라야말로 참된 신, 인류의 창조자, 인류에게 지혜를 주시는 분, 알라의 심판이 가까이 왔다. 네 죄를 회개하라."라고 말하면서 순간적으로 남자는 사라지고 마호메트는 정신을 차렸다.

마호메트는 자신이 예언자라는 것을 믿을 수가 없었다. 3년 후 신의 계시가 다시 내렸다.

"일어나 알라의 말씀을 전파하라."

마호메트는 이날부터 예언자로서 활동이 시작되었다. 이리하여 마호메트가 신으로부터 받은 계시는 코란이라는 하나의 책으로 모아져 이슬람 경전이 되었다. 이렇게 이 책은 전세계 이슬람교도들의 생활의 기본이 되고 있다. 마호메트는 항상 자신을 따르는 추종자들에게 이렇게 말했다고 한다.

"나는 단지 인간일 뿐이다. 보통 사람과 똑 같이 먹고 잔다. 특별한 힘을 가진 성인이 아니다. 나는 다만 알라신의 말씀을 전하는 인간일 뿐이다."

잔다르크

"잔다르크야, 어서 교회로 가거라."

잔다르크가 신의 계시를 최초로 들은 것은 13세 때였다. 신의 소리는 천사 미카엘이나 성녀 마그리트 카트린느에 의해 전해 졌다.

1427년 겨울 "잔다르크야, 오를레앙으로 가거라. 가서 프랑스를 구하라."라는 신의 계시를 받은 잔다르크는 시농성에 있는 왕태자(후일 찰스7세)를 찾아갔다. 왕태자가 "아가씨, 신의 계시를 받은 증거라도 있소?" 하자 잔다르크는 "그것은 오를레앙에서 보여드리겠습니다."라고 하였다.

그때까지 잔다르크는 싸움이라고는 한 번도 해 본적이 없는 평범한 소녀였다. 그러한 그녀가 많은 군사를 이끌고 수백 수천이 죽어 나가는 전쟁의 선봉에 서게 되었다. 그리고 결국 그녀의 활약으로 오를레앙을 되찾았다.

그러나 그녀의 그러한 활약도 헛되이 되어 잔다르크는 부르고뉴 공에 의해 사로잡힌 후 영국군에게 넘겨져 1431년 5월 30일 루앙 광장에서 화형 당했다.

그러나 잔다르크의 죽음으로 프랑스는 더욱 분노의 단결을 공고히 하여 영국인을 프랑스 땅에서 몰아냈다.

1456년 프랑스에서는 종교재판을 받고 이단자로 숨진 잔의 명예를 회복시켰다. 잔다르크가 성자가 된 것은 훨씬 뒤인 1920년의 일이다.

싸보나롤라

1492년 이탈리아 피렌체 메디치가의 로렌스 대공이 죽자 피렌체가는 급격히 몰락했다. 프랑스 왕 샤르르 8세가 침범했을 때 로렌스의 아들 피에로는 싸움 한번 못 해보고 정복당하고 말았다.

샤르르 8세가 물러가자 피렌체 시민들은 로렌스의 아들을 추방하고 새로운 민주제도를 선포했다. 이 때 주도권을 잡은 자가 싸보나롤라였다.

그는 도미니카파 수도사이며 미신적인 성격이 있는 사람으로 항상 환각을 보며 피렌체의 장래를 예언했다. 이 괴상한 승려는 가까운 장래에 먼 나라의 대왕이 와서 피렌체의 소왕(로렌스 아들)은 추방되어 버려질 것이라 예언했는데 아닌게 아니라 샤르르 8세가 내습했고 이어서 소왕은 추방당했다. 이것으로 정권을 잡은 그는 예언에 의한 종교정치를 했다.

"신은 간소하고 금욕적인 생활을 원하신다."는 신의 뜻을 선포하자 시민들은 화장도구, 악세사리, 오락기구, 사치품 등을 광장에 내어놓아야 했고 그것들은 불태워졌다.

당시 유명한 화가 중의 한 사람인 보티첼리는 '비너스 탄생' 등 고대신화를 주제로 명작을 많이 그렸는데 싸보나롤라가 "그런 그림을 그리는 자는 그 벌로써 영원한 불에 떨어지게 될 것이다"라고 예언하자 불안한 마음에 정신 이상이 오고 자신이 그린 많은 명작을 스스로 태워버렸다고 전해진다.

그러한 싸보나롤라도 시민들의 불만이 폭발하여 체포되어 화형 당했다. 그는 죽기 전 자기의 예언이 모두 가짜였다고 고백했다고 전하나 확실하지 않다.

크레이지 호스의 121년만의 예언 실현

크레이지 호스(1849~1877)는 미국 중북부에 거주하던 인디언 수족의 추장이었다. 금광을 찾아 나선 백인들로부터 부족과 영토를 보호하기 위해 목숨을 걸고 백인들과 싸운 용맹스러운 전사였다. 그는 백인들의 술수에 빠져 휴전을 논의하러 적진에 갔다가 등에 칼을 맞고 숨지면서 "돌이 되어 부활하겠다."고 말했다. 예언은 121년만에 실현됐다.

생전에 활약했던 사우스 다고타주 블랙힐즈의 산꼭대기에 큰 바위 얼굴이 되어 다시 나타난 것이다. 크레이지 호스의 바위 조각상을 만들어 온 조각가 코작 지올코프스키 유가족과 크레이지 호스 기념재단은 착공한지 50년만에 그 두상을 완성 제막식을 가졌다.

크레이지 호스 바위 조각상은 1940년대 블랙힐즈 지역의 수족 지도자였던 스탠딩 베어가 워싱턴, 제퍼슨, 링컨, 루즈벨트의 두상이 러시모어 산에 차례로 조각되는 것을 지켜보면서 당시 작업에 참여했던 조각가 지올코프스키에게 편지를 썼다. 편지에 감명을 받은 지올코프스키는 이 인디언 지도자의 돌 조각상을 만들게 되었다. 앞으로 몸 전체까지 조각할 예정인데 세계 최대의 돌 조각상이 될 것이라고 한다.

등 통

한나라 문제 때 황제 전용 뱃사공에 등통이란 사람이 있었다. 어느 날 문제가 꿈을 꾸었는데 문제가 하늘에 오르려 했으나 좀처럼 오를 수가 없는 꿈이었다. 그 때 어떤 황색 모자를 쓴 사람이 뒤를 밀어주어 하늘에 오를 수 있었다. 뒤를 돌아보니 그 사나이의 의복은 등뒤의 꿰맨 곳에 실밥이 풀려 있었다. 잠을 깬 문제는 곰곰이 생각했다.

그러다 꿈속에서 나를 밀어준 사람이 누구일까 생각하며 배를 탔는데 우연히 뱃사공들을 둘러보다가 그 중 한 사람의 등에 실밥이 풀려 있었다. 그 뱃사공을 불러 이름을 물어보니 등통이라 하였다. 황제는 대단히 기뻐해 그를 총애하게 되어 궁정에서 일하게 하고 나중에는 장관 대우의 관직까지 승진시켰다.

등통은 예의 바르고 성실하게 일했으며 교만하지도 않았다. 어느 날 문제는 유명한 관상가에게 등통의 관상을 보게 했다. 관상가는 등통을 한참 뜯어보더니 "빈곤해져 굶어죽을 상입니다."라고 말하자 문제는 "가난해진다는 것은 당치도 않은 일이다. 내가 뒤를 보아주고 있는데…" 라고 하였고 문제는 관상가를 나무란 뒤 등통에게 동전의 주조권을 인가했다.

등통은 대단한 부를 쌓은 반면 관상가는 무색해졌다. 어느 날 문제가 종양을 앓자 등통은 황제의 종양을 입에 대고 빨았다.

황제는 등통에게 물었다. "이 세상에서 내 일을 누가 제일 염려해 줄까?" 등통은 "물론 태자님일 것입니다."라고 말했다. 그래서 태자가 문안하러 왔을 때 문제는 종양을 빨라고 명했다. 태자는 종양를 빨기는 빨았지만 무심히 얼굴을 찌푸렸다. 황제는 태자의 표정을 보며 태자에게 실망했다. 이 일로 태자는 등통을 미워하게 되었다.

문제가 죽고 태자가 즉위(경제)하자 등통은 관직을 물러났다. 그 후 얼마 안 있어 "등통은 법을 어기고 주조한 동전을 국경 밖으로 운반했다."고 밀고한 자가 있어 경제는 등통을 체포하여 엄중히 취조했다. 죄는 명백해졌고 등통은 가산을 전부 몰수당했다. 그리고 막대한 벌금도 물어야 했다. 등통은 무일푼이 되었다. 곧 굶어죽게 되자 경제의 누이 장공주가 먹고사는 것만은 해결해 주었다. 결국 등통은 동전하나 가지지 못한 채 남의 신세만 지다가 이 세상을 떠났다.

삼(대마=hempe)으로 실을 다 삼는 날 영국은 멸망

엘리자베스 1세의 치세가 한창이던 시절 영국에는 어떤 예언이 널리 퍼져 있었다. 그것은 삼(hempe)이라는 낱말의 철자를 머릿글자로 가진 왕들 즉 헨리(Henry) 8세→에드워드(Edward) 6세→메리(Mary)여왕→필립(Philip)→엘리자베스(Elizabeth)의 치세가 있은 뒤 영국은 아주 혼란에 빠진다는 것이었다.

그러나 영국을 위해서는 다행히도 그 예언은 예언으로 끝나

고 말았다. 그러나 한가지 놀라운 점은 엘리자베스 1세가 후손
이 없이 죽자 튜더 왕조가 끝이 나고 잉글랜드와 스코틀랜드는
합병되어 대 브리튼(Great Britain)이라 불리게 되었다는 사실이
다..

태어나기 전부터 왕위에 오르다

4세기경 페르시아(현재의 이란)의 통치자 샤 홀모우스 왕은
임신중인 왕비를 남겨 두고 죽고 말았다. 왕에게는 달리 자식이
없었고, 태어날 아기는 성별도 모르니, 당연히 다른 왕족들이
왕위를 노려 내란이 일어날 조짐이 보였다. 이를 걱정한 마기승
(고대 페르시아 종교의식을 담당하며 주술을 행하고 국정에 큰
영향력을 행사했음)은 왕비의 태 중에 있는 아이는 틀림없이 남
자아이이며 훌륭히 성장할 것이라 예언했다.

백성들은 마기승의 말을 신의 말씀이라 믿고 태중의 아기에
게 제관식을 거행키로 했다. 왕족들은 민심의 방향이 그러하니
어찌할 수가 없었다.

많은 군중이 모여 있는 궁전의 중앙에 마련한 식장으로 왕비
의 침대가 들어오자 마기승은 왕관을 침대에 누워있는 왕비의
배 위에 얹고 태어날 왕자에 대한 제관식을 거행했다. 마기승의
예언은 적중했다. 태어난 왕은 무럭무럭 자라 오랫동안 나라를
다스렸다. 국왕의 이름은 사포아 2세였다.

고구려가 삼국을 통일했더라면

파스칼은 "만일 클레오파트라의 코가 1cm만 낮았어도 세계의 역사는 달라졌을 것이다."라고 말했다. 즉 클레오파트라의 코가 조금만 더 낮았더라도 폼페이우스, 시저, 안토니우스 등을 유혹하지는 못했을 것이라는 이야기이다. 그랬더라면 그들의 운명뿐만 아니라 로마의 운명도 바뀌었을 것이고 로마의 운명이 바뀌다 보면 세계의 역사가 달라졌을 것이라는 얘기이다.

또 우리는 이런 이야기를 자주 하곤 한다.

신라가 삼국 통일을 하지 않고 고구려가 삼국통일을 했다면 지금 우리 국토는 만주 지방까지 이어진 거대한 나라가 되었을 것인데 신라가 통일을 해서 이렇게 조그마한 나라가 되었다. 내 기억으로 이런 얘기는 중, 고등학교 국사 선생님도 스스럼없이 했다. 명확한 증거 없이 무열왕과 김유신은 평가절하 되기도 했다.

가장 가까운 예로 대원군이 쇄국 정책을 펴지 않고 일찍 서구 문물을 받아 들였다면 어떻게 되었을까? 일제 점령기가 있었을까? 그리고 일제 점령기가 조금 더 길었더라면 어떻게 되었을까? 1945년 12월 모스크바 3상회의 때 신탁통치를 우리가 받아 들였다면 어찌 되었을까? 그랬다면 동족상잔의 비극만은 일어나지 않았을까? 그러기 전에 소련에 의해 한반도 전체가 공산화가 되었을까?

유신시절 김재규가 박정희 전 대통령을 향해 총을 쏘지 않았다면 12. 12나 광주 민주화 운동 같은 비극이 일어났을까? 그리고 김일성이 남북정상회담을 열고 1년만이라도 더 살아있었다면 혹 통일이 앞당겨지지 않았을까? 그것은 어쩌면 신만이 알고 있을 것이다. 아니 그것은 전지전능한 신조차 모를지도 모르는 일이다.

김재규의 예언

1979년 12월 18일 보통군법회의 재판부는 10·26사건을 <국가와 민족에 대한 반역죄>로 규정, 김재규에게 사형을 선고했다.

그는 최후진술에서,

"빨리 자유민주주의 회복을 하지 않고 인위적으로 자꾸 끌다가는 내년 3, 4월이면 틀림없이 민주회복 운동이 크게 일어난다."

"4·19혁명 이후 상황과 마찬가지이다. 주인이 없다. 이렇게 해서 자유민주주의가 출범하면 힘센 놈이 밀면 또 넘어간다."

신군부는 김재규의 이러한 말이 거슬렸을까? 80년 5월 24일 김재규를 서둘러 처형하고 말았다. 그리고 그전 3월 6일 박흥주대령(육사18기)이 총살되었다. 그는 마지막 기도에서 예언자 같은 말을 남겼다.

"하나님 아버지, 지금 이 순간 나라와 이 민족을 누구에게도 맡길 수 없습니다. 오직 당신께서 이 나라와 민족을 이끌어 주십시오." 기도를 마친 박대령은 " 대한민국 만세 대한민국 만세 대한민국 육군 만세!"를 외친 후 총살되었다.

그는 중앙정보부장 비서실장이라는 고위직에 있으면서도 반지하 셋방에서 살 정도로 청렴한 군인이었다고 한다. 김재규, 박흥주의 최후진술과 기도 속에 암울한 서울의 봄, 광주의 비극과 신군부 세력등장을 예언한 것을 깨달을 수 있는가?

5. 문학과 성경 속의 예언

그리스 로마 신화 속의 예언

그리스 로마 신화에서 트로이 전쟁을 유발시킨 파리스는 왕자의 신분으로써 이데 산에서 양을 기르며 살고 있었다. 트로이의 왕은 아들인 파리스가 언젠가는 트로이를 멸망시키리라는 예언 때문에 그를 멀리했던 것이다.

또한 트로이를 응징하기 위해 메넬라오스는 그리스의 왕들에게 군사를 일으켜 달라고 요청하였으나 이케다왕 오딧세우스와 아킬레스는 원정대에 참가하는 것을 꺼려했다. 그것은 모두 불길한 예언을 믿었기 때문이다. 오딧세우스는 전쟁에 참가하면 많은 고생을 하다가 20년 후에야 돌아오게 되리라는 예언을 들었고, 아킬레스는 어머니 테티스의 말대로 전쟁에 참가하지 않으려 했다(테티스는 아들이 전쟁에 참가하면 죽게 될 운명이라는 것을 알고 있었다).

그런데 트로이 전쟁에는 아킬레스가 참가해야만 그리스 군이 승리한다는 예언이 있었으므로 메넬라오스는 끈질기게 두 사람을 설득하여 결국 전쟁에 참가시켰다. 드디어 수천 척의 배가 아가멤논을 총대장으로 하여 트로이 해안을 향해 전진했다.

이 때 그리스군의 프로테 실라오스는 최초로 트로이 땅을 밟았다가 창에 맞아 죽었다. 그는 '첫 번째로 트로이 땅에 발을 내딛는 사람은 죽을 것이다.'라는 예언이 있었지만 용감하게 뛰어 내리다 죽은 것이다. 예언자 칼카스는 헤라클레스의 화살을 사용해야만 트로이를 함락시킬 수 있다고 예언했다. 모든 것은 예언대로 되었다.

파리스로 인해 트로이는 멸망되었고 아킬레스의 참전으로 그리스는 승리를 얻었으나 아킬레스는 죽었다. 오딧세우스 역시 전쟁이 끝나고 방황했으며 테이레시아스의 예언대로 바나에서 죽었다.

트로이의 전쟁 이야기는 이쯤 접어두고 자신에게 예견된 운명을 회피하려 몸부림친 사나이가 여기에 있다. 오이디푸스다. 오이디푸스는 운명을 피하려 하다가 오히려 운명의 틀 속으로 들어가고야 말았다.

테베의 3대 왕 라이오스는 요카스타라는 먼 친척 여자와 결혼했다. 두 사람 사이에 아들이 태어나자 아버지는 그 아들에 의해 죽을 것이라는 예언을 받았다. 고민 끝에 왕은 부하를 시켜 죽이라고 명령했으나 부하는 차마 죽일 수가 없어서 아이의 발을 묶어 나뭇가지에 매달았다. 지나가는 사람이 아이를 발견하고 마침 아들이 없어 고민하는 코린토스의 왕에게 바쳤다. 바로 이 아이가 오이디푸스인데 그것은 부어오른 발이란 뜻이다.

오이디푸스는 코린토스 왕과 왕비를 친부모로 알고 성장했다. 그런데 아버지를 죽이고 어머니를 아내로 맞이하게 되리라는 신탁이 내려지자 그는 이를 피하기 위해 방랑 길을 오른다. 그러다가 테베로 가는 길목에서 한 노인을 만났다. 그러나 시비 끝에 노인을 죽이고 말았다. 그 노인이 바로 친아버지인 라이오스왕이었다.

그 사실을 모르는 오이디푸스는 테베에 당도했다. 이 때 테베 사람들은 한 괴물 때문에 괴로움을 당하고 있었다. 그것은 스핑크스라는 괴물이었는데 얼굴은 여자이고 몸은 사자이며 날개가 달려 있었다. 스핑크스는 "아침에는 네 발, 낮에는 두 발로 걸으며 저녁에는 세 발로 걷는 동물이 무엇이냐?"고 지나가는 사람에게 물어 이 문제를 풀지 못하는 사람은 잡아먹었다. 이에 왕비 요카스타는 스핑크스를 없애는 사람에게 선왕의 자리를 물려주고 그와 결혼하겠노라고 선포했다.

오이디푸스는 스핑크스를 만나 "그것은 인간이다."라고 말해 스핑크스는 굴욕을 느끼고 바다에 몸을 던져 죽었다. 오이디푸스는 테베의 왕이 되었고 왕비 요카스타(친어머니)와 결혼하여 두 아들과 두 딸을 얻었다. 그리고 국사를 잘 살펴 나라를 번영시켰고 국민들의 존경을 받았다.

그러나 어느 날 오이디푸스는 모든 사실을 알고야 말았다. 그는 자기도 모르는 사이에 아버지를 죽이고 어머니와 결혼하여 자식까지 낳았던 것이다. 어머니이자 아내인 왕비는 자신의 새 남편이 친아들임을 알자 스스로 죽음을 선택했다. 오이디푸스는 기구한 자신의 운명을 한탄하며 두 눈을 도려내었다. 부끄러운 죄를 저질러 환한 세상을 바라보기보다는 장님이 되어 아무 것도 보지 않는 편이 오히려 마음이 편하다고 생각했던 것이다.

그는 비참한 방랑생활을 한 끝에 딸 안티고네의 보살핌을 받으며 복수의 여신의 신전에서 자기의 죄를 씻고 불행한 생애를 마쳤다. 라이오스 왕이나 오이디푸스나 운명의 덫을 피하려다 오히려 운명의 함정에 빠지고 말았다.

문학 속에는 이와 비슷하게 운명을 피하려다 오히려 운명의 덫으로 걸려든 예가 의외로 많다. 가장 많이 알려진 것은 어린이 동화 숲 속의 잠자는 공주이다. 이 동화는 예언으로 시작해서 예언으로 끝난다는 것은 모두가 아는 사실이다.

이솝우화

노예였던 이솝은 기가 막힌 예언을 함으로써 노예 생활을 벗어나게 된다. 어느 날 큰 독수리 한 마리가 하늘에서 날아와 벼슬아치들이 쓰는 도장을 물고 날아가 그것을 한 노예의 가슴에 떨어뜨리더니 날아갔다.. 이 사건을 두고 사모스 사람들은 매우 궁금하게 여겼다. 당시 노예였던 이솝은,

"머지 않아 사모스 사람들이 자유를 빼앗기고 압제를 받게 될지도 모른다는 나쁜 징조이다. 그 독수리는 힘센 이웃나라의 왕을 뜻한다."라고 예언했다.

이솝의 예언대로 리디아의 왕 크라이소스가 선전포고를 해왔다.

그러나 이솝은 크리이소스 왕을 찾아가 마음을 움직여 전쟁을 막았다. 이렇게 하여 이솝은 노예 생활을 벗어나 자유의 몸이 되었다. 그리고 저술 활동을 펼쳐 이솝우화를 탄생시켰다.

그 중 한 마디만 소개한다.

옛날에 유명한 천문학자가 있었다. 그는 저녁마다 별을 보며 관찰하는 것을 큰 즐거움으로 생각하고 있었다. 그러던 어느 날 밤하늘의 별에만 정신이 팔려서 발이 그만 우물 속에 빠지고 말았다. 지나가는 사람이 구해 주면서,

"여보, 당신은 저 먼 하늘의 별을 조사하면서 땅에 뚫린 우물은 보이지 않았단 말이오?"라는 뼈있는 말을 했다.

4대 비극의 하나인 맥베드

전쟁에 나가 이기고 돌아온 맥베드에게 마녀들은,

"당신은 왕이 될 것이고 여자가 낳은 자로 당신과 맞설 자가 없고 버넘의 대삼림이 단시네인의 높은 언덕을 향하여 쳐들어오지 않는 한 당신은 패배하지 않는다." 라고 예언한다.

맥베드는 그 예언을 과신하고 왕이 되어 폭정을 펼치게 된다. '운명아 오너라, 나와 결판을 내자.'고 하던 맥베드도 전 왕의 왕자가 군사들을 이끌고 맥베드를 치기 위해 버넘 숲에 숨어서 나뭇가지로 위장을 하고 단시네인의 성을 향하자 그것은 마치 버넘의 숲이 이동하는 것처럼 보였다. 그러자 맥베드의 마음이 흔들렸다.

거기다가 그가 싸운 장수는 그 어머니가 달이 차서 낳은 자가 아

니라 달이 차기도 전에 어머니의 배를 가르고 나온 장군이었다. 그 것을 알고 난 맥베드는 모든 걸 포기했다.

그는 운명만을 너무 믿은 나머지 그 운명에 의하여 침몰한 것이 다. 아마도 셰익스피어는 운명만을 믿는 자의 말로를 말하기 위해 맥베드에게 그 악역을 맡기지 않았나 싶다.

원탁의 기사

옛 영국의 한 부족 왕 어서에게 아기가 태어난 직후 예언자 멀린 이 어서에게 나타나 "폐하께서는 곧 병석에 눕게 되고, 열병으로 세상을 떠나시게 됩니다. 그리고 왕자인 아더까지 위험에 처하게 됩니다. 그렇지만 왕자님의 목숨은 건질 기회가 있습니다. 제가 어 른이 될 때까지 보살피겠습니다."라고 말했다. 멀린은 너무나 유명 한 예언자였기 때문에 어서는 그의 말을 따랐다.

이렇게 해서 아더는 목숨을 구했지만 어서는 멀린의 예언대로 열병으로 죽고 브리튼은 색슨족에게 정복당한다. 그 후 어린아이 아더는 정직한 기사 헥터경의 양자로 들어가 어느 덧 열 여덟 살이 되었다.

그 때쯤 런던의 한 성당 앞에는 커다란 바위가 있었는데 그 바위 에는 눈부신 칼 한 자루가 깊숙이 박혀 있었고 아래쪽에는 다음과 같은 글이 적혀 있었다.

"바위의 이 칼을 뽑은 자만이 브리튼의 진짜 왕이다."

그러나 아더는 우연찮게 그 칼을 쉽게 뽑고 브리튼의 왕이 되었다. 그리고 웨섹스 지방의 카멜롯을 수도로 정했다.

아더는 예언자 멀린의 충고를 무시하고 거너버 공주와 결혼했고 거너버 왕비와 호수의 기사인 랜슬롯의 사랑으로 왕국은 혼란에 빠지게 된다. 멀린의 예언이 맞은 것이다. 그리고 아더는 5월 1일 태어나는 아이에 의해 멸망할 것이라는 예언을 믿고 그 날에 태어나는 모든 아이들을 바다에 떠내려보내라고 명령했다. 그렇게 해서도 아더의 운명은 바꿀 수 없었다.

모드레드(아더의 조카)는 기적적으로 구출되어 아더가 성배 탐험에 몰두하는 사이 그의 왕위를 찬탈하고 아더와 전투를 벌여 그를 죽였던 것이다.

박씨전

박씨전에도 박씨가 시아버지인 아귀에게 말하기를,

"내일 종로에 사람을 보내 여러 말 가운데서 가장 비루먹고 창백하여 볼품없는 말을 삼 백 냥을 주어 사오게 하옵소서." 했다.

우여곡절 끝에 그 말을 사온 후,

"그 말을 먹이시되 한끼에 보리 서 되와 콩 서 되를 섞어 죽을 쑤어 먹이시며 앞으로 삼 년 동안 각별히 먹이소서." 하였다.

이렇게 망아지를 기른 지 삼 년만에 시부모에게 모월모일 대명국 칙사가 보고자 할 것이니 값을 삼만 냥으로 결정하여 팔아오라고 하였다. 과연 칙사는 삼 만 냥을 주고 그 말을 사갔다. 아귀는 며느리에게 물었다.

"삼만 냥이라는 비싼 값을 받았으니 알 수 없구나 어인 일이냐?"

"그 말은 원래 천리마인데 우리 나라에서는 아무도 알아보지 못했습니다. 대국은 넓어서 앞으로 쓸 곳이 있사옵기에 칙사가 준마를 알아보고 사간 것입니다."

그리고 병자년(1636년) 12월 중순 어느 날 밤 남편 이시백에게,

"머지 않아 청나라 군사들이 우리 조선을 쳐들어 올 것입니다."

"아니, 그게 정말이오?"

"그렇습니다. 그 날이 바로 12월 28일입니다. 그러니 대감께서는 임금님을 모시고 남한산성으로 피하십시오."

남두육성과 북두칠성

남쪽 하늘 궁수자리 중앙부에 6개의 밝은 별이 국자 모양을 이루고 있다. 이것을 중국에서는 큰 곰 자리 북두칠성에 비교해 남두육성이라 부른다. 중국 전설에는 북두칠성은 죽음을, 남두육성은 수명을 관장한다고 전하고 있다.

옛날 중국에 천문과 점성술에 뛰어난 학자가 있었다. 어느 날 그가 말을 타고 시골길을 지나고 있을 때 우연히 보리밭에서 보리를 베고 있는 한 소년에게 눈길이 닿았다. 그 학자는 그 소년을 보자 고개를 가로 저으며,

"안 되었지만 너는 일찍 죽을상을 타고났구나. 스무 살 전에 죽을상이야."라고 말하자

이 소리를 들은 소년은 놀라 근처에서 보리를 베던 아버지에게

알렸다. 그들 부자는 학자를 뒤쫓아가 수명을 늘릴 수 있는 방법을 알려 달라고 간절히 졸랐다. 이에 학자는,

"인간의 수명이라는 것은 정해진 운명으로 인간의 힘으로는 바꿀 수가 없습니다. 그러나 어떻게 될지 모르지만 좋은 술 한 통과 말린 사슴 고기를 준비해 두십시오. 때가 되면 내가 당신 집에 찾아가 한 가지 방법을 알려 드리겠습니다." 하였다.

이윽고 약속대로 찾아온 학자는 소년에게,

"너는 이제 이 술과 고기를 가지고 보리밭 남쪽에 있는 커다란 뽕나무가 있는 곳으로 가거라. 그곳에 하얀 수염이 난 두 노인이 바둑을 두고 있을 테니 너는 그들에게 술과 사슴고기를 권해라. 그러나 너는 절대로 말을 해서는 안 된다. 잠자코 절만 하도록 하여라."고 일렀다.

소년이 학자의 말대로 뽕나무 밑에 가보니 아닌 게 아니라 두 노인이 바둑을 두고 있었다. 소년은 학자가 시킨 대로 술과 고기를 권했다. 두 노인은 틈틈이 술도 마시고 고기도 먹었다. 한판이 끝나자 북쪽에 있던 노인이,

"넌 누구냐? 왜 이곳에 온 거야? 여긴 네가 올 곳이 아니다." 하며 노인은 잔뜩 화가 나서 소리쳤다. 목소리도 거칠었다.

그러자 남쪽에 있던 노인이, "하는 수 없지. 이 아이가 가져 온 것을 무심코 먹어 버렸으니 뭔가 보답해야지." 했다.

그러나 북쪽의 노인은 완강히 반대했다.

남쪽의 노인은 북쪽 노인의 말에 개의치 않고 수명장부를 확인하더니 19살이라고 되어 있는 것을 뒤집어 91세로 바꾸었다.

소년은 너무도 기뻐 두 노인에게 절을 하고는 집으로 돌아왔다.

"아버지! 어머니! 저는 91세까지 살 수 있게 되었어요."

부모와 함께 기다리던 학자가 미소지으며 말했다.

"북쪽에 있는 노인은 북두칠성으로 죽음의 신이고, 남쪽에 있는 노인은 남두육성으로 생명의 신이다. 인간이 어머니 몸에 잉태되는 것도 모두가 남두가 북두에게 의논해서 결정하는 것이란다." 하고 말했다.

열국지의 오자서

중국 춘추전국시대의 이야기이다. 초나라 초평왕이 간신 비무극과 짜고 태사인 오사를 옥에 가두었다. 오사에게는 오상과 오자서라는 총명하고 용감한 두 아들이 있었다. 초평왕은 그 두 아들을 함께 죽여 후환을 없애고자 하였다. 그래서 초평왕은 오사에게 두 아들을 불러들이도록 편지를 쓰게 했다. 이에 오사는,

"신의 큰아들 오상은 천성이 착하고 믿음을 존중하여 부르면 반드시 올 것입니다. 그러나 둘째 아들 오자서는 글을 좋아하고 무예에 능통하여 글로 나라를 안정시키고 무로 국가를 지킬 만한 인물입니다. 오자서는 능히 앞날을 내다볼 줄 아는 선비가 되었는데 어찌 신이 부른다고 오겠습니까?" 라고 말했다.

어쨌든 오사의 편지는 오상과 오자서에게 전달되었다. 큰 아들 오상은 아버지에게 가면 자기가 죽음을 당할 줄 뻔히 알면서도 아버지에게 갔다. 그러나 오자서는 부자가 함께 죽느니 살아서 복수하는 것이 낫다고 생각한다. 그래서 초나라를 탈출하여 도망간다.

생각대로 오사와 오상은 죽었다. 오상은 죽으면서,

"초평왕과 비무극은 오자서를 죽이지 못했으니 그로 인해 앞으로 편히 잠을 이룰 수 없겠구나." 라는 말을 남겼다.

오자서는 천신만고 끝에 살아났다.

그는 배가 몹시 고파 죽을 지경에 이르러 한 여인을 만나 밥을 얻어먹게 되고 이야기를 나누게 되었다. 이 여인은 낯선 남자에게 음식을 바치고 말까지 주고받았으니 죽어 마땅하다며 강물에 뛰어들어 자살했다. 오자서는 슬픔을 이겨내지 못하고 10년 후에 그녀의 은혜를 천금으로써 보답하겠다는 혈서를 써서 땅에 묻었다. 오자서는 오나라에 들어섰다.

오나라에는 피리라는 유명한 관상쟁이가 있었는데 오자서를 보자마자,

"내가 실로 수많은 사람의 관상을 보았지만 이런 인물은 처음이다."라고 중얼거렸다.

오자서는 피리와의 인연으로 공자 광을 알게 되었고, 공자 광은 오자서의 도움으로 오나라의 왕(합려)이 되었다. 오자서는 귀빈 대접을 받았고 관상쟁이 피리는 대부가 되었다.

한편 초나라에서는 충신 백극완이 오사처럼 누명을 쓰고 죽고 그의 아들 백비가 오자서에게 찾아왔다.

동병상련을 느낀 오자서는 오왕 합려에게 추천하여 백비도 대부가 되었다. 어느 날 피리는 오자서에게,

"내가 백비의 관상을 보니 눈은 매 같고 걸음걸이는 범 같더이다. 그런 즉 탐심이 많고 야심이 대단하여 잔인하기까지 해서 많은 사람에게 해를 입힐 것입니다. 백비를 경계하여 장차 피해를 입지 않

도록 하십시오." 라고 말했다.

하지만 오자서는 피리의 말을 귀담아 듣지 않았다.

이 후 오자서는 손무(손자병법의 저자로 알려지고 있다)와 함께 월나라를 치고 돌아왔다. 돌아오는 길에 손무는 오자서에게,

"40년 후면 월나라가 오나라 보다 융성해 질 것입니다."라고 하였고 오자서는 이 말을 새겨들었다.

오왕 합려는 드디어 초나라를 정벌하러 손무, 오자서, 백비 등을 거느리고 떠났다. 초나라는 대패했다.

오자서는 죽은 초평왕의 무덤을 찾아 시체에 3백 번이나 매질을 했다. 그리고 지난 날 자신에게 밥을 주고 강물에 몸을 던진 여인을 위해 그 여인이 빠져 죽었던 자리에 천금을 던져 여인의 영혼을 달랬다.

이렇게 오자서는 복수와 은혜를 철저하게 갚았다.

오왕 합려는 손무를 일등공신으로 대접하여 큰 벼슬을 내렸으나 손무는 모든 걸 마다하고 깊은 산으로 들어가려 했다. 합려는 오자서로 하여금 손무를 만류하도록 시켰다.

왕의 말을 듣고 오자서가 손무를 찾아가니,

"그대는 하늘의 이치를 모르십니까? 지금 왕은 오나라의 강함만을 믿고 있으며 장차 우환이 없어지면 반드시 교만해 질 것입니다. 공을 세우고 물러서지 않으면 불행해 집니다." 라고 말했다.

이렇게 손무는 떠나갔다.

합려는 초나라를 대패시킨 뒤 그 위세가 중원에 떨쳤다. 그는 손무의 예견대로 교만해지고 방탕에 빠졌다. 합려는 월나라와 전쟁을 일으켰다. 그리고 전쟁 중에 죽고 만다.

오자서의 힘으로 세손에 책봉된 부차가 오나라의 왕이 되었다. 부차는 합려의 원수를 갚기 위해 월나라를 침공해서 승리를 눈앞에 두었다. 그러나 월나라 왕 구천과 문종, 범려의 계책으로 태재인 백비를 뇌물로 매수하였다. 오자서의 강력한 반대에도 불구하고 부차와 백비는 월의 구천과 화평을 맺었다. 오자서는 지난 날 백비에 대하여 경계하라고 말해준 피리의 말을 듣지 않은 것을 후회했다. 월왕 구천은 회계산의 치욕을 견뎌내고 월나라로 돌아가 오나라에 복수하기 위해 철저히 위장하고 전쟁에 대비하면서 부차와 백비를 안심시켰다.

어느 날 부차가 눈을 감았다가 괴기한 광경을 목격했다. 그는 그 내용을 오자서에게 말했다.

"네 사람이 등을 맞대고 있더니 이내 사방으로 흩어지고 뜰 아래에 두 사람이 서 있었는데 북쪽을 향하고 있던 자가 남쪽을 향하고 있던 자를 칼로 쳐죽였다. 도대체 이것은 어떤 징조인가?"

그 말을 듣고 오자서가 다음과 같이 말했다.

"네 사람이 등을 맞대고 있다가 사방으로 흩어진 것은 머지않아 뿔뿔이 흩어질 징조입니다. 북쪽에 있는 사람이 남쪽에 있는 사람을 죽인 것은 신하가 반역을 할 징조입니다. 왕께선 경계하셔야 합니다."

오왕 부차는 매우 불쾌했다. 그때 곁에 있던 태재 백비는,

"사방으로 흩어지는 것은 모든 나라가 흩어져 우리 오나라에 모인다는 뜻이고, 역시 다른 나라에서 아랫사람이 윗사람에게 반역을 한다는 뜻입니다." 라고 나서서 말하였다.

부차는 백비의 말에 흡족했다.

백비는 오자서가 반역을 꾀했다고 모함했다. 백비의 말을 믿은 부차는 오자서에게 검을 내려 자결할 것을 강요했다. 오자서는 칼을 들고,

"나는 비록 죽지만 내일이면 월나라 군사가 오나라에 쳐들어와 이 나라의 사직을 파헤치리라." 라고 탄식하며 자결했다.

오자서가 죽자 거칠 것이 없어진 부차는 구천이 보낸 미인 서시에게 빠져 정사를 돌보지 않았고 부차의 방심한 틈을 타 구천은 오나라를 쳐 회계산의 치욕을 씻었다.

부차는 오자서의 말을 믿지 않고 백비의 말을 들은 것을 후회했지만 때는 늦었다. 부차는 모든 것이 끝났음을 알고,

"내가 죽은 뒤 저승에서 무슨 면목으로 오자서를 보겠는가? 내가 죽거든 비단으로 내 얼굴을 세 겹만 싸주기 바란다."하고 유언을 남기고 자결했다.

오나라와 월나라의 긴 싸움은 합려, 부차, 구천, 손무, 오자서, 범려, 문종, 서시 등을 등장시켰고, 오월동주, 와신상담 등 고사성어를 남겼다. 그리고 오자서 같은 현명한 인재도 부차와 백비 같은 인간을 미처 알아보지 못한 것이다.

삼국지의 조조

조조가 젊었을 때의 이야기이다.

한 영제 때 태위였던 교현은 사람 보는 눈이 뛰어난 유명한 사람이었는데 일찍이 조조를 보고,

"나는 이제껏 천하의 명사를 많이 보아왔으나 아직 군과 같은 인물을 본적이 없다. 군은 부디 진중 하여라. 나는 이미 늙었다. 나의 처자를 부탁한다."고 말하였다.

이로 인하여 조조의 명성은 더욱 높아졌다.

허자장 역시 사람 보는 눈이 뛰어났는데 어느 날 조조가 허자장에게,

"나는 대체 어떠한 인물이 될 것인가?"라고 묻자 허자장은 대답을 하지 않았다. 조조가 재차 묻자,

"그대는 치세의 능신이요, 난세의 간웅이다."라고 말했다.

이 말을 들은 조조는 매우 만족해했다.

또한 조조는 오해로 여백사 일가를 죽였는데 옆에 있던 진궁이 탄식하자 조조는 자기가 차라리 남을 저버릴 망정 남은 자리를 저버리지 않겠다고 말한다. 이렇게 해서 진궁은 조조를 떠나게 된다.

일찍이 수경 선생 사마휘는 유비에게,

"봉룡과 봉추 두 사람 가운데 한 사람만 얻어도 천하를 얻을 수 있으리라."고 말했다. 그러나 유비는 두 사람을 다 얻었지만 겨우 천하의 3분의 1만 얻었을 뿐이다.

삼국지에서 가장 유명한 점술가는 단연 관로로 생각된다.

조조는 좌자를 만나 병을 얻어 고생했는데 관로는 그것이 환술이라며 조조를 안심시켰다. 그리고 여러 가지 예언을 한다.

"누런 멧돼지가 호랑이와 만나고 정군의 남쪽에서 한쪽 다리가 부러진다."

"오나라에서는 대장이 죽고 촉에서는 국경을 침범한다."

"내년 봄 도읍에서 화재사고가 있을 것인즉 출정치 마라.".

과연 정군산 남쪽에서 조조의 한쪽 다리와 같던 하후연이 전사했고, 오나라에서는 노숙이 죽었으며 촉에서는 장비와 마초가 국경을 침범했다.

조조는 한중을 공략하려 했으나 관로의 말을 들어 출정치 않았다. 조조를 제거하려던 무리들이 불을 질렀으나 진압되었다.

조조는 관로를 높게 평가하여 관직을 내리려 했으나 관로는 극구 사양했다. 후한 상품도 내렸으나 끝내 받지 않았다. 뒤에 조조가 찾았으나 그의 행방은 묘연했다.

원자폭탄의 출현을 예언한 SF 작가

클리브 카트밀은 미국의 SF 작가이다.

1944년에 그는 풍부한 상상력으로 한 잡지에 '데드라인'이라는 SF 소설을 연재하였다. 그 내용은 사악한 식사(Sixa - 거꾸로 하면 Axis - 추축국 - 독일, 일본, 이탈리아) 세력이 원자폭탄을 쓰려하지만 세일라(Seilla - allies - 연합국 - 미, 러, 영, 프) 세력은 그 계획을 저지하고 자신들도 원자폭탄을 사용하지 않을 것임을 선포한 것이다. 그 가공할 위력이 인류에게 너무나 큰 위협을 가할 것이기 때문이다.

1944년 3월 어느 날 FBI수사관들이 잡지사 편집국에 들이닥쳤다. 혐의는 국가기밀 누설, 당연히 소설에 게재된 원자폭탄 때문이었다. 당시 미국 정부는 원자폭탄을 국가 기밀로 개발하고 있었고 그것을 '맨해튼 프로젝트'라고 부르고 있었는데 그 내용이 고스란히 잡지에 드러났으니 깜짝 놀랄 수밖에 없었던 것이다.

FBI 수사관들의 집요한 수사로 밝혀진 결과는 순전히 우연의 일치라는 것이었다. 그러나 그것은 단순한 우연이 아니라, 물리학 이론에 기초하여 풍부한 상상력을 바탕으로 당시 국제정세에 맞추어 쓴 작가의 기이한 필연적 우연(예언)이었음이 밝혀진 것이다.

타이타닉호의 비극

공전의 히트를 기록한 영화 '타이타닉'. 이 여객선은 1911년 영국의 화이트스타 회사에서 만들어 1912년 4월 14일 첫 출항하여 대서양을 횡단하던 중 빙산과 충돌하여 1,513명의 승객의 목숨을 앗아갔다.

그런데 이상한 일은 사고가 있기 14년 전에 이 사건과 비슷한 내용을 소설로 쓴 사람이 있었다. 1898년 「모건 로버트슨」이라는 작가는 배 이름도 비슷한 '타이탄호의 난파'라는 소설을 썼다.

다음은 소설 속에 묘사된 배 '타이탄'호와 실제 '타이타닉'호와의 비교표이다. 소설의 내용도 14년 후의 실제 타이타닉호의 사고와 너무나 흡사하였다.

과연 이것은 작가의 상상력과 실제의 우연일까? 그것이 아니라면 작가의 예지 능력일까?

더욱이 사망자 1,513명 중에 한사람이었던 유명한 저널리스트 W.T 스테드가 1892년에 출판한 단편소설도 타이타닉호 참변을 예고했다고 한다.

구 분	소 설	실 제
배 이름	타이탄호	타이타닉호
승객 및 승무원	3,000명	2,208명
구명호 수	24척	20호
배의 길이	800피트	882.5피트
스크류	3개	3개
최대속도	25노트	22노트

성경 속의 예언

인류 탄생이래 어떤 책이 가장 많이 읽혔을까?

그것은 거론할 필요조차 없이 성경이다. 성경에는 하나님의 말씀뿐만 아니라 알게 모르게 수많은 예언이 기록되어 있다. 그 예언 중에는 경고성 예언이 많은데 그것은 자칫 방종하기 쉬운 인간에게 대단히 두려운 것이다.

성경에 나오는 대표적인 예언자들은 이사야, 예레미아, 에스겔, 다니엘, 호세아, 요나 등이 있다.

예언자 다니엘은 해몽의 재능으로 느부갓네살 왕의 궁정에서 높은 지위에 오를 수 있었다. 고대 히브리인들은 꿈은 참된 예언자가 하나님과 대화하는 정당한 방법이라고 믿었다. 예루살렘에서 잡혀온 포로인 다니엘은 죽음의 위협 아래서도 자기의 종교적 유산을 버리지 않았다.

그는 그 강한 신앙심과 환상을 풀이하는 재능으로 유명해진다. 그는 제국(바벨론, 메대, 바사, 그리스)이 잇달아 멸망하고 하나님의 왕국이 승리하여 전성기를 누린다고 예언했다.

느부갓네살 왕이 하늘까지 닿는 엄청나게 큰 나무와 짐승의 마음을 받아 일곱 때를 지나리라는 꿈을 꾼 후 다니엘은 느부갓네살이 왕좌에서 밀려나 하나님의 영광을 인정할 때까지 소처럼 풀을 뜯어먹고 살게 될 거라고 예언했다. 과연 느부갓네살은 왕좌에서 밀려나 미쳐서 소처럼 풀을 뜯어먹었다.

그러나 뭐니뭐니해도 꿈과 해몽을 말하면 성경을 떠나서도 가장 유명한 것이 창세기에 나오는 요셉의 일화일 것이다.

요셉은 네 명의 부인이 낳은 야곱의 열 두 아들 가운데 열 한번째이다. 그러나 요셉은 늙은 아버지의 총애로 이복 형들의 시기를 받아 20세겔을 받고 애굽으로 팔려갔다. 그는 보디발이라는 애굽의 고관에게 팔렸는데 예지 능력을 인정받아 단기간에 가정 총무가 되었다.

그러나 요셉은 보디발의 아내의 유혹을 거절한 대가로 누명을 쓰고 왕실 감옥에 갇히게 되었다. 요셉은 왕실 감옥에서도 다른 죄수들을 돌보는 일을 맡았다. 그러던 중 애굽 왕에게 죄를 지은 두 사람을 알게 되었다. 한 사람은 왕실의 술을 맡은 자이고 다른 사람은 떡 굽는 자였다. 그 두 사람은 각각 하룻밤에 꿈을 꾸고 난 후 근심하고 있었다.

먼저 술을 맡은 관원장이 요셉에게 꿈 해몽을 부탁하며 꿈 얘기를 했다.

"꿈에 보니 내 앞에 포도나무가 있었는데 그 나무에 세 가지가 있고 싹이 나서 꽃이 피고 포도송이가 익었고 내 손에 바로 (애굽의 왕)의 잔이 있기로 내가 포도를 따서 그 즙을 바로의 잔에 짜서 그 잔을 바로의 손에 드렸더라." 하니 요셉은 세 가지는 사흘을 의미하며 사흘 안에 전직을 회복할 것이라고 했다.

그 말을 들은 떡 굽는 관원장,

"나도 꿈에 보니 흰 떡 세 광주리가 내 머리에 있고 그 위 광주리에 바로를 위하여 만든 각종 구운 식물이 있는데 새들이 내 머리의 광주리에서 그것을 먹더라." 라고 말했다.

요셉이 말하기를 세 광주리는 사흘이다, 지금부터 사흘 안에 바로가 당신의 머리를 끊고 그것을 나무에 걸어 새들이 당신을 뜯어 먹을 것이라고 하였다.

과연 사흘 후에 두 사람은 요셉의 말대로 되었다.

감옥에서 2년이나 보낸 요셉에게 하루는 바로가 불렀다.

바로가 이상하고 불길한 두 가지 꿈을 꾸었기 때문이다.

첫 번째 꿈은 아름답고 살찐 일곱 암소가 나일강에서 올라왔으나 그들을 따라 나타난 흉악하고 파리한 다른 일곱 암소에게 먹혔으며 파리한 암소들은 더 살이 찌지 않았다.

두 번째 꿈은 한 줄기 무성하고 충실한 일곱 이삭이 나오더니 뒤이어 나온 쇠약한 일곱 이삭에게 삼켜지는 내용이었다.

요셉은 살찐 암소와 풍성한 일곱 이삭은 7년의 풍년을 의미하며 파리한 일곱 암소와 쇠약한 일곱 이삭은 7년의 흉년을 뜻하니 7년간 풍년이 든 다음 7년간 재앙에 가까운 흉년이 든다고 말했다.

바로는 요셉의 말을 들었고 그를 신임하여 총리로 임명하니 7년 풍년 동안 수많은 곡식을 저장하여 7년 흉년을 대비하여 슬기롭게

7년 환란을 이겨냈다.

성경에는 무시무시한 예언도 있는데 그 중 가장 두려운 예언은 아마도 아마겟돈에 관한 내용일 것이다.

아마겟돈은 옛날의 큰 전쟁터였던 므깃드 언덕을 말한다. 에스드레론 평원 남부에 위치하고 있다.

아마겟돈은 제3차 세계대전, 즉 인류 최후의 전쟁을 떠올리기도 하나 꼭 전쟁이 아니라 지진, 환경문제, 인간성 상실을 말하기도 한다.

요한 계시록에 아마겟돈에 관한 것이 자세히 나와 있는데 지면 상 모두 소개할 수는 없으나 몇 가지만 소개한다.

"하늘에 크고 이상한 다른 이적을 보매 일곱 천사가 일곱 재앙을 가졌으니 곧 마지막 재앙이라. 하나님의 진노가 이것으로 마치리로다." (요한 계시록 15장 1절)

"첫째 천사가 나팔을 부니 피 섞인 우박과 불이 나서 땅에 쏟아지매 땅의 삼분의 일이 타서 사위고 수목의 삼분의 일도 타서 사위고 각종 푸른 풀도 타서 사위더라." (요한 계시록 8장 7절)

"세 영이 히브리어로 아마겟돈이라 하는 곳으로 왕들을 모으더라. 일곱 번째가 그 대접을 공기 가운데 쏟으매 큰 음성이 성전에서 보좌로부터 나서 가로되 되었다 하니 번개와 음성들과 뇌성이 있고 큰 지진이 있어 어찌 큰지 사람이 땅에 있어 옴으로 이같이 큰 지진이 없었더라. 큰 성이 세 갈래로 갈라지고 만국의 성들도 무너지니 큰 성 바벨론이 하나님 앞에 기억하신 바 되어 그의 맹렬한 진노의 포도주 잔을 받으매 각 섬도 없어지고 산악도간데 없더라."　　　　　　　　　　　　　(요한 계시록 16장 16절-20절)

무서운 예언은 이것만이 아니다.

"무리가 먼 나라에서 하늘가에 왔음이여 곧 여호와와 그 진노의 병기로 온 땅을 멸하려 함이로다."　　　(이사야 12장 5절)

"나 만군의 여호와가 분하여 맹렬히 노하는 날에 하늘을 진동시키며 땅을 흔들어 그 자리에서 떠나게 하리니"

(이사야 13장 13절).

성경은 이처럼 무서운 경고성 예언을 하지만 그와 반대로 이 세상이 그렇게 참혹하게 끝나는 것을 원치 않는 것 같다.

예수께서 감람산 위에 앉으셨을 때 제자들이 조용히 와서 가로되 "우리에게 이르소서 어느 때에 이런 일이 있겠사오며 또 주의 임하심과 세상 끝에는 무슨 징조가 있사오리까?" 하자 예수께서 대답하여 가라사대 "너희가 사랑의 미혹을 받지 않도록 주의하라." 라고 하셨다. 또한

"많은 사람이 내 이름으로 와서 이르되, 나는 그리스도라 하여 많은 사람을 미혹케 하리라. 난리의 소문을 듣겠으나 너희는 삼가 두려워 말라. 이런 일이 있어야 하되 끝은 아직 아니리라. 민족이 민족을, 나라가 나라를 대적하여 일어나겠고 도처에 기근과 지진이 있으리니 이 모든 것이 재난의 시작이니라. 그 때에 사람들이

너희를 환란에 넘겨주겠으며 너희를 죽이거나 너희가 내 이름을 위하여 모든 민족에게 미움을 받으리라. 그 때에 많은 사람이 시험에 빠져 서로 잡아먹고 서로 미워하겠으며, 거짓 선지자가 많이 일어나 많은 사람을 미혹하게 하겠으며, 불법이 성하므로 많은 사람의 사랑이 식어지리라. 그러나 끝까지 견디는 자는 구원을 얻으리라. 이 천국 복음이 모든 민족에게 증거되기 위하여 온 세상에 전파되리니 그제야 끝이 오리라."

(마태복음 24장 3절 ~ 14절)

"또 저가 수정같이 맑은 생명수의 강을 내게 보이니 하나님과 및 어린양의 보좌로부터 나서 길 가운데로 흐르더라. 강 좌우에 생명나무가 있어 열 두 가지 실과를 맺히되 달마다 그 실과를 맺히고 그 나무 잎사귀들은 만국을 소성하기 위하여 있더라. 다시 저주가 없으며 하나님과 그 어린양의 보좌가 있으리니……."

(요한 계시록 22장 1절-3절).

"하나님이 세상을 이처럼 사랑하사 독생자를 주셨으니 이는 저를 믿는 자마다 멸망치 않고 영생을 얻게 하려 하심이니라."

(요한 복음 3장 16절).

"마음을 강하게 하고 담대히 하라. 두려워 말며 놀라지 말라 네가 어디로 가든지 네 하나님 여호와가 너와 함께 하느니라."

(여호수아 1장 9절).

이러한 성경의 예언을 잘못 판단하거나 고의로 다르게 해석하여 일부 종단에서는 종말론을 주장하기도 한다.

종말론을 주장하는 서울의 어느 교회에서 1992년 10월 28일 휴거(종말의 날)가 시작되어 이 날부터 지구에서는 7년간의 대 환란이 시작되고 1999년에는 완전히 멸망하면서 천년왕국이 시작된다고 예언했다. 하지만 92년 10월 28일은 아무 일도 일어나지 않았고 1999년에도 역시 아무 일도 일어나지 않았다.

서기 999년 12월 31일 밤 12시가 되면 지구가 멸망한다고 모두가 믿었다. 그리하여 999년 12월이 되자 전 유럽이 공포에 떨었으며 사람들은 의도적인 자선이나 회개를 하였다. 부자들은 어려운 사람들에게 재산을 나누어주었고 사채업자들은 채무를 탕감해 주기도 하였다.

드디어 1000년 1월 1일 아침이 밝았다. 그러나 아무 일도 일어나지 않았다. 그 날은 유독 맑은 날씨였다고 한다.

지금 세계는 21세기가 다가옴에 따라 종말론이 세간의 입에 오르내린다. 최근 교황 바오로 2세는 1000년이 다가올 당시에도 종말론이 횡행했고 금세기 말 종말이 닥칠 것이라는 예언은 잘못된 것이라며,

"종말론은 거짓되고 환상에 사로잡힌 것이다."라고 말한다.

교황의 말처럼 2000년이 밝아왔고 세상은 고요했다.

6. 기이한 인연과 운명

사자와 살인자

이것은 미국에서 있었던 일이다. 억만장자의 돈을 노려 그를 살해하였으나 후에 잡혀서 교수형에 처하게 된 살인자가 있었다. 그는 살고 싶었다. 하지만 그것은 그의 희망일 뿐 교수형은 집행되고 있었다. 그는 무조건 '살려달라'고 마음 속으로 외쳤다. 그것은 하나님과 같은 절대자에게 바라는 것도 아니었고, 사형집행인에게 바라는 것도 아니었다.

그런데 검은 천으로 얼굴이 가려져 있던 칠흑 같은 어둠 속에서 누구인지도 모를 소리가 들려왔다.

"걱정하지 말아라. 너는 죽지 않을 것이다. 다만 사자만 조심하라. 사자만 조심하면 너는 천명을 다 할 것이다."

그 소리는 꿈속에서처럼 희미하게 들렸다. 하지만 그는 기대하지도 않았다. 지금 자신은 목에 밧줄을 걸고 있지 않는가?

집행인이 신호만 하면 마루 바닥이 가라앉아 자신은 죽게 될 것이다. 그런데 이상한 술렁임이 몇 번 일더니 형 집행이 다음으로 미루어지게 되었다. 신기하게도 기계가 작동하지 않았던 것이다.

새삼 그는 어둠 속에서 들린 그 말을 되새기며 어떤 희망을 갖게 되었다. 며칠이 지나 다시 형 집행이 시작되었다. 그러나 이날 역시 그 많은 점검에도 불구하고 기계는 작동하지 않았다. 또 다시 형은 미루어지게 되었다.

마지막 세 번째 사형 집행이 시작되었다. 다른 죄수들은 모두 다시는 푸른 하늘을 보지 못하는 죄 값을 받았다.

그러나 그 죄수가 사형대에 서자 아무 문제가 없던 기계가 작동하지 않았다. 그는 그때서야 희망을 갖게 되었다.

끝내 그 기계는 작동하지 않았다. 이렇게 해서 그는 자유의 몸이 되었다. 왜냐하면 당시 그 주의 법은 사형을 언도 받은 흉악범이라 할지라도 형 집행 판결(예를 들어 교수형, 총살형)을 받아서 불가항력으로 3번씩이나 형이 집행되지 못하면 죄인은 무죄로 풀려나게 되어 있었다. 그는 자유의 몸이 되었지만 한편은 두려운 생각이 들었다. 어둠 속의 그 말 때문이었다.

그러나 시간이 지나자 점차 두려운 마음은 사라졌다.

어느 비오는 밤 그는 술이 잔뜩 취해 공원에 나타나서 고래고래 소리를 지르고 있었다.

"하하하! 난 불사신이야! 난 사자 우리가 있는 동물원이나 아프리카에 여행만 가지 않는다면 난 오래 살 수 가 있어 하하하…"

그는 그 목소리의 공포를 털어 버리려 술병을 들고 소리를 지르며 석상 옆에 앉아 쉬고 있었다. 그런데 갑자기 번개가 그 낡은 석상을 때렸다. 그 낡은 석상은 와르르 무너지며 그 남자를 덮쳤다. 그 남자는 세 번이나 교수형이 집행되질 않아 생명을 건진 목숨답지 않게 그렇게 죽었다. 동물원이나 아프리카에만 가지 않는다면 절대 죽지 않을 거라는 그가 죽은 것이다. 그러나 그 석상은 사자 석상이었으며 더욱이 놀라운 것은 그 남자에게 억울한 죽음을 당한 억만장자가 생전에 그 공원에 기증한 사자 석상이었던 것이다. 그렇다면 어둠 속의 목소리의 주인공은 그 억만장자의 영혼의 목소리가 아니었을까? 그리고 자신이 직접 복수를 하고 싶어서 사형집행을 정지시킨 것이었을까?

악마의 다이아몬드

이 세상에서 가장 단단하고 찬란하게 빛나는 다이아몬드. 그 다이아몬드를 아무 조건 없이 당신에게 준다면 당신은 거절할 수 있겠는가? 그러나 그 다이아몬드의 비밀을 알게 된 순간 과연 당신은 그 다이아몬드를 영원히 갖고 있을 수 있겠는가?

그 다이아몬드는 호프 다이아몬드이다. 호프 다이아몬드의 저주스런 비밀을 알아보자.

전설에 의하면 500년 전 인도 남서부의 키스트나강에서 파낸 직후 어느 힌두교 사원의 신상의 이마에 박혔는데 한 승려가 이 보석에 눈이 멀어 보석을 훔쳐냈지만 체포되어 고문 끝에 죽었다고 한다.

그 후 1642년 이 보석은 장 밥띠스뜨라는 프랑스 밀수업자의 손을 거쳐 유럽으로 들어왔다. 이 보석을 팔아 거금을 손에 쥔 장은 아들의 도박 빚 때문에 파산했다. 그는 다시 한 밑천 잡으러 인도로 돌아갔다가 들개 떼를 만나 갈기갈기 찢겨 죽었다.

이 후 루이 14세의 수중에 들어간 그 보석은 112.5캐럿에서 67.5캐럿으로 작아졌다. 이 보석을 루이 14세에게서 빌려갔던 한 고관은 1665년 횡령죄로 유죄 판결을 받고 감옥에서 죽었다. 루이 14세 역시 태양왕이라는 말이 무색할 정도로 계속된 패전 후 국민의 증오를 받으며 죽어갔다.

이 보석을 늘 몸에 지니고 다니던 랑바르 공주는 폭도들에게 맞아 죽었으며 그것을 물려받은 루이 16세와 왕비 마리 앙뜨와네트는 혁명의 와중에 단두대에서 희생되었다.

1792년 이후 프랑스의 보석상인 자끄 셀로는 그 아름다움에 넋을 잃어 자살했다. 러시아의 이반 키니토프스키공은 그것을 파리의 애첩에게 주었다가 애첩을 죽였고 나중에 자신도 자살했다.

러시아 캐서린 여제도 뇌졸중으로 죽기 직전 이 보석을 지니고 있었다.

그 후 네덜란드의 세공업자의 손에 들어가 현재와 같이 44.5캐럿으로 다시 깎여진 다음 세상에 모습을 나타냈는데 그는 아들에게 보석을 도둑맞고 자살했다.

이 보석은 아일랜드 은행가 헨리 토마스 호프의 손에 들어오면서 호프 다이아몬드라는 이름을 갖게 되었다. 그의 손자는 후에 무일푼이 되어 죽었다.

1908년 터키의 술탄 압둘 하미드가 40만 달러에 사들여 아내인

수바야에게 주었고 그는 후에 그 아내를 칼로 찔러 죽였다. 1년 후 그 역시 왕좌에서 쫓겨났다.

그 후 보석은 1911년 미국 서부 대사업가 네드맥린의 소유가 되었다. 그러나 맥린 역시 이 다이아몬드의 저주는 피할 수 없었다. 맥린의 어린 아들은 교통사고로 죽었고, 파산한 맥린도 정신병원에서 죽었다. 딸은 1946년 약물과용으로 죽었으며, 아내는 마약 중독자가 되었다.

주인에게 비극의 운명을 가져다주는 이 푸른 보석을 맥린가의 상속인으로부터 사들인 미국의 보석상 해리 위스턴만은 이 비운을 피할 수 있었다. 그는 이 보석을 스미소니언 박물관에 돈을 받지 않고 기증해 버렸다. 20여명의 목숨을 처참하게 빼앗아간 이 보석은 스미소니언이라는 거대한(?) 주인을 만난 탓일까? 아니면 스미소니언은 사람이 아니기 때문일까? 이 호프 다이아몬드는 지금도 워싱턴의 스미소니언 박물관에서 얼음처럼 찬 중심에서 찬란한 푸른빛을 뿜어내고 있다고 한다.

20년 주기의 미국대통령의 비극

1860년 미국 대통령(16대)에 당선된 링컨은 극장에서 연극을 관람하다 피살되었다.

1880년에 대통령에 당선된 가필드(20대)는 1881. 7. 2 워싱턴 역전에서 엽관 운동에 실패한 C. 기드의 총격을 받아 9. 19에 사망했다.

1900년에 당선된 매킨리 대통령(25대-재선)은 다음 해에 무정부주의자에게 암살 당했다.

1920년에 당선된 하딩 대통령(29대)은 재임 중 각료들의 독직사건이 일어나 곤욕을 치렀고, 알래스카 유세를 마치고 돌아오는 도중에 샌프란시스코에서 급사했다.

1940년에 당선된 루즈벨트 대통령(32대)은 1945년 4월 뇌일혈로 급사했다.

1960년에 당선된 케네디 대통령(35대)은 미국 사상 최연소 대통령(43세)이었고, 최초의 카톨릭교도였으나 달라스에서 암살 당했다.

1980년에 당선된 레이건 대통령(40대)은 최고령 대통령(69세)이었으나 저격범의 총에 맞았으나 다행히 심장에서 12cm 떨어진 곳에 총탄을 맞아 겨우 목숨을 건졌다.

레이건은 지금 치매에 걸려 자신이 미국 대통령이었다는 사실조차 모른다고 한다.

그러면 2000년에 당선될 미국 대통령의 운명은?

과연 16대 대통령 링컨 이후 발생하는 20년 주기설은 언제까지 이어질까? 아니면 이것 또한 우연의 일치일까?

링컨과 케네디의 운명

에이브러험 링컨 대통령과 존 피츠제럴드 케네디 대통령은 많은 점에서 놀라우리 만치 닮았다.

에이브러험 링컨은 1846년 처음으로 하원의원에 선출되었다. 그로부터 100년 후 존 F 케네디도 의원이 되었다.

링컨은 1860년 11월 6일 제 16대 대통령에 당선되었고, 케네디는 1960년 제 35대 대통령에 선출되었다.

링컨을 암살한 사나이는 존 윌크스 부스로 1838년생이며, 케네디를 암살한 사나이는 리 하비 오스왈드로 1939년 생이었다.

두 사람 모두 남부인이며 재판을 받기도 전에 의문에 쌓인 채 살해되고 말았다. 부스는 극장 안에서 총을 쏘고 헛간으로 뛰어 들었고, 오스왈드는 창고에서 총을 쏘고 극장 안으로 뛰어 들었다. 두 사람 다 금요일에 운명을 맞았으며 머리를 총에 맞았다. 그리고 부인이 현장에 나란히 있었다.

링컨은 포드극장에서 총을 맞았고, 케네디는 포드 자동차에서 만든 링컨 차를 타고 가다 총에 맞았다. 케네디의 여비서 중 한 명이 이블린 링컨이었다.

마지막으로 그들의 뒤를 이어 대통령이 된 사람은 둘 다 존슨이었고 남부인이었다. 링컨의 뒤를 이은 앤드루 존슨은 1808년 생, 케네디의 뒤를 이은 린든 존슨은 1908년 생이었다.

링컨 대통령의 아들 로버트 토드 링컨은 어떤가? 아버지 링컨 대통령이 암살 당할 때 포드 극장에 아버지와 함께 있었다. 물론 아버지가 대통령이었으니까 곁에 있는 게 특별한 일은 아니었다. 그러나 그는 1881년 가필드 대통령이 워싱턴 포토맥 역에서 총격을 받을 때도 우연히 사건 현장에 있었다.

그리고 1901년 매킨리 대통령이 뉴욕 버팔로에서 총격을 받을 때도 사건현장 바로 옆에 있었다. 그가 있었기에 대통령들이 총격을 당했는가? 아니면 우연하게도 사건 현장마다 그가 나타났는가?

세상에는 이러한 묘한 우연과 기연이 얼마든지 있다.

영국의 정치가이며 치안판사였던 에드먼드 베리 고드프리경은 1678년 그린베리힐에서 살해된 시체로 발견되었다. 이 사건은 영국에 큰 충격을 주었다.

얼마 후 세 남자가 체포되어 재판을 받았다. 재판 결과 세 명이 함께 고드프리경을 살해한 것으로 판명되었다. 그런데 우연의 일치로 세 사람의 이름은 그린베리힐의 사건 현장을 분해한 듯한 이름을 가지고 있었다. 그들의 이름은 각각 로버트 그린, 헨리 베리, 로렌스 힐이었다. 이보다 더 기이한 인연과 운명이 있다.

1664년 12월 5일 아일랜드해의 메나이 해협을 건너던 선박 1척이 바다에 침몰했다. 승객 81명 중 유일하게 살아남은 사람의 이름은 휴 윌리엄스였다. 100여 년이 흐른 1785년 또 다른 선박이 같은 장소에서 침몰했다. 이 때 타고 있던 승객 중 유일하게 살아남은 사람이 한 사람 있었는데 그 사람 역시 휴 윌리엄스였다. 다시 1820년 24명의 승객이 타고 있던 배가 암초에 부딪쳐 침몰했다. 이 때도 유일하게 살아남은 사람은 휴 윌리엄스란 이름을 갖고 있었다. 후에 휴 윌리엄스란 이름을 가진 자가 많아졌다는데 과연 이름 때문에 세 사람은 목숨을 건졌을까?

피라미드 저주의 예언

영국인 고고학자 호워드 카터와 후원자인 카너번경은 1922년 11

월 6일 20년 동안 찾아 헤매던 소년왕 투탄카멘의 묘를 발굴했다. 3,300년 동안 아무도 찾지 못하던 투탄카멘의 묘를 발굴할 동안 호워드 카터는 미친 사람 취급을 받았다.

그런데 호워드 카터와 카나번경이 투탄카멘의 묘를 파헤친 순간부터 여러 가지 불가사의한 일들이 잇달아 일어났다. 이 발견과 관련된 여러 사람이 급사 또는 변사했다. 그것은 파라오의 관 뚜껑에 쓰여져 있는 글에 나타난 저주 때문이라는 것이었다. 관 뚜껑에는 "파라오의 잠을 깨우는 자는 죽음의 저주가 내리리라."라는 저주가 적혀 있었다. 카터와 카너번 등 일행들은 이 글귀를 보고 주저하였지만 별로 개의치 않았다고 한다.

전하는 얘기에 따르면 마지막 사람이 묘에서 나왔을 때 모래 폭풍이 동굴 입구를 휘몰아쳤다. 그리고 이집트 왕실문장인 매 한 마리가 서쪽으로 날아갔다고 한다. 서쪽은 이집트 사람의 신앙에서 보면 저승이 있는 쪽이다. 5개월 뒤 당시 57세였던 카너번경은 모기에 왼쪽 볼을 물려 패혈증에 걸려 카이로의 호텔에서 새벽 1시에 죽었는데 시내의 모든 불이 꺼졌다. 같은 시각 영국 햄프셔의 그의 집에서 개가 으르렁거리더니 죽었다. 그리고 투탄카멘의 미이라에 카너번이 모기에 물렸던 자리와 정확히 같은 위치에 상처자국이 있었다.

그 후 카너번 이복 형제가 복막염으로 죽었고, 파라오의 후손이라고 주장하는 이집트 왕족이 런던의 한 호텔에서 살해되었다. 그리고 그의 형제 한 명이 자살했다.

미국의 철도 재벌 조지 제이굴드는 이 묘안에서 감기에 걸린 뒤폐렴으로 죽었다. 카터가 발견한 보물의 목록을 작성한 것을 도와

준 베텔 목사는 자살했고, 이어서 그의 아버지도 자살했다. 그 옆에는 파라오의 묘에서 출토한 화병이 놓여 있었다. 그러나 단 한사람, 파라오의 저주가 있었다면 제일 먼저 받았어야 할 카터는 1939년에 자연사했다.

그러나 이집트 정부가 1966년 투탄카멘 보물을 파리에 보내 전시하는데 동의했을 때, 이집트 문화재국장 모하메드는 만약 자기가 그 보물을 국외로 반출하는 것을 허용한다면 불길한 일이 일어날 것이라는 예감이 든다고 하였다. 그래서 그는 정부의 방침에 강력 반대하여 카이로에서 있었던 관계자들의 마지막 회의에서도 반대했으나 허사였다. 그는 회의장을 떠나다가 차에 치여 죽었다.

죄(罪), 지옥, Hell의 운명

어떤 도둑이 새벽에 교회에 들어가 도둑질을 하다가 목사에게 들키자 엉겁결에 목사를 찔러 죽였다. 본의 아니게 살인을 저지른 도둑은 너무나 놀라 교회를 뛰쳐나가 도로를 무단 횡단하다가 과속으로 달리는 차에 치여 죽고 말았다. 불과 2~3분만에 두 사람은 죽어서 나란히 하늘나라에 가게 되었다. 두 사람은 어두운 길을 함께 동행하게 되었다. 도둑이 먼저 말했다.

"목사님 저 같이 나쁜 인간 때문에 이승을 떠나게 되었군요. 정말 죽을죄를 지었습니다. 용서하십시오."

"난 당신을 이미 용서했습니다. 그러나 저러나 난 성직자의 증표를 갖고 있어 천국에 갈 것이나 당신은 교회에도 다니지 않았고 더구나 사람까지 죽였으니 지옥에 가게 될 것입니다. 당신이 걱정됩니다."

도둑은 지푸라기라도 잡고 싶은 심정에,

"목사님 저에게도 그 증표를 좀 나누어주십시오."하며 목사에게 간청했다.

목사는 도둑이 너무나 졸랐기에 할 수 없이 증표를 나누어주었다. 그러나 여전히 목사의 것이 크고 자기 것은 작아서 도둑은 더 달라고 하였다. 목사는 두 번째로 증표를 나누어주었다. 드디어 두 사람은 하늘나라에 도착했다. 하늘나라 입구에는 대심판관 아래에 영국 심판관, 한국 심판관, 중국 심판관이 있었다.

먼저 죽은 목사가 대심판관 앞에 불려갔다.

목사는 대심판관 앞에 나아가 증표를 내밀었다. 대심판관은 증표를 받고 목사는 천국에 들어가라고 명했다. 이어 도둑도 조심스럽게 대심판관 앞에 나가 목사에게서 받은 증표를 내밀었다. 증표를 받은 대심판관은 고개를 갸웃하며 영국 심판관에게 주었다. 영국 심판관이 한참이나 증표를 보더니 지옥으로 갈 것을 명했다. 도둑은 심판관에게,

"아니, 아까 그 목사의 것과 꼭 같은 증표인데 왜 그 사람은 천국이고 나는 지옥입니까?"라고 항의하였다.

그러자 대심판관이 목사의 증표를 보여주었다. 그것은 十자 모양을 하고 있었다. 이어서 영국 심판관이 도둑의 증표를 판독했다. HELL(지옥)이었다. 도둑은 다시 중국 심판관에게 부탁했다. 중국 심판관도 지옥으로 갈 것을 판정했다. 증표는 罪로 판독되었기 때문이다. 도둑은 낙심했으나 마지막으로 한국 심판관에게 증표를

내밀었다. 한국 심판관은 한참을 살피더니 지옥으로 갈 것을 명했다. 지옥으로 판독되었기 때문이다. 종이 한 장에 십자가와 지옥, 죄, Hell을 한꺼번에 나타낼 수 있는 것. 죄란 어느 나라에서나 다 같은 것일까? 아니면 이것도 우연일까?

삼구(三九) 재앙설

중국의 주역학자들은 '9'자가 들어간 해마다 큰 재난이 중국을 덮쳤다는 사상 유례없는 대환란의 가능성을 두려워하고 있다.

주역에서 '9'는 전쟁을 의미하는 것으로 1999년은 '9'가 무려 3개나 들어있기 때문이다.

1919년 5.4운동에선 민중과 군대가 충돌, 수많은 인명이 희생되었으며 1939년 일본군 후난성 침공.

1949년에는 국공 내전으로 50만 명 전사.

1959년 중국. 인도 국경 분쟁.

1969년 중·소 국경 충돌에 이어 문화 혁명의 절정기로서 홍위병들의 참살로 중국전역이 공포 속으로 들어 감.

1979년 중·베트남 전쟁.

1989년 천안문 사태 '뻬이징의 봄'에 대학생들의 대규모 시위로 천여 명의 젊은 피가 인민해방군의 탱크에 뿌려짐.

그래서 역술가들은 주역의 계산방법인 삼원대운에 따라 짚어보았을 때 1999년에 큰 군사변란이 일어날 해로 진단하고 있었다.

"뻬이징을 중심으로 남방과 동남방에 변고가 일어날 조짐"이
라고 하였다.

그러나 군사변란은 일어나지 않았고 뻬이징 동남방에 있는 대만
에서 대지진이 일어나 수많은 사람이 죽었다.

밤비노의 저주

밤비노는 메이저리그의 전설적 강타자 베이브 루스의 애칭이다.
밤비노를 앞세워 다섯 차례나 월드시리즈를 제패한 보스턴 레드
삭스가 루스를 뉴욕 양키즈로 트레이드 한 뒤 단 한번도 우승하지
못한데서 유래되었다.

반면 그 전까지 무관이었던 뉴욕 양키스는 루스 영입 이후 월드
시리즈 최다 우승팀(25회 우승. 99년까지 36번째 월드시리즈 진출)
이 되었다.

1999년 10월 19일 월드시리즈를 눈앞에 두고 보스턴 레드삭스는
밤비노의 저주에서 벗어나기 위해 밤비노의 딸에게 시구를 맡겼지
만 6대 1로 패배, 양키스를 월드시리즈로 진출시켰다.

양키스는 아틀란타 브레이브스를 상대로 4연승. 월드 시리즈 우
승을 거머쥐었다. 그런데 여기서도 당초 막상 막하라던 아틀란타
가 맥을 추지 못한 것도 저주 때문이라는 주장이 제기됐다.

아메리카 인디언 샤티코크족 추장이 "아틀란타가 월드시리즈에
서 단 한 번도 이기지 못하고 패한 것은 팬들이 부른 응원가 때문
이다."라며, "브레이브스 팬들이 인디언 망치를 휘두르며 부른 전

쟁가요에 대지의 신이 노하여 브레이브스가 졌다"고 주장했다.

그것이 사실이라면 뉴욕 양키스는 월드 시리즈 우승을 저주 때문에 얻은 것이 아닐까!

화투의 예언

도박과 내기를 떠나 너무나 친숙해진 48장의 화투. 그 화투가 우리 나라에서 일본으로 건너가 하나후다가 되었는지 하나후다가 건너와 화투가 되었는지는 거론하지 않기로 하겠다.

그러나 그 화투가 일제 36년을 예언했다면 믿겠는가? 먼저 화투 패에서 8번째인 공산에 나타난 예언을 보자.

그 중 10끗인 기러기 3마리는 얄타회담(미국 루스벨트. 영국 처칠. 소련 스탈린), 포츠담 회담 (미국 트루먼. 영국 처칠. 소련 스탈린), 모스크바 3상회의 (미·소·영 3국 외무장관 회담)의 3국 정상과 외상의 3을 나타낸다.

대한민국이 양분된 것은 앞의 세 회담이 결정적 역할을 한 것이다. 그리고 화투에서는 5개의 광이 있는데 그 중 8광만이 완전한 모습을 갖추고 있으며 정 중앙에 위치한다.

위에서 언급한 것처럼 공산은 8에 해당하며 정 중앙은 1과 30의 (1달) 중앙 15를 뜻한다. 그것은 8월 15일 광복을 나타낸 것이다. 그러나 광복을 맞았지만 남과 북으로 나뉘고 만다. 그것은 팔공산의 두 껍데기를 보면 나타나게 되어 있다. 속칭 피라고 하는 두 장은 남북을 나타낸다. 8광의 8, 8의 10끗인 새 세 마리는 38선으로 나뉨을 뜻한다.

그 다음으로 5개의 광 중에서 일본 색채가 가장 풍기는 것은 사쿠라 광(3광)과 비 광(12광)이다. 그리고 다섯 개의 광 중 3광과 12광은 光자만 있지 光이 없다. 즉 빛이 없다. 화투패에서는 가짜 광이라고 한다.

삼 광과 12광을 곱하면 '36'이 된다. 어둠의 36년을 나타낸 것이다. 알다시피 사쿠라는 일본의 국화이다. 화투패 3에서의 이 벚꽃의 총 개수는 40여 개가 넘는다.

그러나 중앙의 꽃 부분이 보이는 꽃은 정확하게 '36'개에 이른다. 3광(7개), 5 끗(11개), 쌍 피 각각 9개가 있다. 이와 같이 화투는 36년만의 8월 15일 광복. 三八線 남북분단을 나타내고 있는 것이다.

남아선호 사상

매년 여자라는 이유만으로 태어나기도 전에 임신중절 당하는 태중의 아이는 1만8천여 명에 달한다. 그것도 대한민국에서만 그렇다. 남아선호 사상은 서양보다 동양에서 더욱 심하다. 그런데 부끄럽게도 단연 세계 제1의 국가가 대한민국이다.

어떤 역술가는 지하철 2호선이 개통된 후 데모가 심해졌다고 한다. 그 이유가 2호선의 모양이 최루탄을 닮았기 때문이라고 주장했다.

또한 한반도가 토끼를 닮아 순박하고 온순하다는 얘기가 있었는데 그것은 일제가 조작했다는 설도 있다.

그리고 한반도가 호랑이를 닮았다는 그림이 발견되어서 화제가 됐는데, 솔직히 말해 그 그림은 호랑이가 매우 고통스러워하는 그림이었다. 그러한 논리로 굳이 비유하자면 대한민국의 남아선호 사상은 한반도가 아들자(子)를 닮아서 그렇다는 말이 있다.

역대 대통령의 태어난 해

전두환 1931년 생 (합 14)

노태우 1932년 생 (합 15)

정도령? 1951년 생 (합 16) ⇒ 제18대 대통령 (?)

김대중 1925년 생 (합 17)

박정희 1917년 생 (합 18)

김영삼 1927년 생 (합 19)

최규하 1919년 생 (합 20)

이승만 1875년 생 (합 21)

이 00 ? 1948년 생 (합 22) ⇒ 16대 대통령 (?)

 ?   (합 23) ⇒ 17대 대통령 (?)

허 정 1896년 생 (합 24) ⇒ 권한 대행

윤보선 1897년 생 (합 25)

역대 대통령과 산

이승만 - 황해도 평산 출신

허 정(권한대행) - 부산 출신

윤보선 - 충남 아산 출신

박정희 - 경북 선산 출신

최규하 - 崔 (山부수)

전두환 - 경남 合川郡 栗谷面 출신 (谷:골곡, 山이 있으니 골이
        있음)

노태우 -경북 달성군 공산면 출신

김영삼 - 巨山

김대중 - 一山 (15대 대선 당시 거주)

16대 - 山.山.山

17대 - 0 山

18대 - 0 山

굳이 거론하자면 김일성 -빨치산 출신

김정일 - 산(정일봉 - 장수봉)에서 출생 - 북측주장

하지만 예외가 있다. 철칙이란 존재하지 않는다. 과신은 금물이
다.

38이라는 숫자와 대한항공

대한항공이 끝없이 추락하고 있다. 창사이래 최대 위기상황이라

고 한다. 1999년 12월 23일 영국 런던 스탠스테드 공항 인근에서 발생한 화물기 추락 사건은 그나마 회복하려는 대한항공의 이미지에 치명타를 가했다. 이 사건과 대한항공에서 38이란 숫자를 좌시할 수 없다.

12월 23일 오후 6시 37분 경에 이륙하여 38분 경 런던 관제소로부터 주파수 변경지시를 받았다. 38분 25초에 하강시작, 레이더에서 사라진 시간은 38분 36초 38도 각하로 강하 추락 폭발되었다.

사고기인 KE8509(K는 알파벳 순서 11번째, E는 5번째 11+5+8+5+0+9=38)는 최대 비행반경 8,300km. 총 비행시간 83.011시간을 기록했고, 지금껏 382회의 점검을 받았다. 추락한 화물기는 38,000달러의 기체 보험에 들어있는 상태이다.

그리고 대한항공(大韓航空)은 정격 38획이고 (대한항공은 趙重勳<정격38획> 한진그룹 명예회장을 떠올리지 않고 생각할 수 없다) 대한항공의 본거지라 할 수 있는 김포 국제 공항은 37도 30을 넘어 북위 38도에 근접해 있다.

4대 강국의 수도와 서울

뒷장에서 한번 더 거론하겠지만 미·일·중·러는 대한민국 근현대사에 직접적으로 영향을 끼친 국가에 해당한다. 그 4대 강국의 수도와 대한민국의 수도는 묘한 인연을 갖고 있는데,

일본　　동경　　북위 36°

대한민국 서울   북위 37°

러시아 모스크바   동경 38°

미국의 워싱턴   북위 39°

중국의 베이징   북위 40° 이다.

이와 같이 지리적으로 멀리 떨어져 있지만 경도와 위도 상에서 굳이 연관 부분을 거론한다면 위와 같다. 더욱 더 공통된 점은 제 2장에서 다시 한번 짚고 넘어 가기로 하겠다.

삼팔선과 미, 영, 소(38획)

북위 38선은 한반도 중부를 횡단하는 선으로 8.15 이전에는 이 선을 기준으로, 북으로는 일본의 관동군 사령관 지휘하에 있었고, 남반부는 조선군 사령관 지휘하에 있었다.

소련은 얄타회담 (미국 루스벨트 · 영국 처칠 · 소련 스탈린이 소련 크림 반도의 얄타에서 전후처리 기본 방침에 대하여 협의한 회담. 정식명칭은 크림회담으로 전후 한국에 대한 5년간 신탁통치를 처음 언급함)에서 대일 참전에 들어가겠다고 약속함에 따라 1945년 8월 8일 대일전에 참전하여 일부병력이 서울까지 진출해 있었다.

미국은 한반도 전체가 소련에 점령되는 것을 막기 위해 38선을 경계로 분할 점령할 것을 소련에게 제의했다. 소련은 포츠담회담 (미 · 영 · 소 3개국 수뇌회담)과 얄타회담에서 한국신탁 통치를 선언했기 때문에 서울까지 진출해 있던 소련군은 38도선 이북으로 철수하게 되었다.

이렇게 38도선을 경계로 미소가 한반도를 점령하는 기간에 1945
년 12월 모스크바에서 미·영·소 외무장관회의 (모스크바 3상회
의 : 미소공동위원회 구성, 미·영·소·중 4개국 5년간 신탁통치
합의)가 열렸으나 반탁운동으로 신탁통치는 이루어지지 않았다.

한국전쟁으로 38선이 없어졌으나 휴전이 되면서 휴전선을 흔히
38선이라 부르게 되었다(休戰線 : 37획).

美·英·蘇 (38획) 3개국이 합의한 위 3가지 회담과 38선은 우
연일까? 필연일까? 소련의 다른 명칭인 러시아의 '露'를 넣어 美·
英·露로 하여도 38획이다. 더욱이 蘇聯 (37획)은 서울(북위 37도)
까지 남하했다가 38선 이북으로 물러나게 되었다.

美國 (20획)이 1945년 8월 20일에야 군용기로 서울시내에 전단
지를 살포(하지중장 휘하 미군 곧 상륙을 통고)함으로써 남한 민
중은 한반도 38선의 분할점령과 남한의 미군 진주를 알게 되었다.

역사 속에서 찾은 공통 숫자의 아이러니

1. 광개토대왕 고구려 제19대 왕으로 19세의 왕자(장수왕)에게
왕위를 물려주었다. 광개토대왕은 백제 17대 아신왕의 항복을 받
아낸 반면 신라 17대 내물왕을 도와 왜구를 물리쳐 주었다.

2. 훈민정음은 28자로 세종 28년에 반포되었다.

3. 안중근은 태어날 때 몸에 7개의 점이 있어 아명이 응칠이며, 70세 이토오를 암살할 때는 7발의 총탄을 휴대했다.

4. 한국전쟁시 김일성(1912년 생)과 이승만(1875년 생)의 나이 차이는 37세였고, 한국전쟁 기간도 역시 37개월. UN군 전사자는 37,000(36,813명)명에 가까웠고, 남한 민간인 사망자는 37만 3,599명에 이르렀으며 휴전함에 따라 休戰線(37획)이 생겼다. 한국전쟁의 최대의 수혜자는 37만Km² 의 면적을 가진 일본이었다. 일본에는 후지산 (3776m)이 있고, 대한민국의 서울은 북위 37도에 위치하고 있다.

5. 한국전쟁시 김일성의 당시 나이 38세. 38도선 상에서 물밀 듯 내려와 남침하고 휴전선도 38선으로 고착하여 전쟁 후 3,840㎢의 북측땅이 남측으로 넘어왔다. 제 2의 6.25라고 불리는 IMF 환란 직후 외환보유고는 38억 달러.

6. 국민의 정부 출범시 신광개토대왕 시대를 열겠다고 공언했는데 당시 외환 보유고 38억 달러, 38선으로 분단 상태 광개토 대제는 38세에 사망.

7. 김영삼은 노태우(盧泰愚 38획)에게 정권을 물려받았고, 김대중에게 물려주었다. 당시 외환보유고 38억 달러 김대중은 이회창 후보(38% 득표율)를 누르고 당선됐다.

8. 성공한 쿠테타 (혁명) 24획 ±1

　　　　5.16혁명　朴正熙　　　(24획)

　　　　위하도 회군 李成桂　(24획)

기타　이괄(李适 : 17획) 이자겸(李資謙 : 37획) 이징옥(李澄玉 : 27획) 홍경래(洪景來 : 29획) 묘청(妙青 : 19획) 기타 만적, 망이, 망소이, 조위총, 김보당, 조사의, 삼별초의 난 등 모두 24획 근처에도 가지 못한다.

그래도 24획에 각각 하나가 많고 적은 무신난의 정중부 (鄭仲夫 :25획) ,12. 12와 5. 17로 대변되는 전두환(金斗煥 : 23획)의 쿠데타는 성공했다고 평가받고 있다.

9. 정격 19획의 아래 세 사람을 보라.

이완용 (李完用 : 19획)　：　나라를 팔아먹음.

김일성 (金日成 : 19획)　：　동족 상잔의 주인공.

김영삼 (金永三 : 19획)　：　국가 부도 위기

10. 현대사의 가장 큰 저격 사건인 백범 김구의 암살범 안두희와 김재규에게 암살 당한 박정희의 인연은 불화(火)로 연결된다. 安斗熙. 朴正熙 두 사람의 이름의 빛날 희(熙)는 灬(火)부에 해당한다.

灬는 4획으로 안두희는 백범에게 4발의 실탄을 쏘았고, 박정희는 김재규의　4번째 탄에 맞고 절명했다. 덧붙인다면 김재규에게는 부인의 이름 끝에 熙자가 있었고, 김구에게는 훗날 權重熙가 있었다. 그리고 육 여사는 문세광(文世光)의 4번째 탄에 절명했는데 그 날은 광복절이었다. 4와 빛(熙·光)의 우연.

11. 대한민국은 유사이래 다섯 번의 부통령 선거가 있었다. 5.16 이후 부통령 제도가 사라졌지만 묘하게도 다섯 번 모두가 火요일에 치러졌다.

초대　1948. 7. 20　화요일　⇒ 이시영 (국회선출)

2대　1951. 5. 16　화요일　⇒ 김성수 (국회선출)

3대　1952. 8. 5　화요일　⇒ 함태영 (직접선거)

4대　1956. 5. 15　화요일　⇒ 장 면 (직접선거)

5대　1960. 3. 15　화요일　⇒ 이기붕 (직접선거)

12. 마리 앙투아네트와 16

그녀의 어머니이자 오스트리아 여왕 마리아 테레지아는 모두 16명의 자녀를 낳았다. 그녀는 15세 때(동양나이 16세) 프랑스 루이 16세(결혼당시 왕세자)와 결혼했다(1770년 5월 16일). 당시 루이 오퀴스트는 16살이었다. 마리 앙투아네트는 1793년 10월 16일 단두대에서 처형되었다.

13. 미국 제 35대 대통령 케네디가 사망함에 따라 부통령이던 존슨이 36대 대통령이 되었다. 케네디 주니어가 태어난 지 36개월만에 케네디는 사망했고, 케네디가 죽은 지 36년만에 케네디 주니어가 비행기 사고로 사망했다. 케네디와 염문을 뿌렸던 마릴린 먼로는 36세에 사망했다.

14. 1이 9개

제1차 세계대전 종료 1918년 11월 11일 11시.

15. 12 .12와 12

1979년 12월 12일, 이른바 궁정동 모임에는 전두환, 노태우를 비롯하여 12명의 군인들이 모여 있었다. 전두환은 후일 12대 대통령이 되었고, 노태우는 5년 임기의 13대 대통령이 됨에 따라 두 사람은 12년간 대통령직을 나누어 가지게 되었다.

16. 남북정상 회담과 17. 55. 38. 좋은 글자 6개

2000년 6월 13일 남북정상회담 당사자인 김대중 (金大仲 : 본명)은 한문 전격 17획 , 金正日 역시 17획 두 사람 나이 차는 김대중 대통령이 1925년생(합17)으로 김정일(1942년생)과는 17년의 차이가 난다.

애당초 6월 12일에서 하루가 연기되었을 때 김대중 대통령은 "55년을 기다렸는데 하룬들 못 기다리겠느냐."고 말했다.

55년만에 만난 남북정상은 순안공항에서 백화원 초대소까지 55분간 배석자 없이 한 차에 동승했다. 그리고 10시 38분. 38선으로 분단된 남과 북의 정상은 두 손을 꼭 잡았다. 38선을 없애자는 두 사람의 교감이 통했던 것이 아닐까? 독대 시간은 5차례에 총380분에 이르렀다.

그리고 金은 좋다 더욱이 金金은 최상이다.
밝게(日), 바르게(正), 크게(大), 남 과 북 어느 곳에도 치우치지 않고 가운데로(中) 향하여 金金(통일)의 초석을 깔 것이다.

기 타

＊9가 9개. 1999년 9월 9일 오전 9시 9분 한 사내아이가 태어났다. 물론 온 세계를 다 뒤진다면 그 시간에 태어난 아기는 분명히 더 있을 수 있을 것이다. 출생 시 그 아이의 몸무게는 9파운드 9온스였다. 이 아이는 미국 위스콘신주 니콜라스 스티븐 웨이들이라는 이름을 갖게 되었다. 아이와 산모가 입원한 병실은 2115호(합9).

＊ 2.2.2.2.2.2……
2000년 2월 2일은 무슨 날일까?
1112년만에 찾아온 날이라 한다. 그것은 888년 8월 28일 이후 처음으로 연월일을 구성하는 모든 단위의 숫자가 짝수로 이루어진 날이라 한다.
결혼정보회사 듀오는 이날 올해 만 22세를 맞는 대학생 남녀 22쌍을 대상으로 Two For Two 미팅을 기획했다. 참가비용도 22,222원이라고 한다.

행운의 숫자 7

럭키 세븐에서 알 수 있듯이 7이 행운의 숫자라는 것은 서양문화에서 온 것이다. 기독교의 영향을 받은 것으로 특히 유태인들은 7과 불가분의 관계를 맺고 있다.

유태인들은 가족이 죽었을 경우 7일 동안 집밖으로 나가지 않고, 7일 동안 그 가족을 알고 있는 사람은 그 집에 문상을 간다. 7일이 지나야 밖으로 나가 집을 한 바퀴 돈다. 또 7일 뒤에야 외출을 한다. 7년째는 밭을 쉬게 한다.

1년간의 큰 축제인 과월절과 수확제는 각각 7일 동안 계속된다. 49년째(7X7=49)는 매우 경사스런 해로 빌린 돈은 채무가 없어진다. 이렇게 유태인들이 7을 행운의 숫자라고 여기는 것은 아마도 구약성경 때문이 아닌가 생각한다.

다음은 구약 성경 중 7과 연관된 것을 요약한 것이다.

하나님께서 세상을 창조하실 때 7일째 쉬시고 이날을 거룩한 날로 정하셨다(안식일).

그리고 바벨탑은 7층까지 건립되었다.

노아의 후손 아브라함 그의 아들 이삭, 이삭의 아들 야곱은 외삼촌 라반의 집에서 7년간 일해서 첫 번째 아내 레아를 얻었고 다시 7년을 일해서 두 번째 아내 라헬을 얻었다.

그리고 야곱은 형 에서를 만나 속죄하는 마음으로 7번 절해 용서를 받았다. 야곱의 아들 요셉은 파라오의 꿈에 등장하는 살찐 암소 7마리와 바짝 마른 암소 7마리 등장과 무성하고 풍성한 일곱 이삭과 뒤이어 나온 쇠약한 일곱 이삭의 꿈을 해몽하여 7년간의 풍년과 7년간의 대 기근을 예언하여 감옥에서 풀려 나와 총리까지 되었다.

하나님께서는 카인이 아벨을 죽이고 고통스러움을 하나님께 표하자 카인을 죽이는 자는 벌을 7배 받을 것이라고 하였다.

하나님께서는 노아에게 모든 정결한 짐승을 암수 일곱씩, 공중의 새도 암수 일곱씩 취하여 그 씨를 온 지면에 보전케 하고 7일 후에 40주야 동안 비를 내리게 할 것이라 하였다.

노아는 방주에서 7일 간격으로 비둘기를 내보내 물이 빠졌음을 감지한다. 하나님께서는 노아에게 다시는 물로 심판하지 않을 것이라며 그 언약의 증거로 일곱 빛깔 무지개를 나타내었다.

출애굽기에서도 7은 자주 등장한다.

여호와께서는 모세에게 애굽탈출을 기념하여 7일 동안 무교병을 먹고 제7일에는 여호와께 절기를 지키라고 하였다.

성경 중에서도 요한 계시록은 7로 시작해서 7로 끝난다고 해도 과언이 아니다. 요한 계시록 21장 9절을 보자.

"일곱 대접을 가지고 마지막 일곱 재앙을 담은 일곱 천사 중 하나가 나와서 네게 말하며 가로되 이리오라 내가 신부 곧 어린양의 아내를 네게 보이리라" 라고 적혀 있고, 그 외 일곱 머리에 일곱 면류관을 얹은 용이 출현한다라고 되어 있다.

일곱 산, 일곱 왕, 일곱 뿔, 일곱 교회, 일곱 영, 일곱 금촛대, 일곱 등불, 일곱 별, 일곱 인, 일곱 눈, 일곱 우리, 일곱 금대접…….

그리고 예수님은 광야에서 떡 일곱 개로 4,000명을 먹이고도 일곱 광주리를 남게 하셨다.

조선왕조 장남들의 비극

1. 태조 이성계(이자춘의 2남)의 장남 진안대군(방우)은 조선이 건국되었으나 세자에 책봉되어 보지도 못하고 40세에 죽었다.

2. 정종(2남)의 장남은 세자에 책봉되어 보지도 못하고 숙부인 이방원에게 세자 자리를 양보해야 했다.

3. 태종(5남)의 장남 양녕대군은 갖은 기행으로 세자자리에서 물러났다.

4. 세종(3남)의 장남 문종은 허약 체질로 재위 2년 3개월만에 사망했다.

5. 문종의 장남 단종은 재위 3년만에 숙부에게 쫓겨나 죽었다.

6. 세조(2남)의 장남 의경세자는 나이 스물에 까닭 없이 죽었다.

7. 예종(2남)의 실제적인 장남 제안대군은 세자에 책봉되지 못했다. 예종의 장남 인성대군은 기록조차 없는 것으로 보아 일찍 사망한 것으로 보인다.

8. 성종(2남)의 형 월산대군(의경세자 장남)은 동생이 왕위에 오

르는 것을 지켜봤고 성종의 장남 연산군은 어머니가 폐비되었고 폭정을 일삼다가 쫓겨나 죽었다.

9. 연산군(장남)의 장남은 세자로 책봉되었으나 중종반정으로 폐세자 되었다.

10. 중종(2남) 장남 인종은 재위 9개월만에 사망했다.

11. 명종(2남)의 장남 순회세자는 13세의 어린 나이로 사망했다.

12. 선조 (3남)의 장남(서장자) 임해군은 세자자리를 동생(광해군)에게 빼앗겼다.

13. 광해군(2남)의 장남 질은 세자에 책봉되었으나 인조반정으로 폐세자 되었으며 강화도로 유배되었다가 스스로 목숨을 끊었다.

14. 인조(능양군 : 정원군 <원종추종>의 장남)는 즉위해서 이괄의 난으로 피난까지 했고, 병자호란으로 삼전도에서 청 태종에게 삼배구고두(세 번 절하고 아홉 번 머리를 조아림)의 의식을 행했다.

15. 인조의 장남 소현세자는 인질로 청나라 심양에서 8년을 보냈고 귀국 두 달만에 의문에 쌓인 채 죽고 말았다. 그의 장남 역시

세손에 책봉되지 못했다.

16. 효종(2남)의 장남 현종은 허약한 군주로 외침이 없는 평화로운 시기로 예론을 둘러싼 남인과 서인의 치열한 경쟁 속에서 15년 세월을 고단하게 보냈다.

17. 현종의 장남 숙종은 그런 대로 치적을 남겼다고 볼 수 있다. 그러나 중전과 후궁들을 제대로 다스리지 못해 숱한 옥사를 치렀다.

18. 숙종의 장남 경종은 어머니의 죽음에 충격을 받아 후사 없이 재위 4년만에 시름시름 앓다가 죽었다.

19. 영조(4남)의 장남 효장세자는 요절했고, 실질적 장남 사도세자는 아버지에 의해 뒤주에 갇혀 죽었다.

20. 정조(2남)의 장남 문효세자는 너무 일찍 죽어 기록조차 남아 있지 않다

21. 순조(2남) 의 장남 효명세자는 대리청정 4년만에 22세의 나이로 죽었다.

22. 현종(순조의 손자. 효명세자 장남)은 어린 나이로 즉위해 내우외환에 시달렸고 딸 하나만 두었는데 그나마 일찍 죽고 말았다.

23. 고종(2남)의 장남은 태어날 때부터 병으로 몇 일을 넘기지 못했다. 실질적인 장남 순종은 후사도 없이 나라를 빼앗겼고 16년 동안 창덕궁에서 머물다가 1926년에 사망했다.

7. 이름 뜻과 숫자의 운명

박정희

10. 26 당시 세간에는 박 전대통령의 이름 풀이가 화제가 된 적이 있었다. 그 골자를 정리하면 다음과 같다.

朴 → 十八(18)년간 쭈욱(l) 집권하던 어느 날 갑자기(ヽ)

正 → 일시에(一) 그치고(止)

熙 → 뱀(巳)같은 신하(臣)에게 총 4발을 맞았다(灬)

그리고 10. 26을 일으킨 장본인 김재규의 圭에는 여러 가지 사연이 있다. 당시 김재규(金載圭)를 꼬드겼던 사람이 있었는데 그 사람은 圭에 왕기가 서려 있다고 말했다. 圭를 파자하면 十王이니 10月에 왕이 된다는 뜻이다. 이리하여 김재규는 국민들이 박정희에 염증을 느끼고 있다는 것을 알고 박정희만 죽으면 자신이 왕(대통령)이 될 줄 알고 10월이 가기 전에 서둘러 거사했다는 것이다. 예언은 50%가 적중되었는데 자신은 사형을 당하고 왕의 자리는 당시 총리였던 또 다른 圭인 최규하(崔圭夏)에게 가고 말았다.

(최규하와 김재규는 한문정격이 같은 27획)

최규하는 10월 27일 대통령에 오르게 된다.

朴正熙 대통령과 十(10)

10월 유신을 일으키고 10월 26일 사망한 박정희 대통령은 4와 인연도 많지만 十과의 인연 또한 많다.

박정희(朴正熙) 의 十

육영수(陸英修) 의 十. 十

박종규(朴鍾圭) 의 十. 十. 十

이후락(李厚洛) 의 十

김계원(金桂元) 의 十. 十

김재규(金載圭) 의 十. 十

최규하(崔圭夏) 의 十. 十

최규식(崔圭植) 의 十. 十 (1. 21 사태 당시 종로경찰서장 사망)

최인규(崔仁圭) 의 十. 十 (3. 15 부정선거 당시 내무장관. 5. 16 후 처형)

이규광(李圭光) 의 十. 十 (박정희 사설 정보원)

최영규(崔英圭) 의 十. 十 (5. 16 후 혁명재판소장)

박형규(朴泂圭) 의 十. 十 (3선 개헌 반대투쟁위원회 기획위원장)

박준규(朴浚圭) 의 十. 十 (유신직후 공화당정책위의장)

2) 87년 대권주자 4人

당시 모 대학 대자보에는 다음과 같은 이름 풀이가 나붙었다.

노태우 → 우연히 큰 사람(그는 과연 대통령이 밀어주어 우연히 커서 진짜 대통령이 되었다.)

김대중 → 큰 사람 중 가운데 사람(그는 대선 때 3위를 했으나 다음 총선 때 평민당은 민주당을 제치고 제1야당(2위)이 되었다.)

김영삼 → 영영 3등(그는 대선 때 2위를 했다. 그러나 그가 속한 민주당은 총선 때 평민당에 밀려 3위를 했다.)

김종필 → 이미 종쳤다(그는 대선 때 4위, 총선 때도 4위를 했다.)

전노협

6공화국 시절 전국노동자협의회가(약칭 전노협) 총 파업으로 노태우 대통령을 궁지에 몰아 넣었다. 한참을 고민하던 노태우 대통령이 무릎을 탁 쳤다. 눈에는 눈, 이에는 이로 대응키로 결정한 것이다. 그리고 전두환 전 대통령에게 전화를 했다.

"여보게 우리도 전노협을 만들자고." -전두환 노태우 협의회-

전두환의 이름 풀이는 전체의 머리를 바꾼다는 뜻이다. 과연 전두환은 무수히 많은 사람의 운명을 바꾸어 놓았다. 12. 12 때 육군의 장성들(정승화, 장태완, 정병주…), 광주 민주화 운동 때 억울한 죽음을 당하고 불구가 된 사람들, 삼청 교육대에 끌려가 고초를 당한 사람들과 남아있던 가족들의 애환, 부패척결이라는 미명하에 해직된 공직자들, 언론 통폐합으로 해직된 기자들.

그와 반대로 영관급 장교에서 일약 장관, 국회의원, 대사 등 국가를 좌지우지하는 권력자가 된 많은 사람들. 5공 시절 북한에서 날려보낸 전단에는 이렇게 적혀 있었다.

남의 목을 잘 자른다고 해서 '절두환'

전 국민의 우환 덩어리래서 '전우환'

그리고 앞서 얘기했지만 노태우는 우연히 커서 대통령이 되었다. 그는 그렇게 커서는 아니 되어야 했지만(노) 별 둘에서 별 넷이되고, 이어서 내무장관, 올림픽 조직위원장, 여당 대표에다 여당의 대통령 후보가 되었다. 그리고 대통령이 되었는데 그 해 엄청난 비가 내려 많은 피해를 주었다. 그러자 '대통령이 되어서는 안될 사람이 대통령이 되어 하늘이 노해 큰비(태우)가 내린 것이다.'라는 우스개 소리가 장안에 나돌았다.

그리고 1978년, 증산에만 급급했던 당시 정부는 벼 품종으로 노풍(魯豊)을 심도록 적극 권장했다. 그러나 목도열병 만연으로 30만 호가 넘는 농가가 거의 수확을 거두지 못했다. 노풍은 정말 흉년을 가져왔다.

이회창과 이인제

97년 대선 때 갈라선 이회창과 이인제는 그의 이름 때문에 대통령이 되질 못했다. 이회창은 아들의 병역기피 문제가 제기되기 전만해도 강력한 대통령 후보자 중 한 명이었다. 그러나 아들의 병역

문제 때문에 이회창의 인기가 떨어지자 이인제는 그와 결별하고 신당을 창당했다.

한 때 박정희, 이회창, 이승희의 키가 꼭 같은 163cm이고, 이승희를 흔히 노랑나비라 불렀는데 노란 것은 황제를 뜻하니 이회창이 대통령이 될 것이라는 말이 떠돌았다. 그러나 이회창과 키가 꼭 같았던 이인제가 그에게서 멀어져 이인제는 이회창의 절반의 표를 얻자 김대중 후보가 당선되었다. 두 사람은 한번 더 대권에 도전하면 대통령이 될 가능성이 있다.

고로 두 사람은 때를 기다리는 것이 중요하다.

이회창 → 두 번째 만에(이회) 대권(창)을 볼 수 있다.

이인제 → 인제 인제

그러나 두 사람 다 정격 정격 28획이다. 그러나 한 사람은 대통령에 오르지 못할 확률이 높다.

김종필

누가 그에게 2인자이니 카멜레온이니 할 것인가? 김종필을 빼놓고 한국 현대사를 얘기해서는 안될 정도로 그는 한국 현대사에 깊은 발자취를 남겼다.

그는 금으로 만든 종이다. 그것은 보물이다. 그러니 누구에게나 필요한 것이다. 그는 박정희 전 대통령에게 반드시 필요한 사람이었다. 그가 없었다면 과연 5. 16이 성공했을까? 유신 공화국이 탄생했을까? 김영삼 전 대통령도 마찬가지였다.

그가 없었다면 김영삼은 대통령이 되지 못했을 것이다. 그러나 그는 황금의 종을 기꺼이 버렸다. 그리고 그의 몰락은 정치적으로 시작해서 경제적으로까지 이어졌다.

김대중 대통령에게도 황금의 종은 반드시 필요했다. 그 역시 황금의 종을 가질 수 있었기에 대통령이 되었다는 것은 누구나 다 아는 사실이다.

김종필, 그에게 한가지 흠이 있다면 절대 권력자에게 항상 필요한 존재였지만 국민과 민족에게 반드시 필요한 존재가 되질 못했다는 것이다. 그 역시 이름 탓이 아닐까? 아무리 황금의 종이라도, 그 소리가 아무리 좋더라도 종은 혼자서 울리지는 못하는 법이다. 남이 울려 줘야만 한다. 그 역시 남의 도움을 받아야만 국민과 민족에게 필요한 존재가 될 것이다. 그러나 문제는 시간 즉 세월인 것이다.

3이라는 숫자와 김영삼

김영삼 전 대통령과 3이란 숫자는 불가분의 관계인 것 같다.

그보다 먼저 박정희 전 대통령부터 알아보자.

박정희 전 대통령은 4와 연관이 많다. 44세에 집권했으며, 유신으로 제4공화국을 수립 제4차 경제개발 계획을 시도하다 궁정동에서 사망했다. 熙에는 4개의 점이 있으며 궁정동 그 자리에는 박정희 김재규, 차지철, 김계원 4명이 있었다(두 여성은 제외). 그리고

10. 26 그날 4가지의 불길한 징조가 나타났다고 한다.

첫째, 박대통령의 칫솔자루가 부러졌다.

둘째, 대통령의 전용 헬기가 고장났다.

셋째, 헬기에 놀라 사슴이 피를 흘리며 죽었다.

넷째, 삽교천 방조제 제막식 커튼이 찢어졌다.

궁정동 만찬장 밖에는 4명의 경호원이 있었으나 모두 저격 당했고, 김재규는 차지철에게 총탄발사 후 약 4초 후 박정희에게 총을 쏘았으며, 김재규가 박정희의 머리에 쏜 총탄은 5연발 리볼버 4번째 총탄이었다.

박정희는 어머니가 만 44세일 때에 태어났다. 5. 16혁명 후 장도영 일파 44명을 반혁명사건으로 구금, 실권을 완전 장악했으며, 1971년 박정희는 40대 기수론의 선두주자인 김대중(당시 만44세)에게 막대한 물량공세와 부정선거로도 겨우 94만 표의 차로 신승, 유신을 결심하게 된다.

1974년 8월 15일 육영수 여사는 문세광이 쏜 제4탄에 운명하였다. 그 날 문세광이 육여사에게 쏜 총탄은 5발 째였으나 제3탄은 불발되어 발사된 것은 4발 째였다.

노태우 전 대통령은 8과 연결된다.

팔공산 자락에서 태어난 그는 88올림픽 조직위원장을 지냈고, 88년에 대통령에 취임 88올림픽에서 역사적인 축사를 했다. 그리고 확인된 바 없지만 장인의 묘 자리를 왕비 터에 모신 뒤 88개월 (7년 4개월)후에 대선에서 승리, 대통령이 되었다고 전한다.

8년간 2인자 자리에 있었다가 대통령이 되었으며 8년 후 비자금

문제로 구속되었다.

전두환 전대통령은 1을 떠올리게 된다. 육사생도 시절 축구선수였던 전두환은 백넘버 1번을 달았고, 제1공수 특전단장을 거쳐 보병 제1사단장을 역임한다. 하나회(1)를 사실상 주도하였으며, 육사 11기이지만 4년제인 정규육사 1기이다. 공부는 1등은 못했지만, 동기들 중 항상 1등으로 진급했다.

10. 26 이후 12. 12까지 11월에 모든 거사를 계획했으며, 80년 8월 체육관에서 제11대 대통령에 선출된다.

그의 생일은 1월이며, 그가 쓰던 감방은 3. 5평(11㎡)이었다고 한다. 그리고 12. 12를 감행한 이른바 궁정동 모임 참석자는 자신을 제외한 11명이었다.

3명의 전직 대통령과 연관된 숫자를 보았다. 그러나 김영삼 전 대통령은 앞서 3명의 대통령과 비교도 되지 않을 정도로 3과 인연이 깊다.

김영삼 대통령은 자신의 이름 끝 자인 3에 의해서 영광과 몰락을 함께 했다.

그의 출생지는 경남 거제군 장목면 대계리(巨濟 . 長木. 大鷄)이다. 크고 많다는 것을 나타내는 글자가 3개(巨, 長, 大)나 들어 있다.

경남중 3학년에 편입했고, 3학년 때 그의 자취방에 미래의 대통령이라는 글을 써 벽에 붙여 놓았다고 한다.

54년 5월 20일, 장택상의 비서로 정계에 입문한지 3년만에 3대 총선에서 약관 26세의 나이로 최연소의원이 되는 영광을 누린다. 그 해 대통령 3선 제한 철폐개헌안 파동으로 자유당을 탈당한다. 훗날 그는 박정희의 3선 개헌에도 반대했다.

김영삼은 결혼전 세 번 맞선을 보았다고 전하는데, 그것도 하루에 세 번을 보았다고 한다. 그 중 세 번째 맞선을 본 사람이 손명순 여사로 당시 이화여대 3학년에 재학 중이었고 결혼은 51년 3월에 하였다.

1987년 그는 대선에서 패배한 뒤 3년간 고개 숙인 남자가 되었다. 그는 이 기간에 자신이 총재로 있던 민주당이 민정당, 평민당에 이어 3위를 한 것을 지켜보아야만 했다.

또 1987년 대선 당시 그는 검지와 엄지로 ○을 만들고 나머지 세 손가락으로 3을 만들어 자신의 이름을 나타내었다. 그러나 자신의 기호가 2번이 되고 김대중 후보가 3번이 되자 재빨리 손 모양을 바꾸었다. 중지와 검지로 V모양을 만들면서 승리와 자신의 기호를 나타냈으나 결국 낙선했다.

3년간 고개를 숙이고 있던 그는 구국의 일념(?)으로 3당 합당한다. 그것도 5·16세력인 민정당(5×6 = 30), 3공화국(30)세력인 신민주공화당과 자신의 통일민주당을 합쳐 민주자유당(가칭 민자당)을 만들었다. 그 때가 1990년 2월 9일이었다.

30여만에 여당으로 변신한 것이다. 3월 3일, 3인이 공동대표회의를 가졌다. 그 전에 1월 30일 김영삼은 합당 결의를 위한 민주당 임시 대회에서 이렇게 말했다.

"오늘 이 자리에 서니 가슴이 무겁고 잠을 이루지 못하겠습니다.(중략) 내가 지금껏 해온 일은 30년 이상 박정희와 전두환에 대한 독재투쟁 외에는 전략이 없었습니다. 이번 결단은 위대한 결정이요 혁명입니다.(중략) 나라를 구한 사람으로 민주당 동지들과 함께 역사에 기록되기를 바랍니다."

그해 7월 14일 김영삼이 대표로 있는 민자당은 국회 본회의장에서 26개의 안건을 단 30초만에 날치기 통과시켰다.

그리고 3년 뒤 30년간 정적이자 동지였던 김대중 후보를 누르고 대통령에 당선된다. 그 날은 바로 1992년 12월 18일 금요일이었다. 12와 18을 합하면 30이다. 30의 금요일을 거꾸로 하면,

金03(김영삼)이 된다. 이것은 우연의 일치일까? 아니면 당시 여당에서 이미 이러한 것을 예측하고 날짜를 12월 18일의 금요일로 했는지는 모를 일이다.

김영삼(金泳三 : 19획 - 1927년 생 合 19)

1992년 12월 19일 김영삼의 대통령당선자 당선소감의 중요 부분만을 음미하자.

"저는 이 순간 당선의 기쁨에 앞서 무거운 책임감과 엄숙한 소명감을 느낍니다." "국민과 함께 신경제를 열 것입니다. 씨뿌린 자가 거두는 정의로운 사회를 열겠습니다." "우리는 좀 더 넓게 멀리 바라보아야 합니다. 새로운 국제질서의 재편 과정에서 살아남아 신한국으로 발돋움하는데 여러분의 열정이 필요합니다."

그는 1970년 김대중 후보에게 신민당 경선에 패배했고, 1987년 노태우 후보에게 패배했으며, 1992년에는 김대중 후보를 누르고 세 번째 만에 그의 꿈을 이루었다. 그리고 대선 때 받은 기호는 87년에 2번, 92년에는 1번 합하여 3번이 된다.

그의 이름 뜻인 세 번을 헤엄쳐 금을 쥔 것이다.

취임한지 30일 만에(3월 28일) 구포 열차 탈선사고가 생겨 90명 가까운 사람이 죽었다. 여기서도 삼성개발이 관련됐고, 구포의 9는 3×3이다. 객차 3량과 기관차가 탈선했다. 그리고 120일 후(7월 26일) 아시아나 항공기가 추락했다. 사고 비행기는 아시아나 항공 733편 보잉737기. 풍은 화투짝에서 숫자로 10을 의미하고 끝 수는 0으로 친다. 그리하여 30(삼풍).

6공화국을 흔히들 사고 공화국이라고 한다. 그 만큼 쉴 틈을 주지 않고 연이어 사고가 발생했다는 것이다. 그것도 대통령의 이름 탓이라고 했다. 3은 흔히 육해공을 의미하기도 한다.

육상사고 - 구포 열차사고, 대구 가스 폭발사고(사망 101명, 부상 202명, 합 303명)

해상사고 - 격포 훼리호 사고

공중사고 - 목포 아시아나 추락사고, 괌 대한항공기 추락사고 그리고 우연하게도 포자 사고가 많았다.

구 포   - 열차 탈선사고

목 포   - 아시아나 비행기 추락사고

격 포   - 서해 훼리호 침몰사고

포 천   - 포탄 폭발사고

다행히 엑스포는 무난히 치러졌고, 김포공항도 무사했다. 성수대교는 무너졌지만 마포대교는 끄떡없었다.

1996년 10월 11일에 한국은 OECD에 가입했다(1이 셋).

그러나 OECD에 가입한 지 두 달 후 1997년 1월 23일 한보철강 부도에 이어서 삼미특수강, 진로 그리고 5월 17일 현철씨가 구속되었다. 11월 1일이(1이 셋) 해태가 부도를 냈고, 뉴코아가 이어서 무너졌다.

그러나 김영삼 정부는 시장논리를 앞세우며 팔짱을 끼고 수수방관했다. 일부의 경제학자들이 우려의 목소리를 높였지만 낙관론만 일관했다. 그러다가 11월 21일 모든 것을 체념하고 IMF에 구제금융을 신청했다. 12월 3일 IMF협상이 타결되었다.

외환위기를 3개월만 빨리 감지했어도, 아니 30일만 빨리 감지했어도 나라가 그 지경까지는 되지 않았을지도 모른다.

그리고 12월 18일(합30) 그의 평생 동지이자 라이벌인 김대중 후보가 대통령에 당선된 것을 바라보며 그는 역사의 뒷장으로 물러나야 했다.

그가 물러날 즈음 대한민국은 3류 국가로 전락해 있었다. 김영삼 전 대통령은 대통령 자리를 얻었지만 모든 것을 잃었다. 앞서 말한 조명래씨는 노태우 대통령이 쓰던 금관을 김영삼씨 머리에 쓰여준다. 모든 사람들이 노래하며 환호한다. 그런데 그 금관에 녹이 슬었다고 했다. 과연 김 대통령은 녹슨 금관의 모양새가 되고 말았다. 그것은 IMF를 예고한 것이 아니었을까?

김영삼은 박정희(18년), 전두환(7년), 노태우(5년) 등 군사정부 30년만에 문민정부를 탄생시켰다. Y.S 집권 초기 Y.S가 전군지휘관 회의의 멤버들을 청와대로 불러 칼국수로 대접하고, 군 개혁에 서리발 같은 얘기만 하고 금일봉(과거정권 시 금일봉 하사는 관례)도 주지 않았다.

이에 군장성들은 입이 튀어나올 만도 했는데, 홍인길 총무수석이 발렌타인 30년 산으로 지휘관들의 마음을 달랬다고 한다.

1999년 6월 2일 김현철씨는 파기 환송심 결심을 서울고법 303호에서 3시간에 걸친 법리 공방을 벌였고, 최후 진술에서 "경위야 어찌 되었건 나 때문에 30년 이상 피땀으로 탄생시킨 문민정부 업적이 훼손된 것에 대해 사과한다."고 말했다(그는 1998년 2심에서 3년형을 선고받았다).

그리고 하루 뒤 6월 3일 일본으로 출국하기 위해 김포공항으로 간 김영삼 전 대통령은 페인트 달걀 세례를 받고 "3시간 동안 눈을 뜨지 못할 정도로 고통스러웠다."고 말했다. 그는 일본에 가서 김대중 정권을 독재정권이라 말하고 약속대로 내각제를 실시하라고 맹공을 퍼부었다. 그러나 그는 90년 3당 합당 당시 노태우, 김종필 등 세 사람과 밀실 합의한 내각제를 파기한 바 있다.

'삼'과 연관된 김영삼은 '산'과의 인연도 많다.

巨山 - 김영삼의 호

釜山. 馬山 - 민주항쟁

民主山岳會

登山 - 생각할 일이 있으면 ……

小山 - 아들 김현철

김대중

김대중 대통령의 한문 이름 총획은 15획이다. 그리고 그는 15대 대통령이 되었다.

71년 신민당 대통령 후보, 87년 평민당 대통령 후보, 92년 민주당 대통령 후보 그리고 97년 국민회의 후보로 출마해 3번의 좌절을 거치고 네 번째만에 대통령에 당선됐다. 하지만 이것도 운명적으로 그의 이름에 나타났다.

그는 국회의원도 역시 3전 4기로 당선되었다. 1954년 목포 무소속, 1959년 인제 민주당, 그리고 4. 19로 인하여 5대 국회 해산, 이렇게 실패하였다. 1961년 그는 인제에서 당선되었으나 이틀만에 5.16을 만나 국회가 해산되어 교도소로 직행했다.

金(8획) + 大(3획) + 中(4획) = 15획

김대중은 3(大)전 4(中)기로 8(金)공화국의 15대(정격) 대통령이 된 것이다.

그가 정말 이름 때문에 운명적으로 대통령이 되었다면(사실 그는 그 동안 자주 대통령이 되지 못한 것을 하나님께서 이 어려운 시기에 대통령이 되게 하여 혼란한 국가를 구하기 위한 조치가 아닌가 생각한다고 말하곤 했다.) 우리의 앞날은 무척 밝다고 생각한다.

대통령 이름 자체로 볼 때 김 대통령은 취임하자마자 金을 모아 수출해서 국민들의 마음을 크게(大) 한 곳으로 집중(中)시켰다. 그리고 흔히 상을 정할 때 金상, 大상, 1등상, 2등상이 있으니, 그러한 의미에서 김 대통령은 아무리 못돼도 중간은 갈 것 같다. 잘하면 大상도 가능하다.

중간상은 현 IMF 체제를 약간 벗어나게 한다면 그에 해당하고 IMF 위기를 임기 내에 극복만 해도 金상에 해당된다 하겠다. 大상은 IMF 위기를 조기에 극복하고 민족의 응어리진 지역감정을 없애는 것은 물론, 남북의 평화적인 화해 분위기를 조성하여 통일의 초석을 다진다면 大상(노벨 평화상, 경우에 따라서는 경제학상)도 가능할 것이다.

그러나 수시로 변화하는 국제정세와 불가피한 국내사정으로 쉬운 일만은 아니다. 좋은 평가를 받기 위하여 일하다 보면 자칫 일이 어긋날 수 있을 것이다.

대통령이 되기 전의 소신과 신념으로 국정에 임해야 한다.

中은 반드시 필요한 곳에 있다.

그가 호남사람이어서 호남 편에 서고 영남지역을 배제해서는 안 될 것이다. 또 사용자나 근로자의 중간에 서야 할 것이다. 그는 더 이상 야당 지도자가 아니다. 그리고 아무리 훌륭한 인간이라도 평생 염원을 달성하거나 최고의 권좌에 오르면 지난날을 쉽게 잊어 버리는 경향이 있다.

이승만 전 대통령은 일제 시절 투옥되어 받은 고통과 미국 망명 시절의 설움을 쉽게 잊어 버렸고, 박정희 전 대통령은 목숨을 걸고 5. 16을 성공시키고 군 본연의 임무로 돌아가겠다고 국민들에게 공약한 것을 곧 잊어 버렸다. 전두환 전 대통령도 처가살이하던 시절과 광주 민주화 운동 탄압, 12. 12, 삼청교육대 등 너무나 많은 사람에게서 눈물을 흘리게 한 것을 쉽게 잊어버린 것이다.

노태우 전 대통령도 일찍 부모를 여의고 작은아버지 댁에서 어린 시절을 보낸 것을 너무나 일찍 잊어버렸다.

김영삼 전 대통령 또한 야당 시절 탄압 받고 단식투쟁하던 시절을 너무나 쉽게 잊어버리고 말았다.

김대중 대통령은 전임자들의 전철을 밟아서는 안 된다. 몇 번의 죽을 고비, 가택 연금, 수감 생활, 3번의 대선 패배를 잊어서는 안

된다.

우리 국민 역시 보릿고개를 너무나 쉽게 잊어 버렸다. 감기는 눈을 찔러가며 밤새워 일하던 때를….

IMF 위기를 맞아 경각심을 갖는 것 같았으나 일부에서는 벌써 IMF도 잊어버렸고, 고급차·외제차가 날로 늘어나고 있고, 김포공항이 메워져라 해외 여행도 늘어나고 있다.

공동정부의 한 축인 김종필 총리도 3공 시절 원치 않았던 외유와 문민정부에서 당했던 팽을 잊어서는 안 된다. 박태준 자민련 총재도 평생을 몸담았던 포항제철에서 타의에 의해 물러난 때를 잊어서는 안 된다. 여기서 잊지 말라는 것은 당시의 원한을 이야기하는 것은 아니다.

춘추전국시대에 제 환공이 맹주가 되어 신하들을 모아 잔치를 벌일 때 포숙아가 말했다.

"신이 듣건대 총명한 군주와 어진 신하는 지난날 근심하던 때를 잊지 않는다고 합니다. 주공은 망명하던 때를 잊지 마시고 관중은 함거에 갇혔던 일을 잊지 말고 영척은 소 먹이던 날을 결코 잊지 말아야 할 것입니다."

제나라가 당시 강했던 이유가 여기에 있지 않았을까?

IMF

김영삼 정부는 IMF행을 택하느니 차라리 지금까지 빌린 달러에 대해 몰라라하면서 토라져 울어버릴까(모라토리움)하다가 영삼의 영어 머리 글자인 Y.S-¥$(엔과 달러)가 부족해서 치욕적인 IMF 구제금융을 신청했다.

미셸 깡드쉬 IMF총재가 한국에 오자 김영삼 대통령은 선진국에서 3류 국가로 전락시킨 죄로 고개 숙이며 그를 맞았고, 한국 국민들은 IMF(나는 F학점)하며 그를 깍듯이(깡드쉬) 대했다. 그러자 옆에 있는 휴버트 나이스 아태 담당국장이 나이스!(좋아)하고 외쳤다. 협상이 무난히 타결되었으나 한국 정부와 국민들은 여전히 더 빨리 더 많이 달러를 달라(달러)했다.

IMF에서는 화도 났지만 한국 정부에 성의를 보이려고 고심했다. 그래서 IMF 한국 소장을 누구로 보낼 것인가 망설이다가 적임자를 찾아냈다.

IMF 한국 소장에 존 다즈워스(돈 다 주었소)를 임명한 것이다. 그리고 1998년 7월 22일 존 다즈워스 국제통화기금 서울 사무소장은 전국경제인 연합회 주최로 열린 최고경영자 하계 세미나에 참석하여 특별 강연을 통해 "한국이 IMF 위기를 극복하기 위해서 3~5년 정도 걸릴 것이며, 2000년쯤 되면 한국 경제가 정상 궤도에 오를 것으로 생각한다."고 말했다. 한국 국민들은 반드시 그 치욕을 3년(36개월)에서 늦으면 6년(72개월) 안에 이겨내고 다시 한번 IMF를 외칠 것이다. "IMF(Full, Fine)"

8. 당신은 불행하지 않다

　IMF 한파로 회사에서 해고되었다. 또 회사가 부도가 나 몇 달치 월급도 못 받고 퇴직금도 받지 못했다. 넉넉할 때 사놓은 주식은 그 회사의 부도로 휴지 조각이 되었다. 더욱이 아내가 갑자기 아파 병원에 입원시키려고 투자신탁에 맡겨놓은 돈을 찾으러 갔더니 당분간 돈도 못 찾는다고 했다. 너무나 화가 나 이성을 잃고 포장마차에서 소주 한 잔 하고 횡단보도를 건너다 뺑소니차에 치여 보상금도 받지 못한 채 부부가 병원에 누워 있었다. 병원에 누워 있는데 그나마 있던 살림살이마저 수해로 물에 휩쓸려 가고 말았다.

　물론 이것은 가상 시나리오이다. 그러나 이와 비슷한 경우를 당한 사람이 많을 것이다. 하지만 당신이 불운하다고 한탄해서는 안 된다. 다음의 사람을 보면서 말이다.

거듭되는 사업실패에 낙선

그는 9살에 어머니를 잃었다. 평생 교육이라고는 1년밖에 받지 못했다. 가난한 농사꾼의 아들로 태어나 노동으로 소년시절을 보냈다. 일당 30센트를 받고 돼지 잡는 일도 했으며, 뗏목의 조수 생활도 했다. 22세에 사업 실패, 23세에 주 의회의원 낙선, 24세에 또 사업 실패, 26세에 첫사랑의 죽음으로 인한 신경쇠약과 정신분열증에 시달림, 29세에 의회 의장직 낙선, 31세에 대통령 선거위원 낙선, 34세 국회의원 낙선, 39세 또 낙선, 46세 상원의원 낙선, 47세 부통령 낙선. 49세 상원의원 또 낙선.

그리고 부인과 결혼생활도 평탄치 못했으며 네 아들 중 세 명을 어렸을 때 잃었다. 이 사람은 누구인가?

가장 위대한 미국 대통령의 한 명인 제 16대 미국 대통령 에이브라함 링컨이다. 대통령에 당선되어서도 하루도 편안한 날이 없었다. 흑인 노예 해방 문제로 남북전쟁이 일어났으며(39일 만에), 암살 협박 편지가 수시로 그에게 배달되었다. 그는 결국 1865년 4월 14일에 암살되었다.

노예, 불구, 교회파면, 투옥, 궁핍

그는 생활이 어려워 정규 교육을 제대로 받지 못했다. 전쟁에 나가 팔을 다쳐 평생 불구가 되었다. 또한 포로로 잡혀 5년간이나 노예 생활을 했다. 4번이나 탈옥을 시도했으나 번번이 실패하였다. 40세에야 겨우 식량징발계원이 되었으나 주교령에서 지

나치게 징발했다해서 교회로부터 파면되었다. 그 뒤 세금 징수
원으로 일하다 은행으로부터 고발당해 투옥되어 관직에서 쫓겨
나 궁핍한 생활을 해야 했다. 이 무렵 불후의 명작을 남겼으나
판권을 싼값에 넘겼기 때문에 그는 여전히 궁핍한 생활을 하였
다.

이 사람은 바로 돈키호테를 쓴 안토니오 세르반데스이다.

평생 따돌림당하고, 사랑도 못 이루고 자살로

그는 어릴 때부터 사람과 잘 사귀지 못하여 따돌림당했다. 사
랑하는 여자에게서 촌놈소리를 들어가면서도 그녀를 사랑했다.
전도사 양성소에 입학했으나 동료들은 전도사가 모두 되었고
자신만 전도사가 되질 못했다.

27세에 미술학교 입학 시험에 떨어졌다. 사촌 여동생과 창녀
와의 사랑도 우여곡절 끝에 이루지 못하고 친척은 물론 많은
사람들이 상대조차 해주지 않았다.

그 후 10세 연상의 여인과 사랑에 빠졌으나 양가의 반대로
이루어지지 못했다. 그는 그녀가 요양원으로 가는 걸 지켜봐야
했다. 친구와 다툼으로 한쪽 귀를 스스로 잘랐다. 두통·불면·
환청·환각에 시달렸고, 정신병원에 입원했다. 1890년 7월 29일
그는 권총으로 자살했다.

그는 단 한푼의 재산도, 자식도 아무것도 남기지 않았다. 생
전에 그렸던 그림들은 당시에는 아무도 인정해주지 않았다.

이 사람은 바로 빈세트 반 고호이다.

사생아, 고아원, 세 번의 이혼, 의문사

그녀는 사생아로 태어나 양부모와 고아원을 전전했다. 군수공장에서 낙하산을 만드는 여공 시절을 보냈다. 세 번 결혼했으나 세 번 모두 실패했다. 약물과 알코올을 상습 복용했으며, 불면증으로 매일 수면제로 연명했다. 그렇게 소원했던 아기마저 유산됐다. 죽기 며칠 전 영화사로부터 해고당했고, 36세의 나이에 수면제 과용으로 의문사했다.

이 사람은 바로 마릴린 먼로이다.

아내와 1남 5녀의 죽음

캠브리지 대학을 나와 목사가 되어 1남 5녀를 낳았다. 아내는 막내를 낳자마자 죽었다. 장녀와 차녀마저 기숙학교에서 죽었다. 하나밖에 없는 아들은 술과 아편으로 폐인이 되었다. 실제적인 장녀인 셋째 딸이 사숙을 열었으나 응모해 온 학생은 단 한 명도 없었다. 셋째 딸과 넷째 딸이 시집을 출간했으나 단 2권만 팔렸다. 그녀들은 다른 작품도 썼으나 어느 출판사에서도 출판해 주지 않았다. 하나밖에 없는 아들이 폐인이 되어 죽고 넷째 딸, 막내딸이 연이어 죽었다.

마지막 남은 셋째 딸은 결혼하여 행복하게 살았으나 그녀마저 39세에 열병으로 죽었다. 그는 70이 넘어 눈도 잘 보이지 않았고, 보살펴주는 사람도 없이 쓸쓸하게 죽었다.

그 사람은 「제인에어」를 쓴 샤로트 브론테(3녀), 「폭풍의

언덕」을 쓴 에밀리 브론테(4녀), 「아그네스 그레이」를 쓴 앤 브론테(5녀)의 아버지 페트릭 브론테이다.

불행한 여왕

그녀는 세 살 때 그녀의 아버지가 어머니를 간통했다는 혐의로 죄를 뒤집어 쓴 끝에 처형당하고 자신은 사생아로 낙인찍혔다. 첫사랑의 남자는 반역죄로 처형되었다. 이복언니에 의해 런던 탑에 갇혔다. 여왕이 되어 유부남을 사랑했으나 결국 실패로 끝나고 평생 독신으로 살았다.

그녀는 바로 영국의 엘리자베스 1세이다.

고아로 보낸 어린 시절

두 살 때 어머니가 죽고 아홉 살 때 아버지마저 죽어 고모댁에서 어린 시절을 보냈다. 대학 시절 진급 시험에 실패하여 대학을 중퇴했다. 농촌 운동을 전개했으나 실패하고 방탕한 생활을 했다. 친구와 다툼으로 20년간 화해하지 않았다. 재산 문제로 아내와 자주 충돌했고 주위에서도 그를 위선자로 몰아세웠다. 교회를 비판했다는 이유로 교회에서 파문 당했다. 82세에 집을 나와 객사했다.

위대한 문호 톨스토이이다.

구원이

어릴 때 열병을 앓아 눈과 귀가 멀어 볼 수도 없고, 들을 수도 없고 말하지도 못했던 헬렌 켈러. 그러나 구원이에 비하면 헬렌 켈러는 행복하다.

천안에서 옥천을 지나 40km쯤 가다보면 자묘원이란 곳이 있다. 이곳에 구원이가 있다. 구원이는 태어날 때부터 팔과 다리가 없었다. 그를 낳은 부모도 그를 버렸다. 책장을 넘기고 글씨를 쓰고 장난감을 가지고 노는 것도 모든 걸 입으로 해야 한다. 혼자서는 먹는 것도 대변도 보지 못한다. 이동하려면 몸 전체를 굴려 이동해야 한다. 팔과 다리가 없기 때문에 땀이 많이 나고 소화도 잘 되지 않는단다. 학교에서조차 받아주지 않아 학교도 다니지 못한다. 그래도 구원이의 표정은 항상 밝다고 한다.

그 외

하인리히 하이네(독일 낭만주의 시의 제왕)는 8년간 불치의 척추 결핵으로 병상에 누워 있었다. 그는 파리의 마티뇽가 3번지에서 전신이 마비된 채 쓸쓸하게 죽었다.

『비계 덩어리』, 『여자의 일생』 등 주옥같은 작품을 남긴 기드 모파상은 어머니에게서 물려받은 신경증 때문에 평생 고생했다. 자살 시도 후 정신병원에 감금되었으며 그의 동생도 정신병원에서 죽었고 본인 역시 제정신으로 돌아오지 못한 채 세상을 떠났다.

누우가 사자 떼에 의해 목숨을 잃고 그들에 의해 잡아먹혔다. 누우는 사자만이 아니라 하이에나, 치타, 들개, 악어 등에 의해 잡아먹힌다. 이렇게 본다면 누우로 태어나는 게 참으로 불행하고 사자로 태어나는 게 정말 행복할 것 같다. 그러나 그 내막을 자세히 들여다보면 결코 그런 것만은 아니다.

사자의 예를 든다면, 특히 수사자의 예를 든다면 70% 정도는 어렸을 때 죽고 그 나머지는 중간에 죽는다. 100마리 중 한 마리 정도만 무리의 우두머리로 지내다가 그마저 젊은 사자에게 목숨을 잃거나 무리에서 쫓겨난다. 이것이 사자의 일생이다. 암사자는 조금 나은 편이지만 별반 다를 게 없다.

이에 비하면 누우는 어렸을 때 일부가 죽고 사자나 기타 육식동물에 의해 잡혀 먹지만 40% 정도는 성인 누우가 되어 새끼를 낳고 천명을 누린다고 한다. 그리고 누우는 푸른 초원을 찾아다니며 자유로운 생활을 하는 반면 사자는 그렇지가 못하다. 과연 사자로 태어날 것인가, 누우로 태어날 것인가? 하지만 누우의 눈으로만 본다면 누우 자신들은 정말 불행한 존재라고 생각하고 있을 것이다.

한단지몽

당나라 현종 때 일이다. 여옹이란 도사가 한단이라는 객사에서 쉬고 있는데 초라한 옷차림을 한 노생이란 젊은이가 다가와서 고생을 면치 못하고 있는 자신의 처지에 대해 하소연을 늘어놓았다.

그러다가 노생은 졸음이 와 여옹으로부터 베개를 빌려 깜박 잠이 들었다. 노생은 대궐 같은 집에 들어가 그 집 딸과 결혼하고 진사시험에 합격해 관리가 되었으며 마침내 출세하여 경조윤이 되고 또 오랑캐를 토벌하여 어사대부가 되었다.

그런데 그 때의 재상에게 원한을 산 나머지 단주자사로 좌천이 되기도 했으나 그곳에 머문 지 3년만에 다시 호부상서가 되고 이어서 재상이 되어 10년 동안이나 천자를 보필하고 현상(賢相)이라고 명성이 자자하게 되었다. 이렇듯 일신의 극치를 누리고 있을 때 그가 변방의 장수들과 결탁하여 모반을 꾀하고 있다는 터무니없는 항소가 들어와 체포당한다.

그는 장탄식을 하며 처자에게 말했다.

"내 고향 산천의 집에는 약간의 전답이 있다. 농사만 짓고 살았더라면 그것으로 추위와 굶주림은 면할 수 있었을 터인데 무엇 때문에 애써서 녹을 구했단 말인가! 그 옛날 누더기를 입고 한단의 길을 걷던 일이 생각난다. 그때가 그리우나 이젠 어떻게 할 수도 없는 처지이니……."

노생은 기주로 귀양을 가게 되었다. 수년 후 천자는 노생이 누명을 썼음을 알고 그를 불러 중서정에 임명하고 연국공에 봉하였다. 그리고 그를 믿고 아껴 주었다. 그의 다섯 아들은 이름 있는 집안과 결혼하여 13명의 손자를 두었으며 말년에 무척 행복한 생활을 영위했다. 그러나 점차 건강이 쇠약해져 죽었다.

이윽고 노생은 크게 하품을 하며 잠에서 깨어났다. 그 모든 것이 한낱 꿈이었던 것이다. 여옹은 그런 그에게 웃음을 보이며 말했다.

"인생은 다 그런 것이네."

노생은 잠시 묵묵히 있다가 이렇게 말했다.

"영욕도, 빈부도, 죽음도 다 경험했습니다. 이것은 선생께서 제 욕심을 막아주신 것이라 생각됩니다."

노생은 여옹에게 공손히 절하고 한단의 길을 걸어갔다.

9. 운명과 예언의 명언

명심보감

1. 착한 일을 하는 자에게는 하늘이 복으로써 이에 보답하고 악한 일을 하는 자에게는 하늘이 재앙으로써 이에 보답할 것이다.

2. 은혜와 의리를 널리 베풀어라. 인생이 어느 곳에서 서로 만나지 않으랴? 원수와 원한을 맺지 말라. 길 좁은 곳에서 만나면 피하기 어려우니라.

3. 죽고 사는 것은 명(命)에 있고, 부(富)하고 귀(貴)하게 되는 것은 하늘에 있다.

4. 모든 일은 분수가 이미 정해져 있는데 세상사람들이 부질없이 스스로 바쁘게 움직인다.

5. 화는 요행으로써 면하지 못하고 복은 두 번 다시 구하지 못한다.

6. 어리석고, 귀먹고, 고질이 있고, 벙어리인 자가 집이 매우 부유하고 지혜 있고 총명하더라도 도리어 가난하다. 운수는 해와 달과 날과 시가 정해져 있으니 계산해 보면 부귀는 명에 있고 사람에 있지 않느니라.

7. 쓸데없는 생각은 한낱 정신을 상하게 할 뿐이요, 망령된 행동은 도리어 재앙을 불러온다.

8. 박하게 베풀고 후하게 바라는 자에게는 보답이 없고 몸이 귀하게 되고 나서 천했던 때를 잊는 자는 오래 계속되지 못한다.

9. 복은 맑고 검소한 데서 생기고, 덕은 몸을 낮추고 겸손한 데서 생기고, 도는 편안하고 고요한 데서 생기고, 생명은 화창한 데서 생긴다. 근심은 욕심이 많은 데서 생기고, 재앙은 탐하는 마음이 많은 데서 생기고, 과실은 경솔하고 교만한 데서 생기고, 죄악은 어질지 못한 데서 생긴다.
눈을 경계하여 다른 사람의 그릇된 것을 보지 말고, 입을 경계하여 다른 사람의 결점을 말하지 말고, 마음을 경계하여 탐내

고 성내지 말며, 몸을 경계하여 나쁜 벗을 따르지 말라.(중략)

물건이 순리로 오거든 물리치지 말고, 이미 지나갔거든 뒤쫓지 말며, 몸이 불우에 처했더라도 바라지 말고, 일이 이미 지나갔거든 생각지 말라. 총명한 사람도 어두운 때가 있고, 계획을 잘 세워도 편의를 잃는 수가 있다. 남을 손상하면 마침내 자기도 손실을 입을 것이요, 세력에 의존하면 재앙이 따른다.(중략) 오직 바른 것을 지키고 마음을 속이지 말지니 경계하고 경계하라.

10. 큰집이 천간이라도 밤에 눕는 곳은 여덟 자 뿐이요, 좋은 농토가 만경이라도 하루에 먹는 것은 두 되뿐이다.

11. 무엇인가 미래를 알고자 하면 먼저 지나간 일을 살펴 보라.

12. 지나간 일은 밝기가 거울 같고, 미래의 일은 어둡기가 칠흑 같다.

13. 하늘에는 예측할 수 없는 비바람이 있고, 사람은 아침과 저녁으로 화와 복이 있다.

14. 무릇 사람은 앞일을 헤아릴 수 없고, 바닷물은 말로 될 수 없다.

15. 신묘한 약이라도 원한의 병은 고치기 어렵고 뜻밖에 생기는 재물도 운명이 궁한 사람은 부자가 못된다. 일을 생기게 하

고 나서 일이 생기는 것을 그대는 원망하지 말며 남을 해치고 나서 남이 나를 해치는 것을 그대는 성내지 말라. 천지간 모든 일은 다 인과응보가 있나니 멀면 자손에게 있고 가까우면 자기 몸에 있느니라.

16. 까닭 없이 천금을 얻는 것은 큰복이 있는 것이 아니라 반드시 큰 재앙이 있을 것이다.

17. 어떤 사람이 와서 점을 묻되 어떤 것이 화가 되고 어떤 것이 복이 될꼬? 내가 남을 해롭게 하는 것이 화요, 남이 나를 해롭게 하는 것이 복이니라.

18. 해와 달이 비록 밝으나 엎어놓은 동이의 밑은 비치지 못하고, 칼날이 비록 날카로우나 죄 없는 사람은 베지 못하며, 불의의 재앙은 조심하는 집 문에는 들어가지 못하느니라.

채근담

1. 예로부터 은총 속에서 재앙이 빚어지나니, 그러므로 득의한 때에 모름지기 빨리 머리를 돌려라. 실패한 뒤에 도리어 꿈을 이루게 되나니 그러므로 일이 마음대로 되지 않는다고 해서 즉시 손을 떼지 않도록 해야 하느니라.

2. 많이 지닌 자는 많이 잃나니 그러므로 부가 가난함의 근심 없음만 같지 못함을 알며, 높은 데를 걷는 이는 빨리 넘어지나

니 그러므로 귀가 천함은 항상 편안함만 같지 못함을 알리로다.

3. 권문으로 달려가고 권세에 아부하는 재앙은 매우 참혹하고 매우 빠르며, 고요함에 살고 편안함을 지키는 맛은 아주 담백하고 또 가장 오래간다.

4. 작위는 너무 성대하지 말아야 하나니, 너무 성대하면 위태롭다. 능한 일은 있는 힘을 다 쓰지 말아야 하나니, 다 쓰면 쇠한다. 행실은 너무 고상하지 말아야 하나니, 너무 고상하면 비방이 일어나고 허물이 온다.

5. 하늘이 내게 복을 박하게 준다면 나는 내 덕을 두터이 하여 이를 맞을 것이요, 하늘이 내 몸을 수고롭게 한다면 나는 내 마음을 편안히 하여 이를 도울 것이며, 하늘이 내 처지를 곤궁하게 한다면 나는 내 도를 형통하여 이를 통하게 하리니 하늘인들 나를 어찌하랴.

6. 맑게 갠 날씨나 푸른 하늘은 별안간 천둥 번개로 변하고 세찬 바람과 쏟아지는 비도 어느새 밝은 달이나 맑은 하늘로 변하나니 천지의 움직임이 어찌 일정한 것이랴.

7. 앞으로 나아갈 때 곧 물러섬을 생각하면 울타리에 걸리는 재앙을 면할 수 있을 것이요, 손을 댈 때에 먼저 손놓음을 도모하면 비로소 호랑이를 타는 위험에서 벗어날 수 있을 것이다.

8. 인생의 복과 재앙은 모두 마음이 만든다. 그러므로 석가가 말하기를 "이욕의 마음에 불이 붙으면 이것이 곧 불구덩이요, 탐애에 빠지면 이것이 곧 고해가 된다. 한 생각이 맑으면 뜨거운 불꽃도 못을 이루며, 한 마음이 깨달으면 배가 저 언덕에 오른다."고 하였다. 생각이 조금 다른데서 경계가 크게 달라지나니 가히 삼가지 않으랴.

도덕경

*발돋움하는 자는 서지 못하고, 큰 걸음으로 걷는 자는 가지 못하고, 스스로 나타내는 자는 뚜렷해지지 않고, 스스로 옳다고 하는 자는 나타나지 못하고, 자기 공을 자랑하는 자는 공이 무너지고, 자만하는 자는 오래 가지 못한다.

*남을 아는 자는 지혜롭고, 스스로 아는 자는 현명하며, 남에게 이기는 자는 힘이 있고, 자기 스스로 이기는 자는 강하며, 족함을 아는 자는 부유하고, 힘써 행하는 자는 뜻이 있다.

*세상사람들이 흔히 살 곳을 나와 죽을 곳으로 들어가는데, 사실 장수하는 사람도 열에 셋은 되고, 요절하는 사람도 열에 셋은 되고, 살 수 있는 인생을 공연히 움직여 사지로 들어가는 사람도 또한 열에 셋은 된다. 왜 그런가? 그 인생을 사는데 너무 집착하기 때문이다.

그 외의 명언

나는 언제나 미리 예언하는 것을 피한다. 왜냐하면 사건이 일어난 뒤에 예언하는 것이 더욱 좋은 정책이기 때문이다.

- 처칠 -

오! 인생이여, 그대는 험한 길 피로한 길을 따라 부르트게 하는 짐이다.

- R. 번즈 <낙담> -

아! 운명의 여신아, 모든 사람이 너를 변덕쟁이라고 부른다.

- 셰익스피어 <로미오와 줄리엣> -

각자는 자기 운명을 만든 사람들이다.

- 세르반데스 <돈키호테> -

운명을 탓하는 자는 악하고 약한 사람들이다.

- 에머슨 -

나는 운명을 나 자신에게 굴복시키려고 하지 나 자신을 운명에 굴복시키려고 하지는 않는다.

- 호라티우스 <서간집> -

결코 미래를 신뢰하지 말라. 과거는 땅속에 묻어 버려라. 현재에 살고 현재에서 행동을 하라.

- 롱펠로우 -

오늘을 붙들어라. 되도록 내일에 의존하지 말라. 그날 그날이 일 년 중에서 최선의 날이다.

세인들은 예언자를 돌로 쳐서 죽여 놓고 나중에 유골을 우러러 받든다.

- 하이네 -

과거를 기억하고 있거나 미래를 상상하는 능력을 우리가 받은 것은 과거 또는 미래에 대한 고찰에 따라 현재의 행위를 보다 올바르게 결정하기 위함이지 과거를 슬퍼하거나 미래를 준비하기 위함은 결코 아니다.

- 도스토예프스키 -

운명은 우리들을 행복하게도 불행하게도 하지 않는다. 다만 그 재료와 종자만을 우리에게 제공해줄 뿐이다.

- 몽테뉴 -

시종 일관하는 자는 운명을 믿고 변덕부리는 자는 요행을 믿는다.

- 디즈렐리 -

내일 일을 위하여 염려하지 말라. 내일 일은 내일 염려할 것이요, 한날 괴로움은 그 날에 족하니라.

- 마태복음 -

과거로 되돌아가지 말라.

미래를 바라지 말라.

과거는 이미 버려진 것이다.

또한 미래는 아직 도달한 것이 아니다.

현재법을 기초로 하여 어떠한 경우라도 통찰하고

흔들리는 일없고 움직임이 없음을 지혜 있는 자는 수습하여

바로 오늘 해야 할 일을 열심히 행하라.

누가 내일의 죽음을 알고 있을 것인가?

- 불교경전 -

모든 인간은 자기 운명의 개척자이다

- A. 클라디우스 카에쿠스 -

너의 운명의 별은 너의 심중에 있다.

- 실러 -

내가 약하면 운명은 그만큼 강해진다. 비겁한 자는 늘 운명이란 갈퀴에 걸리고 만다.

- 세네카 -

스스로 불행하다고 생각하는 자는 불행하다.

- 세네카 -

나는 내일을 두려워하지 않는다. 왜냐하면 나는 어제를 알았

고 오늘을 사랑하기 때문이다.

- W.화이트 -

비록 내일 세계의 종말이 오더라도 나는 오늘 한 그루의 사과나무를 심으리라.

- 스피노자 -

미래의 가장 좋은 예언은 과거이다.

- 바이런 -

미래를 기다려서는 안 된다. 우리 스스로 만들어야 한다.

- 시몬 베이유 -

나의 실패와 몰락에 대해서 책망할 사람은 나 자신 외에는 없다. 나는 깨닫게 되었다. 내가 나 자신의 최대의 적이며 나 자신의 비참한 운명의 원인이었던 것이다.

- 나폴레옹 -

장 콕토에게 한 사람이 이렇게 물었다.
"당신은 운명이란 걸 믿습니까?"
"물론입니다. 운명을 믿지 않고서야 어디 밉살스런 녀석이 성공하는 것을 설명할 도리가 없지 않습니까?"

흘러가는 과거를 쫓지 말고 오지 않는 미래를 기대하지 말라.

- 붓다 -

과거의 마음은 잡을 수 없고 현재의 마음도 잡을 수 없으며 미래의 마음도 잡을 수 없다.

- 금강경 -

과거는 지나간 것이어서 버림받는 것이며 미래는 호사가들의 꿈이다. 이 두 가지는 어쩔 수 없다. 따라서 나는 단지 현재에 관심을 가질 뿐이다.

- 지드 -

미래의 일은 늘 인간의 자유의지에 달려 있으므로 예언이 완전히 맞을 가능성은 낮다.

- 에드가 케이시 -

"이슬처럼 떨어졌다 이슬처럼 사라지는 게 인생이런가!
세상만사 모두가 일장춘몽이로세!"

- 토요토미 히데요시가 죽으면서 남긴 말 -

눈물을 흘리면서 빵을 먹어보지 못한 사람은 인생의 참 맛을 알 수 없다.

- 괴테 -

인생은 불확실한 항해이다.

- 세익스피어 -

인생에서 중요한 법칙은 만사에 중용을 지키는 일이다.

- 테렌티우스 -

너 자신을 필요한 존재로 만들라.
누구에게도 인생을 고되게 만들지 말라.

- 에머슨 -

내가 아직 살아 있는 동안에는 나로 하여금 헛되이 살지 않
게 하라.

- 에머슨 -

인생의 참된 목적은 영원한 생명을 깨닫는데 있다

- 톨스토이 -

할 수 있는 한 훌륭한 인생을 만들라.
인생은 짧고 곧 지나간다.

- 오울리즈 -

인간은 죽을 때까지 완전한 인간이 못된다.

- 프랭클린 -

"사람을 사랑하되 그가 나를 사랑하지 않거든 나의 사랑에
부족함이 없는가를 살펴 볼 것이요.
　사람을 다스리되 그가 따르지 않거든 나의 지도에 잘못이
없는가를 살펴 볼 것이요.

사람을 존경하여 보답이 없거든 나의 존경에 모자람이 없는 가를 살펴 볼 것이요..

행하여 얼음이 없으면 자신을 뒤돌아보아야 할 것이니라.

내가 올바를진대 천하는 모두 나에게 돌아올 것이니라."

- 맹자 -

제2부
우리나라 역사 속의 예언

1. 태극기의 신비

태극기는 어떻게 만들어졌을까?

결론부터 말해서 2015년 남북한은 하나가 되어 통일이 된다. 이것은 신의 계시가 아니다. 이것은 대한민국 국기인 태극기에 명백히 예시되어 있다. 그뿐만이 아니다. 그 안에는 운요호 사건, 한일합방, 8 · 15광복, 광주민주화 운동과 남북분단, 국제정세와 한국 근대사와 현대사가 그리고 미래가 고스란히 담겨 있다.

이런 말을 여러분은 정말 믿을 수 있는가? 믿을 수 없을 것이다. 필자도 처음에는 믿지 못했으니까. 그러나 여러분이 믿든 믿지 않든 간에, 우리 민족의 운명이 태극기 안에 담겨 있다는 것은 사실이다. 그것은 이제부터 밝히려는 태극기의 비밀 속에서 여러분 스스로 판단해 보면 잘 알게 될 것이다.

1876년(고종13년) 1월, 운요호 사건을 계기로 한일간의 강화도 조약 체결이 논의되는 동안 일본측이 "운요호에는 엄연히 일본 국기가 게양되어 있었는데 왜 포격을 가하였느냐?"고 트집을 잡고 늘어졌다. 그러나 당시의 조정 인사들은 국기가 무슨 의미와 내용을 지니고 있는지조차 몰랐다고 한다. 이것이 계기가 되어 비로소 조정에서는 국기 제정의 필요성이 거론되기 시작했다.

그러다가 1880년(고종 17년) 수신사 김홍집이 일본에서 귀국하면서 가져온 황준헌의 「조선책략」에서 중국기를 군기와 국기로 사용하도록 권고한 내용에 따라 조선정부는 청나라에 자문을 구했다고 한다.

1882년 4월 6일 조미수호통산 조약이 체결될 때 조선전권 부관 김홍집과 청의 마건충 사이에서 국기 문제가 재론되었다.

이 논의에서 마건충은 중국기의 사용을 반대하고, 반홍 반흑의 태극도와 검은색의 8괘를 사용하는 국기를 제안했으나 결론을 보지 못했다.

그러다가 그해 8월 9일, 특명전권대사 겸 수신사 박영효 일행이 메이지마루호를 타고 일본으로 가던 중 바람에 나부끼는 일장기를 보고 외교사절이 되어 외국을 가는 마당에 국기가 없음을 한탄하고, 도일하기 전에 이미 조정에서 구상하고 논의하여 어느 정도 찬성을 본 국기의 도안 내용을 다소 수정한 8괘가 아닌 4괘에 반홍 반흑이 아닌 반홍 반청의 태극도가 들어간 태극기를 메이지 마루호의 선상에서 영국인 선장 제임스의 조언으로 만들었다. 8월 14일 고베에 도착, 숙소를 정하고 그 건물 옥상에다 배 안에서 만든 태극기를 게양했다. 이것이 태극기의 효시라고 한다.

박영효는 귀국하자 태극기의 사용 사실을 군국기무처에 보고하였으며, 1983년 1월 27일 통리교섭통상사무아문의 장계에 따라 태극기가 정식 국기로 사용되기 시작했다.

그러나 그때만 해도 4괘와 태극 모양의 위치 등이 통일성이 없었으나 1948년 정부수립을 계기로 도안과 규격을 통일, 1949년 10월 15일 문교부 교시 제2호로 현행 태극기를 대한민국 국기로서 정식 공포하였고, 그 뒤 문교부 개정고시 제 3호(1950. 4. 25)에 의거 국기 제작법이 공고되었으며, 1966년 4월 25일 대통령 고시 제2호에 의거 국기 게양법이 공포 시행되어 현재에 이르렀다.

박영효가 메이지마루호에서 제작한 태극기는 현존하지 않고 지금껏 가장 오래된 태극기는 불행하게도 우리에게 있지 않다. 1884년 제작된 것으로 미국 스미소니언 박물관에 소장되어 있다.

태극 문양과 **4**개의 괘

태극 문양

원래 태극이란 유학 특히 성리학에서 모든 존재와 가치의 근원이 되는 궁극적 실체라고 한다. 주역에서 "역(易)에 태극(太極)이 있으니 이것이 양의(음양)를 낳는다."에서 유래하였다.

송나라의 주돈이는 태극도설을 지어 주역에 나타난 본체관을 좀더 자세히 설명했는데, 무극(無極)과 동정(動靜)의 개념을 첨

가하여 "무극이면서 태극이다. 태극이 동하면 양이 되고 정하면 음이 된다."고 하였다.

또 오행(五行)을 덧붙여 태극→음양→오행→만물의 우주론을 정립시켰다. 또한 이이는 태극이 모든 변화의 근본 원인이라고 하면서도 태극은 독립하여 있는 존재가 아니라 변화 속에 있다는 불리성(不離性)을 강조하였다.

태극이 중국 사상이냐 우리나라 사상이냐는 거론치 않기로 한다. 왜냐하면 학자들마다 견해 차이가 있기 때문이다. 다만 태극이라는 용어는 주역에 나오지만 그림은 나와 있지 않다. 중국에서 태극문양이 선보인 것은 앞서 말한 태극도설인데, 그 연대는 11세기이다.

그러나 우리 나라는 그보다 400년 전인 628년(신라 진평왕 50)에 건립된 감은사 석각에 이미 태극도형이 새겨져 있다. 태극기에 나타난 태극 문양은 존귀를 나타내는 붉은 색의 양과 희망을 나타내는 청색의 음이 위 아래로 머리와 뿌리를 맞댄 상호관계에서 상호 의존하여 생성 발전하는 모습이고 이를 화합하고 통일하는 것이 일원상의 태극이다. 양상음하(陽上陰下)로 배치된 이유는, 하늘은 위에 있고 땅은 아래에 있음을 나타낸 것이라고 한다.

어쨌든 태극사상으로 볼 때 천지간의 만물은 그 어느 것이나 음양으로 되어 있지 않는 것이 단 하나도 없다고 한다.

칼 세이건의 「코스모스」에도 태극기 이야기가 나온다. 태양을 상징하는 일본이나 대만, 별이 그려져 있는 미국을 위시한 여러 나라, 반달이 그려져 있는 이슬람 국가, 그러한 국기에 비하면 태극기는 우주를 상징한다.

원래의 태극 문양은 현재 태극기의 태극 문양과 달랐다. 원래의 태극 문양은 우주를 닮았다.

천체 망원경도 없고 과학이 발달하지도 않은 삼국시대나 고려시대에 나타난 태극 문양이 소용돌이 우주와 너무나 흡사한데는 놀라움을 금할 수 없다. 이것이 바로 태극의 신비다.

우주와 닮은 태극 문양이 한반도와 너무나 닮았다.

첫째, 양상음하로 배치된 태극 문양은 이데올로기가 극에 달하던 6~80년대에 지도를 보면 금방 떠오른다. 지도에는 공산주의 나라는 빨간색으로, 중립국은 노란색, 민주주의는 파란색으로 나타냈다. 세계 지도 중앙에 한반도는 그렇게 적과 청으로 대립되어 있었다.

둘째, 태극 문양의 적색과 청색의 굽어진 경계선을 언뜻 보면 휴전선의 모습과 너무나 일치한다.

셋째, 대한민국 총면적은 222,081㎢. 그 중 북한은 122,176㎢, 남한은 99,319㎢이다. 태극 문양을 잘 살펴보자. 정확히 반반이지만 색상의 느낌에 따라 위 부분이 그 정도(5%) 크게 보이지 않는가?

건곤감이의 4개의 괘

건곤감이의 4개의 괘는 태극도형의 음양의 양의와 뗄 수 없는 관계에서 배열한 것으로 음양이 생성 발전된 양상을 나타낸 것이라 한다.

4괘는 천지일월과 사계절 및 사방을 의미하는 창조적인 우주관을 담고 있다. 나타내고 있는 내용을 보면 다음과 같다.

≡(건) - 천, 춘, 동, 인

☰☰(곤) - 지, 하, 서, 의

☲(이) - 일, 추, 남, 예

☵(감) - 월, 동, 북, 지

4개의 괘와 4대 강국

태극기에는 건곤이감 4개의 괘가 태극 문양 주위에 있지만 한반도 주변에는 미·일·중·소가 있어 역사적으로나 문화적으로 많은 영향을 끼쳤다.

한반도에서 시작된 청일전쟁과 러일전쟁의 승리로 일본은 한반도를 36년간 지배하게 된다. 한국을 발판 삼아 일본은 중국까지 침범하고 나중에는 무모한 태평양전쟁까지 일으켰지만 결국 미국에 패망했다. 덕분에 한국은 일제의 압박에서 벗어났지만 미국과 러시아는 남북을 분할 점령하여 국토 분단을 가져왔다.

급기야 한국전쟁이 발발되어 많은 피를 흘렸고, 미국을 비롯한 UN군의 도움으로 압록강까지 진격하였으나 중공군의 참전으로 다시 남하하여 38선을 경계로 휴전이 성립되어 오늘에 이르게 되었다.

소련이 북한의 뒤에 버티고 있었음은 잘 알려진 사실로 소련제 전차와 미그기 등을 앞세우고 남침하였으며 한국전쟁으로 일본은 전후의 폐허를 딛고 일어서는 계기를 만들었다.

18, 36, 72라는 숫자가 갖고 있는 의미

앞에서 태극 문양과 건곤이감 4괘의 의미를 간략하게 알아보았다. 여기에서 가장 주목해야 할 것은 4괘의 하나하나 개수(효: 爻-괘 하나하나를 효라 하는데 한 토막이면 양효, 두 토막이면 음효)인 18이란 숫자다.

그리고 태극의 음양 즉 음18, 양18의 합인 36, 18의 4곱이자 36의 배인 72, 이들 숫자와 우리 민족의 함수 관계를 살펴보기로 하자. 어떻게 보면 우리 민족은 음의 18년, 양의 18년 그리고 그 합의 36으로 순환된 운명이라 해도 과언이 아닐 것이다.

태극기의 비극

미국 UN본부 앞에는 한국을 상징하는 깃발이 두 개가 나부끼고 있다. 대한민국을 상징하는 태극기와 조선민주주의 인민공화국을 상징하는 인공기. 그 두 개의 깃발이 하나가 된다면 어떻게 될까?

세계 190여 국기 중에서 태극기처럼 비운의 국기가 어디에 있을까? 태극기는 나라의 국기가 되어서도 일제의 강점으로 나부끼지 못하고 비밀리에 옷장 속에 숨어서 살아야만 했다.

36년 동안 내 나라가 아니었듯이 휘날리지 못한 깃발은 깃발이라 할 수 없었다. 1945년 8월 광복이 되어서도 조선총독부 건물에는 얼마간 태극기가 게양되지 못하고 일장기가 나부껴야 했다.

광복을 맞자 군중들은 태극기를 흔들며 거리로 뛰어 나왔다. 그러나 먹을 것, 입을 것조차 부족하던 때라 태극기를 만들 천조차 없었다. 그래서 사람들은 일장기에다가 검은 먹을 칠하고 4괘를 그려 넣어 태극기를 만들었다. 시간이 경과하거나 비에 젖으면 일장기가 되었다 하니 참으로 아이러니가 아닐 수 없다. 한국전쟁기간 동안 중앙청에 걸렸던 태극기는 내려지고 대신 인공기가 나부꼈다.

1945년 10월, 김일성 환영 평양군중대회에서 애국가와 함께 태극기가 휘날린 것은 참으로 역사의 아이러니이다.

요즈음 국경일에 태극기를 게양하는 집을 보기가 드물다. 가구 당으로 따진다면 4~50가구 당 1가구가 태극기를 게양할 뿐이다.

대한민국 국민 중 태극기를 정확하게 그리는 사람은 100명당 5~6명에 불과한 실정이다. 또 어떠한 정당은 특정지역에서 지역감정을 자극하는 전당대회를 열면서 당기를 접어두고 태극기를 흔들며 가두시위까지 했다. 그것은 태극기를 사랑하는 것이 아니라 먹칠을 하는 행위다.

국제 대회에서 우승한 대한민국 선수가 태극기를 거꾸로 흔들며 관중들의 환호에 답한 경우도 있었다.

어느 국제 대회에선 TV중계 화면에 인공기가 뜨고, 게양대에는 태극기가 거꾸로 게양되어 있었다.

일본프로야구장에서 한국선수가 홈런을 날릴 때 재일교포가 태극기를 흔들자 일본관중들에 의해 제지되었다. 그러나 미국 관중이 성조기를 흔들면 아무 제지가 없다고 한다.

1995년 북한에 쌀을 보낼 때 태극기가 내려지고 인공기가 나부끼기도 했다(씨아펙스호 인공기 계양사건).

또한 북한과의 회담에서 회담장소에 태극기가 걸려 있다는 이유만으로 회담장소가 바뀌기도 했다.(1999년 북경 차관급 당국회담)

그러나 뭐니뭐니 해도 태극기의 가장 큰 비극은 4. 19혁명과 1980년 광주민중항쟁 때였을 것이다. 다같이 대한민국 국민이었던 계엄군도, 시민군도 태극기를 앞세웠고, 그들의 주검에는 똑같이 태극기가 덮혔다. 이 나라 이 땅에 다시는 이러한 비극이 있어서는 안될 것이다.

2. 역사 속의 18·36·72
(고조선에서 한일합방까지)

어떻게 된 연유인지 알 수는 없으나 우리 나라 역사는 앞에서 말한 18·36·72라는 숫자를 크게 벗어나지 못하고 그 숫자와 커다란 연관을 갖고 형성되어 온 것 또한 사실이다.

이제부터 그 18·36·72라는 숫자와 우리 나라 역사가 어떤 관계를 갖고 있는지 한번 알아보기로 한다.

단군조선

단군신화는 신화가 아니고 사실에 기초를 둔 전설이라고 인류학자들과 고고학자들은 주장하고 있다.

단군신화에 의하면 하늘의 황제인 환인은 그의 아들 환웅에게 선물 3개를 주며(이것을 삼부인이라고 한다.) 풍백(바람의 신) 우사(비의 신) 운사(구름의 신)와 함께 땅에 내려가 360가지

법을 갖고 홍익인간의 높은 이상으로 백성을 다스리게 하였다고 한다.

삼국시대(통일신라 포함)

*고구려 창건 기원전 37년
백제 창건 기원전 18년

*광개토대왕 비문(고구려 19대왕)
한일관계에 빠질 수 없는 것이 광개토대왕비인데 이 비문은 1802자(1,775자라고도 함)로 되어 있다.

*고구려 환도성은 성벽이 화강암으로 동벽 1,716m 남벽 1,786m, 그리고 고분 37기가 있는데 그 중 1개는 토분이고 나머지 36기는 석분에 해당한다.

*고구려는 지금의 포항(북위 36도)까지 남하했다.

*신라의 전성기에 서울에는 17만 8736호가 있었고 35개의 금입택(부유한 큰 집)이 있었다고 전한다.

*황룡사는 17년만에 완성되었는데 여기에는 장륙존상과 9층탑이 있다. 먼저 장륙존상은 무게가 3만 5천 7근에 달했다고 한다. 황룡사 9층 목탑은 백제인 아비지가 건축했고 안두리 기둥

이 36개에 달했다. 철반 이상의 높이는 42척 이하는 183척에 달했다.

신라의 세 가지 보물은 황룡사의 장륙존상과 9층탑 그리고 진평왕의 천사옥대를 말한다.

*김춘추(무열왕)는 24세 때 제 18세(代) 풍월주가 되었다.

*삼국통일의 과업을 이룬 김유신은 진평왕 17년에 태어났고 18세에 국선이 되었다.(15대 풍월주)

*문무왕이 즉위하자 사비의 남쪽 바다에 여자의 사체가 떠올랐다. 키가 73척이었다. 어떤 이는 18척이라고도 하였다. 문무왕은 36세에 왕위에 올랐다. 삼국통일 후 675~676년 2년 동안 당군은 고구려 땅에서 대소 18회 도발했다.

*당서 고종기에는 소사업과 임아상을 총관으로 삼아 군사 35만 명이 고구려를 침범했다고 나와 있다..

*장보고는 청해진을 설치(828년)한지 18년 뒤, 신라가 통일한 뒤 178년만에 죽었다. 신라의 위대한 모험가인 그는 청해진을 세계무역의 전진기지로 만든 해상왕이다. 그의 이름은 일찍이 당나라 시인 두목이 쓴 전기로 세상에 알려졌고 일본 스님인 입당 구법순례행기에 기록되기까지 했다. 삼국사기에는 을지문덕, 김유신에 비교되기까지 했다. 청해진은 그후 폐쇄되고 신라의 국운도 기울기 시작했다.

*신라는 제36대 혜공왕(재위 765~780)이후 전제왕권이 몰락하고 선덕여왕 때부터는 지방호족세력이 강하게 등장한다.

고려시대

*고려 태조 왕건의 아버지는 도선국사의 말에 따라 36칸 짜리 집을 지었다. 왕건은 36세에 시중이 되었고 918년(합18)고려를 건국하여 18년만에 936년(합18) 후삼국을 통일했다. 후백제는 국호를 후백제라 칭한 지 36년만에 멸망했다.

*도참사상

고려건국시 도참의 예언은 왕실운수가 12대 360년으로 되어 왕실은 신경을 곤두세웠고, 후에 이자겸은 十八자가 왕이 된다는 도참을 믿고 왕위를 노리다가 귀양을 갔다.

묘청은 승려로서 풍수사상에 정통한 인물이다. 그는 인종을 보좌하면서 풍수사상에 입각해 서경에 궁(대화궁)을 짓게 했으며 새로이 압력을 가해오는 금나라에 대해 자주적인 대응을 요구했다. 그는 인종에게 서경은 좋은 땅이고 강한 땅이라 서경에 궁궐을 세우고 수도를 옮긴다면 가히 천하를 합병하고 금국이 폐백을 가지고 와 스스로 항복할 것이며 인접 36국이 모두 신하가 될 것이라 주장했다.

공민왕 때 왕사 보우는 한양에 천도하면 해외 36국이 내조한다며 수도를 옮기려던 왕의 계획에 동조했으나 수도를 옮기지는 못했다.

*구주대첩:강감찬(姜邯贊:36획) 소배압(蕭排押:36획)

*고려 성종 조 3성6부제는 당나라 제도를 모방한 것으로 3성 (중서성·문하성·상서성) 6부(이·병·호·형·예·공부)를 말한다.

*1231년 (고려 고종18년) 몽고군 1차 침입

*고려 공민왕은 전국의 명문 성씨로 18성을 지정하여 이들 성씨끼리만 결혼할 수 있게 하였다.

*1363년(공민왕 12년)에 백문보가
"지금 단군이 건국한지 3600년이라 하고, 3600년이라는 기간은 나라의 운명이 순환하는 대주원(大周元)이므로 이때야말로 불교적 미신에서 벗어나 유교이념에 좇아 정치를 행하면 하늘의 도움으로 음양이 조화되고 국운이 연장될 것"이라고 상소를 올렸다.

조선과 18, 36

목조(이성계 4대조)⇒목조(이안사노)는 전주에서 살다가 180여 가구를 이끌고 삼척으로 갔다가 다시 원으로 망명함.
1代 태조(이성계)⇒도참사상에 의한 十八자가 왕이 됨.
2代 정종⇒1차 왕자의 난 후 2차 왕자의 난까지 기간은 18개

월

　3代 태종⇒18년 재위

　4代 세종⇒18명의 왕자

　5代 문종⇒만 36세에 왕에 오름

　6代 단종⇒생육신과 사육신 6X6=36

　7代 세조⇒36세에 계유정난으로 실권 잡음. 정희왕후는 세조가 죽은 뒤 18년 후에 사망.

　8代 예종⇒만 18세에 왕위 오름

　9代 성종⇒1469년에 즉위했으나 7년간 수렴청정. 실제통치기간 18년

　10代 연산군⇒任士洪(18획)

　11代 중종⇒중종반정(朴元宗 : 18획) 18세 즉위

　12代 인종

　13代 명종⇒林巨正(18획)

　14代 선조⇒임진왜란 18만 대군

　15代 광해군⇒유배 18년만에 사망

　16代 인조⇒병자호란(1636), 남한산성(36㎢) 항거. 林慶業(36획)

　17代 효종

　18代 현종⇒18대 왕 1674년 8월 18일 사망

　19代 숙종⇒의적 장길산 숙종18년에 행방불명

　20代 경종⇒만36세 사망

　21代 영조⇒영조 18년 탕평비 세움

　22代정조⇒1,800년 사망. 도산서원 별시 답안지 3,632장 직접 채점.

23代 순조⇒1,800년 재위 오름. 순조실록 36권 36책

24代 헌종⇒1827년 7월 18일 태어남.

25代 철종⇒만18세 즉위

26代 고종⇒태극기(18효)탄생

27代 순종⇒518년만에 멸망 純宗(18획)

기타

*조선시대를 통틀어 상신(相臣:영의정. 좌의정. 우의정)을 지
낸 사람은 366명에 이름

*조선의 모든 관료는 동반(문반) 서반(무반)으로 구분되고 이
들의 동·서반 품계는 정·종·각9품으로 도합 18품계를 정하
여 관등의 품계를 일정하게 하였다.

*중앙관제는 6조(이·호·예·병·형·공)에 이들 행정기관을
견제하는 기구로 3사(홍문관·사헌부·사간원)가 있었다.

3×6=18

지방관제로는 전국을 8도로 나누고 그 밑에 부·목·군·현
을 두었다. 도에는 관찰사가 행정·군사 및 사법권을 행사했고,
임기는 360일 그 밑의 수령들은 1800일로 제한되어 있었다.

*문묘는 성균관 안에 있는 공자의 사당으로 여기에 배향되는
것을 가장 큰 영광으로 여겼다. 조선시대까지 문묘에 배향된 이
는 신라의 설총, 최치원, 고려의 안향, 정몽주, 조선의 김굉필,
정여창, 조광조, 이언적, 이황, 김인후, 이이, 성혼, 김장생, 조헌,

김집, 송준길, 박세채 등 18명뿐이다.
  *1424년 선교 양종을 36사 (寺)로 정리
  (선종 18, 교종18)

  *이성계가 위하도 회군시 병력은 38,000여 명, 원수급 장군은 36명이었다. 요동정벌을 떠난 시기는 1388년 4월 18일 개성을 공격한 것은 6월 3일(6×3=18). 1392년 7월 17일에 즉위한 이성계는 다음날 18일 명나라에 사신을 보내 왕조교체 사실을 알렸다. 이성계가 왕위에 오르자 젊은 선비 72명이 광덕산에 들어가 마을 이름을 두문동이라 이름짓고 세상에 나오지 않았다. 이성계는 그들을 모두 불태워 죽였다.

  *한양은 태조 3년(1394년) 정도전에게 새도시 건설을 착공하게 함으로써 시작되었다. 성곽의 길이는 59,500(18Km)자에 이르렀다.

  *세종 때 명상 황희는 세종 아래서 18년간 영의정을 지냈다.

  *대마도 정벌
  대마도는 원래 신라의 섬이었으나 점차 왜인들이 와서 거주하게 되면서 일본 땅이 되었다. 그런데 왜구의 근거지가 되어 고려말과 조선왕조 초 노략질이 잦았다. 세종 1년 3군 도체찰사 이종무가 군사 17,285명으로 대마도를 정벌했다. 조선군사 180여 명이 사망했다.

＊임진왜란 당시 조선에 침입한 왜군은 18만여 명에 달했고 그중 제1번 대는 주장 고니시로 18,700명의 병력을 갖고 있었다. 임진왜란의 영웅 이순신은 36세에 전라도 발포 만호라는 벼슬을 얻었다. 비로소 그의 기량을 발휘할 수 있는 수군을 처음 맡은 것이다. 한산대첩시 왜국의 수군세력은 대선 36척.

＊1636년 병자호란 때 대청항쟁의 상징인 남한산성의 면적 36.45㎢.

＊1865년(고종 2년)에 중건된 경복궁은 당시 7,222칸에 이르렀다.

＊1875년에 일어난 운요호 사건으로 조선병사 36명이 사망하고 조선대포 36문을 빼앗겼다.

＊1893년 6월 18일 방곡령사건 배상금 1차분 상환을 위해 청으로부터 은 3만 5,000원을 차관함.

＊1905년 9월 9일 포츠머스에서 일본전권대사 고무라 주터와 러시아 전권대사 세르게이 위테는 미국 시어도어 루스벨트 대통령이 지켜보는 가운데 강화조약을 맺었다. 이로써 러일전쟁은 18개월만에 종결됐고, 일본은 당시 전비 17억 엔을 썼다.

＊1907년 7월 20일 헤이그 밀사사건을 구실로 고종을 강제 퇴위시킨 일본은 24일 정미조약(한일신협약)을 맺어 내정 감독권

을 빼앗았다. 이 때 한일 양국은 비밀각서를 주고받았는데 각서
에는 조약에 명시되지 않은 군대 해산안이 들어 있었다.

당시 대한제국군은 1개 사단 규모의 병력이 있었지만 일본은
이 마저도 위협으로 생각했던 모양이다. 8월 1일 훈련원에서 해
산식이 열렸다. 이 때 참석한 인원은 1,812명이었다.

군대해산 이후 많은 군인들이 의병에 뛰어들었는데, 1909년 9
월 1일 일본은 남한 대토벌 작전을 개시, 의병의 주요활동지역
을 초토화시켰다. 1909년 말까지 계속된 대토벌 작전에 희생된
의병은 사망 16,700명, 부상은 36,770명에 달했다.

*조선시대에 외침의 회수는 총 360회에 달했다.

360년 대 환란 주기

이상으로 18·36·72의 숫자와 연관된 우리 역사를 돌아보았
다. 그러면 이번에는 좀더 신비한 360년 주기에 대해서 이야기
해 보기로 한다.

단군조선 이래 수많은 외침을 받은 우리민족은 실로 수십 차
례 국가의 존망이 걸린 시기가 있었다. 고조선의 한사군 설치,
삼국시대 수당의 침입, 신라멸망, 고려시대 거란·홍건적의 침
입, 조선시대의 병자호란. 하지만 그 중에서도 가장 인명 피해
가 많고 문화재 손실, 국토의 피폐함을 말할 때는 고려시대 몽
고의 침입과 조선시대 임진왜란, 대한민국의 동족상잔의 비극인
한국전쟁을 빼 놓을 수 없다. 그런데 이 엄청난 사건이 모두

360년 주기로 일어났다는 사실이다..

1231년 (몽고 1차 침입) 1232년 (몽고 2차 침입)

↓

360년 후

↓

1592년 임진왜란

↓

358년 후

↓

1950년 한국전쟁

↓

그리고 360년 후

↓

2310년 (?) 大지진(?) 핵전쟁(?) 환경재앙(?)

그리고 1231년의 360년 전인 872년은 통일 신라 시대로 장보고의 죽음으로 청해진을 폐쇄(851년)하고 후삼국 시대가 열리는 890년대의 중간으로 통일신라의 극심한 혼란한 시기였고, 872년에 서라벌에 지진이 발생했고 873년 기근과 질병이 발생했다.

3. 일제 36년

이번에는 일본 제국주의한테 점령당했던 일제 36년에 대해서 이야기해 보자. 먼저 만 35년인 일제 식민기간을 36년으로 함을 먼저 부끄럽게 생각한다. 1910년 8월 22일 총리대신 이완용[사망1926년(합 18)]과 통감 테라우치 사이에 합병조약이 조인되어 일제는 통감부를 폐지하고 총독부를 세워 테라우치를 초대 총독에 임명했다. 이렇게 일제 강점기가 시작되었다.

이완용:1882년 증광별시(나라에 경사가 있을 때 보는 과거)에 문과 병과 18등으로 합격했다.

*1943년 8월부터 징병제를 실시하여 총인원 18만 4천명 이상이 징용되었으며 징병 등 강제 동원된 인원은 군인만이 아니라 각종작업과 경비를 담당하는 군속들도 포함되어 36만이나 되었다.

1939년 국민징용령을 공포하여 1945년 8월 15일까지 일본 및 태평양도서에 72만 5천 명의 청장년을 징용했다. 패망이 다가오자 총독부는 8월14일부터 9월 5일까지 73억 5천 5백만원의 조선은행권을 남발했다. 이것은 일본인들을 위해 쓰여졌고 이것이 후에 하늘 모르게 치솟았던 인플레의 한 요인이 되었다.

*광복당시 일본에는 210만 명의 한국인이 있었다. 그 중 70만 명만 일본에 남았고 나머지는 고국으로 돌아왔다. 그리고 광복 직후 146만 4,520명의 실업자가 생겼다. 1945년 10월 4일 교포 귀환선이 일본에서 침몰하여 360명이 사망했다.

*이완용에 버금가는 친일 매국노 송병준은 일진회 총수로서 우리 나라 최초로 자가용을 소유했던 자로서 그가 살던 집터는 전국의 지관 181명이 동원되어 잡았다고 전해진다.

*나철(나인영:대종교 창시자)의 오적 암살 음모는 미수에 그쳤지만 오적의 간담을 서늘케 했다. 나철은 장사 18명을 모집하여 을사조약의 일본 앞잡이로 활약한 대가로 대신까지 된 박용화를 포함하여 육적으로 삼고 장사 3인당 일적씩 배당하여 뒤를 쫓게 했다.

*소련은 크림반도 얄타에서 미·영·소 연합국 정상회담이 열렸을 때(1945년 얄타회담) 미국으로부터 많은 양보를 받아내고 그 대가로 180일 이내에 일본과 전쟁에 들어가겠다고 약속했다. 그러나 소련은 끈질기게 180일을 채워 1945년 8월 8일 나

카사키에 원폭이 터지자 자정에야 대일선전 포고를 했다.

*1937년 스탈린의 지시에 따라 연해주에 살던 한인들을 우즈베키스탄과 카자흐스탄으로 이주시켰는데 이 때 강제 이주된 한인들은 18만 명이나 되었다. 낯선 황무지에서 처음부터 다시 삶을 시작했던 18만 명의 조선인들은 그들의 아픔과 눈물이 제대로 알려지지 않은 채 역사의 뒷장에 묻혀 있다. 아주 1세대들은 대부분 사망하고 그 후손들도 모국을 잃은 채 소련인에 동화되어 살아가고 있다.

*1936년 안익태 애국가 작곡함

*대한 독립군(만주간도 국민회 소속이었던 항일독립군 부대)은 봉오동에서 전 의병대장 홍범도를 총 사령으로 1919년 자성 싸움에서 72시간 왜병과 전투하여 70명의 왜군을 사살하였다. 그 후 대한 독립군단에 통합되어 총재에 서일, 부총재 김좌진, 홍범도, 조성환, 총사령에 김규식, 참모총장에 이동영, 여단장에 이청천이 취임하고 병력 3,500명이 활약하였다.

*1910년경에 이르러 무장항거의 한계점에 오르자 그 잔여세력이 간도 연해주로 거점을 옮기게 됨으로써 독립운동의 연속성이 유지되었다. 강제합병 직후, 간도 삼원보에 항일단체인 경학사가 생겨 그 밑에 신흥무관학교로 발전하여 독립전쟁의 기지 구실을 하였다. 이 학교는 1920년 폐교될 때까지 약 3,500명의 수료자를 배출하였다.

*사이토가 부임하던 1919년 9월 2일,. 남대문 역에서 군중 속에 끼어 있던 노인 동맹단의 강우규는 사이토가 열차에서 내리는 순간 폭탄을 던졌다. 그러나 사이토는 무사했고, 그 폭탄으로 37명이 중경상을 입었다. 그 후 강우규는 용의주도하게 현장을 빠져 나왔으나 거사 10여일 후 일제헌병이 아닌 조선인 순사에게 체포되었다.

*유관순(柳寬順:36획)은 3. 1운동만세 시위를 전개한 혐의로 주동자로 몰려 공주지방법원에서 징역 3년(36개월)형을 선고받았고 항소심에서 7년형을 선고받아 서대문 형무소에서 복역 중 갖은 고문과 악형으로 17세에 옥사했다.

*청산리 전투는 6일간이나 계속되었으며 일본군경은 그후 보복으로 만주지역으로 들어와 우리측 양민을 학살했는데 그 인원은 3,664명에 달했다. 가옥소실은 3,500여 채에 달했다.

*3.1독립선언서는 알다시피 1,762자로 되어 있으며 조국의 독립선언과 인도주의에 입각한 비폭력적이고 평화적인 방법으로 민족자결에 의한 자주독립의 전개방법을 제시하고 있어 오늘날 전해오는 국내외 각국의 독립선언문과 비교해도 아무 손색이 없는 명문으로 평가되고 있음에도 불구하고 사실상 이 글을 작성한 최남선의 훗날의 변절로 말미암아 빛이 바랬다. 공약 3장은 한용운이 추가한 것이라고 전한다. 또한 독립선언서에 서명한 이는 33인이지만(천도교 측 15인, 기독교인 16인, 불교측 2인) 박영효, 한규설, 김윤식 등 옛 고관들이 서명 일보 직전에

빠짐으로써 33인이 되었다. 공약 3장을 더해 36으로 한다면 억
지일까?

3 .1운동 후 그 여파는 국외에까지 미쳤는데 3월 13일 북간도
용정에서 만세운동이 일어나 일제의 계략에 말려든 중국군의
발포로 18명이 숨졌다.

*이 봉 창

1932년 1월 8일 일왕에게 폭탄을 던졌으나 실패했다. 이봉창
은 거사를 앞두고 일본을 가기에 앞서 김구와 함께 안공근의
집에 가 그 방에 걸려 있는 태극기 앞에서 선언식을 했다.

                    --선 언 문 --
"나는 조국의 독립과 자유를 되찾기 위해 한인애국단의 일원
이 되어 일본 왕을 죽이기로 맹세합니다."
                        대한민국 13년 12월 13일
                            선서자 이 봉 창
   한인애국단 앞

이봉창은 윤봉길(尹奉吉 습18)과 함께 한인애국단의 일원이었
는데 한인애국단은 1931년 말 김구가 만든 비밀테러조직으로
단장은 김구, 간부는 이유필. 안공근 등이 맡았다. 이들은 행동
에 들어가기에 앞서 위와 같은 선서문을 낭독했다. 이것은 유서
와 같은 것이어서 그 의식이 자못 엄숙했다고 한다.

그는 일본에서 노무자로 일할 때 일당 3원 50전을 받았다. 그
것은 조선인이 일본에서 노동의 대가로 받는 최고 일당이었다

고 한다. 거사 실패 후 붙잡힌 이봉창은 1932년 10월 1일 마지막 선거공판에서 일본형법 73조 "천황에 대한 위해를 가한 죄"에 해당함에 따라 사형에 처한다는 판결을 받고 이치가와 형무소에서 사형 당했다. 그는 죽을 때까지 김구에 대하여 함구했고 그가 사형 당한 그날 김구는 한인애국단원들에게 금식하도록 하여 그의 죽음을 기렸다고 한다.

*자유시 참변(1921년 러시아령 자유시 <알렉셰프스크>에서 대한독립군단이 레닌의 적군과 교전한 사건)은 항일무장독립 전쟁사상 가장 비극적인 사건 중 하나로 흑하사변이라고도 한다. 상해파 공산당과 이르쿠츠크파 공산당간의 반목에다 자유대대와 사할린특급의용군 지도부의 군통수권 쟁탈권이 맞물리고 최고사령관 칼란다리시빌리의 무능하고 폭력적인 대처가 불러일으킨 사건이다.

이날 참변으로 전사한 수에 대하여는 자료마다 기록이 달리 되어 있지만, "재로고려혁명군 연혁"에는 의용군 측 사망 36, 포로864, 행방불명 5로 되어 있고, 한편 간도 방면 11개 단체 성토문에는 의용군측 전사 72명, 익사 37명 등으로 기록되어 있다.

*1910년 한일합방 해에 일제의 통계에 따르면 1910년 1,832명의 의병이 128회 일본군과 교전한 것으로 기록되어 있다.

*안명근 사건(안악사건) 1910년
안중근의 사촌동생 안명근은 군자금을 모집하다 체포되어 70여일간 회유와 고문에 시달렸으며 그를 중심으로 160여명의 요

시찰자를 붙잡고 내란미수 등으로 날조하여 18명을 재판에 회부하였다.

*참고로 항일독립을 기념하기 위해 세운 독립기념관은 120만 8,135평 부지에 37동의 건물로 이루어졌는데 그 총 면적은 17,000평에 이른다.

*6. 10 만세 운동

1926년(습18) 5월 20일 첫 거사 회담이 개최된 곳은 죽청정(현재 서대문 충정로) 1정목 36번지 연희전문대학 문과 2년생 박하균의 하숙집이었다. 이날 40여 명이 모인 가운데 순종인산일인 6월 10일에 독립만세와 가두시위를 일으켜 민족독립을 성취하자는 결의를 했다. 그리고 6월 7일 36번지 박하균의 하숙집에서 최종적으로 계획을 수립했고 다음날 태극기와 조선독립만세문 약 30매를 작성하였다.

6월 9일 평동 12번지 3호(12×3=36) 김종찬의 방에서 이병립이 기록한 「이천만 동포의 원수를 구축하라. 피의 대가는 자유이다. 대한독립만세」라는 격문을 무수정 통과시켰다.

*1944년 일제는 지원병 제도를 끝냈다.

1938년 1월 일본육군성에 의해 실시된 지원병제도를 6년간 실시하였는데 그간 17,644명을 배출했다.

4. 광복에서 5.16까지 18년

미군정 36개월

일본은 무조건 항복한지 18일만에(9월 2일=9×2=18) 미주리 함상에서 항복문서에 조인했다. 항복문서에 기초한 일반명령 제1호는 「연합군이 진주한 지역을 분단」하는데, 미·소 양군이 북위 38도선을 기준으로 점령한다고 되어 있다.

연합군의 승리로 맞이한 광복이 미·소에 의해 38도선으로 분할 점령되면서 임시정부와 광복군이 미군정에 의해 정식 정부로 인정되지가 않았다.

1945년 9월 6일 미 해리스 준장은 36명의 미 24군단 선발대를 데리고 김포공항에 도착했다. 9월 8일 미 24군단 7만2천 명이 인천에 상륙했다. 1945년 9월 9일 미국의 D.맥아더 장군은 포고문에서 남한의 영토와 국민에 대한 정부의 모든 기능은 자신의 권한 아래에서 행사될 것임을 선언했다.(9월 9일 총독부 건물에서 일장기가 내려졌다. 9+9=18)

이와 달리 소련군은 8월 26일 평양에 들어와 발표한 포고문에서 "조선 사람은 해방되었으며 조선 사람의 장래는 조선 사람의 손에 달려 있다."고 선언했다. 그들은 남한의 군정처럼 직접적인 통치 행위도 하지 않았다.

그러나 실제로는 김일성을 내세워 정권장악을 지원하고 북한의 공산화를 추진하였다. 이로써 한국 분단은 시작되었고 국내의 정국은 강대국의 횡포와 신탁 통치를 둘러싼 좌우익의 반탁, 신탁으로 혼란만 가중되었다. 좌우합작, 남북협상이 시도되었건만 북측의 확고한 공산화 집념으로 실패로 돌아갔다.

그 후 UN총회에서 대한민국 정부수립 결의안이 가결되자 UN 사무총장은 결의안에 따라 UN한국위원단의 한국에서의 활동을 적극 원조해줄 것을 미·소 양국 정부에 공식 요청했다. 이 같은 UN총회의 결의에 따라 호주·중국·캐나다·프랑스·인도 등 9개국 대표로 구성된 UN임시 한국위원단은 48년 1월 8일 서울에 도착했다. 그러나 소련측의 거부와 방해로 북한 지역에서는 UN감시위원단의 활동이 제약을 받았다.

결국 북한 지역에서 선거가 불가능하게 되자 위원단은 우선 선거가 가능한 남한 지역에서라도 단독 총선거를 실시하게끔 UN총회에 상정, 5월 10일 총선거를 실시하게 되었다.

당시 등록한 총 유권자는 7,840,871명이었으며, 7,487,600명이 투표에 참여, 투표율은 95.4%에 달했다. 이 가운데 유효 투표는 7,216,942표였다. 결과 198명의 제헌의원이 탄생했다(18×11).

그러나 남로당의 5·10 총선거의 반대투쟁은 극심해서 선거 사무소 36곳을 방화했고, 기관차 71대에 피해를 주었으며, 탄환 1860발을 탈취했고, 선거공무원 18명을 죽였다. 마침내 7월 7일 국회 본회의는 헌법 초안에 대한 심의를 끝내 7월 12일 만장일치로 통과시켰다. 그리고 7월 17일 공포하였다.

이 헌법에 따라 7월 20일 대통령 선거가 실시되어 180표를 얻은 이승만이 초대 대통령이 되었다. 그리고 1948년 8월 15일을 기해 대망의 대한민국 정부가 정식으로 수립, 36개월의 미군정은 끝났다.

1948년 8월 15일 상오 0시 하지중장은 군정폐지를 공포하였다. 이로써 이승만 행정수반, 신익희 국회의장, 김병로 대법원장으로 제1공화국이 수립되었다.

대한민국(36획)

대한민국(大韓民國)은 한자 획수가 총 36획이며 韓만은 17획이다. 대한민국은 언제부터 국호로 사용되었을까? 1945년 8월 15일인가? 아니면 1948년 8월 15일인가? 실은 둘 다 아니다.

대한민국은 1919년 4월 13일 중국의 국제 도시 상해에서 수립 선포된 대한민국 임시정부가 국정수행을 공식적으로 선포한 때부터이다.

외국의 헌법을 참고하여 헌법 10개조를 만들었는데 제1조는 현재 헌법 제1조와 같은 "대한민국은 민주 공화제를 채택한다." 였다.

의장으로 선출되어 의회를 이끌어 가던 이동영은 다음과 같이 말했다.

"여러분, 오늘은 매우 큰 역사적인 의미가 주어지고 있는 날입니다. 우리 나라 오천년 역사 중에서 오늘처럼 감격스럽고 떨리는 순간은 처음입니다. 우리는 지금 대한제국이 아니라 국민이 주인이 되는 대한민국으로 탄생이 되는 찰나에 있는 것입니다. 이제는 군주제 사회가 아니고 민주공화제의 선택의 폭이 넓은 자유민주주의를 지향하는 국민의 나라가 출발하는 순간입니다. 대한민국이 아직 홀로서기를 하기 어려우니 대한민국 임시정부라고 이름을 지었습니다.

정식으로 대한민국이 내외에 그 국가기능을 당당히 선포할 때까지 잠정적인 국호입니다만 분명 우리는 지금 대한민국이라는 국호를 선택한 것입니다. 의원 동지 여러분! 이제 우리는 분명 광복하여 환국하게 될 것입니다. 자신을 가집시다. 희망을 바라봅시다."

그들은 뜨거운 눈물을 흘리며 태극기를 흔들었다. 그리고 1948년 7월 1일 제18차 본회의 제헌국회에서 국호를 1919년 대한민국 임시정부이래 계속 사용되어 온 대한민국으로 결정하였으며 8월 15일 정부가 정식으로 수립되었다.

그리고 신기한 것은 1948. 8. 15의 숫자를 모두 합하면 36이 된다. 정말 우연인가, 아니면 필연인가?

한국전쟁

한편 북한의 인민군은 소련군정 당국에 의해 1946년 8월부터 18개월 동안 점차로 군사력을 증강시킨 끝에 1948년 2월 8일 육군 3개 사단과 기본체제만을 갖춘 해군과 공군으로 조선인민 군을 창설했다.

그리고 1948년 12월 소련·중공·북한의 수뇌들은 모스크바에서 비밀 군사회의를 개최하고 그로부터 18개월 이내에 북한 인민군을 대폭 증강시키기로 합의했다.

1950년 4월을 전후해서 소련군 출신 한국인 5,000명을 포함하여 중공군 출신 한인계 36,000명이 인민군에 편입되었다.

그리고 6월 18일부터 38도선에 인민군을 증강 배치했다.

당시 남한 쪽은 1950년 6월 24일을 기준하여 옹진반도에서 양양 남쪽 잔교리까지 약 350km에 달하는 38도선에 약 36,000명의 병력이 포진해 있었다.

한국전쟁은 남북한과 UN16개국이 참전해서 18개국이 싸웠다(중국군은 나중에 참전, 러시아는 직접적인 파병은 없었으나 기술고문단이나 북한의 무기는 거의가 러시아제였다. 남북당사국을 제외하면 18개국의 군사와 장비가 한국전을 치른 셈이 된다).

전쟁이 발발한지 며칠도 되지 않은 7월 2일 36개국이 한국에 군사 지원단을 파견하겠다고 성명을 발표하였고 16개국이 한국에 병력을 파견했다.

한편 북한은 남침 3일(72시간)만에 서울을 점령했다. 그러나 이상한 것은 3일 동안 더 이상 남하하지 않았다. 이것이 남한 쪽에는 반격할 수 있는 여유를 갖게 된 셈이다.

북한군은 포항, 영천, 대구를 잇는 북위 36까지 남진했으나(9. 15) 그 이후 북으로 밀려났다(한국전쟁 중 가장 치열한 낙동강 전투는 북위36도 지점에 이름).

한국전쟁은 한민족 전체에게 엄청난 피해를 주었다. 인적, 정신적, 물적 모든 면에서 이루 말할 수 없었다. 인적 손실은 먼저 정확한 통계 수치가 부족하여 확실한 것은 알 수가 없다. 너무나 가슴아픈 일이다. 기관과 연구자마다 모두 다르다.

- 북한 30년사(정부에 가까운 연구자들 자료)
- 통일조선 신문(일본 언론지)

두 자료를 가지고 집계한 것은 다음과 같다.

UN군 참전 인원은 총 36만 명에 이르렀고, 전사자는 36,813명이었다. 중공군 전사자 184,128명, 부상 715,872명, 남한 민간인 사망자 373,599명, 실종 387,744명, 군인 부상자 717,083명이었다. 한국전쟁 당시 소련군은 일부 병력을 중공군으로 위장시켜 공군 72,000명을 파병했던 것으로 중국 공산당 자료에 의해 최근 밝혀졌다.

남북한군, 중공군, 유엔군 총 180만 명이 죽거나 실종되었다. 전쟁 기간 중 총 부상자는 360만 명에 달했다. 그리고 총 피해액은 18억 불에서 30억 불에 이른다고 한다.

*1951년 12월 18일 판문점 휴전회담에서 포로 명단을 교환했는데 국군은 7,142명이었다.

*전쟁 기간 중 북한에는 1㎢당 18개의 폭탄이 떨어졌으며 UN군이 점령한 약 40일 동안 17만 2,000명이 학살되었으며, 북한 농지 36만ha가 손상되었다.

*덴마크에서는 유틀란디아라는 병원선을 파견했다. 이 병원선은 360개의 병실이 있었다.

*기록에 따르면 한국전쟁 3년 동안 종군한 외국 기자는 350여 명에 이르렀고 그들 중 17명이 숨졌다.

공식적으로 한국전쟁 동안 순직한 한국 언론사 기자는 한규호(韓奎浩→36획) 기자 단 한 명이다.

한국기자협회는 1977년 4월 27일 한국전쟁을 취재하다 순직한 18명의 종군기자들을 기념하기 위해 통일로변에 추념비를 세웠다.

*1954년 10월 11일 전사자 사체 교환 완료했다.

UN군 4,023구, 공산군 13,528구, 合17,551구

*1951년 6월 23일 소련대표 말리크가 휴전회담 제의 18일 만인 7월 10일부터 회담시작.

*1951년 7월 10일 개성시 고려동 내봉장에서 쌍방대표 상견

례에 이어 본격적인 휴전회담에 들어갔다. 그리하여 17일 만인 7월 26일 쌍방은 협상의제와 토의순서에 합의하였다. 그후 2년 가까이(731일 만에) 끌어오던 휴전 회담은 1953년(합 18) 7월 27일 오전 10시 제159차 본회의에서 UN군 대표 헤리슨 중장과 공산군 측 대표가 18통의 휴전협정서에 서명했다. 이렇게 해서 37개월 2일 만에 한국 전쟁은 막을 내렸다.

*한국전쟁 중 전쟁포로 송환문제는 가장 어려운 문제가 되어 회담결렬과 재개를 거듭하면서 1951년 10월 27일 처음 의제로 상정된 이후 18개월을 지연한 이후 1953년 6월 8일 비로소 합의를 보게 되었다(포로교환협정).

휴전에 반대하는 입장인 이승만은 6월 18일 UN군과 아무런 사전협의 없이 단독으로 반공포로를 석방했는데 부산, 광주, 논산 등 수용소 반공포로 35,457명 중 26,424명을 석방했으나 협정을 번복시킬 수는 없었다.

한편 아이젠하워는 6월 6일(6×6=36) 휴전에 반대하는 이승만을 달래기 위해 한반도 통일을 위해서는 전쟁에 의한 수단보다는 정치적인 수단으로 추구해야 한다면서 정전 후 한국의 안전보장을 위해 경제원조와 병력증강에 협력함과 함께 상호방위조약 체결을 위해 노력하겠다고 했다.

*휴전협정(1953년 7월 27일 10시 판문점 서명, 22시 효력발생) 휴전협정서는 전문 5조 63항 (6X3=18)으로 되었고, 부칙은 10조 26항 (10+26=36)

한국휴전협정전문 서언 제2조 13항

"본 정전협정 중에 따로 규정한 것을 제의하고 본 정전 협정이 효력을 발생한 후 72시간 내에 그들의 일체 군사 역량 보급 및 장비를 비무장지대로부터 철거한다."

"어느 일방이든지 한국 경내로 35,000명 이상의 군사인원이 들어오지 못한다."

공산군측에 수용되어 있던 포로는 한국군과 UN군을 합하여 13,803명이었으나 송환자는 13,444명, 비송환자는 359명이었다.

*1950년 8월 18일 이후는 부산이 임시수도가 됨.

*1950년 7월 18일 한국전쟁 중 한국육해공군 지휘권 이양에 관한 이승만 대통령과 맥아더 UN총사령관간의 공한에 의거 한국군은 주한 UN군사령관이 한국군의 작전 지휘권을 장악하고 있다.

*최근에야 밝혀진 사실이지만 한국전쟁 당시 대전형무소 정치범 1,800여명을 집단 처형했다. 미국 국립문서보관소 6, 25 관련 비밀문서에는 2급 비밀 한국의 정치범처형 사진 18장과 3급 비밀 한국육군헌병에 의한 처형 사건 7장이 비밀 해제되어 공개되었다.

3. 15 부정선거와 4. 19

3. 15부정선거 (3+15=18)에서 4. 19의거(4×1×9=36)까지는 36

일 소요되었으며 부정선거로 부통령에 당선된 이기붕(李起鵬:36획)은 4. 19의거로 자살했다.

그가 묵은 곳은 경무대내 별관 36호실이었다. 4월 19일부터 26일까지 187명이 사망하고 6,026명이 다쳤다.

4월 19일을 역사는 '피의 화요일'이라 기록하고 있으며 이승만은 4월 16일 하야성명을 발표하고 하와이로 망명을 떠났다. 하와이까지는 18시간이 걸렸다.(「위인들의 발자취-이승만 편」참조)

1945년 8월 15일 광복에서 1962년까지 소사

*1945년

8월 15일 36년만에 일제 압제에서 벗어남.

8월 15일 일본이 무조건 항복한지 18일만에 9월 2일(9×2=18) 항복문서 조인함.

9월 6일 미 해리슨 준장은 36명의 미 24군단 선발대를 데리고 김포공항 도착함.

9월8일 미24군단 72,000명 인천에 상륙.

9월 9일(9+9=18) 총독부 건물에서 일본기 강하.

8일 전국농민총연맹 결성대회에서 18조항의 결정서 통과됨.

12월 18일 김일성 분국 제3차 확대집행위원회에서 본국 책임비서 맡게됨.

*1946년

3월 1일 평양에서 18세 소년이 김일성에 대한 폭탄테러미수에 그침.

4월 18일 조선인으로 일본중장까지 오른 홍사익은 광복 후 2차 대전 전범으로 교수형을 선고받음.

6월 3일 이승만의 정읍발언(6×3=18) "선건국 후통일".

10월 1일 대구 폭동 발생 47년 3월까지 3,600여명 실종.

*1947년

6월 미소공동위원회에 이승만, 김구 추종세력을 제외한 거의 모든 정당 사회단체가 공동위원회에 참가 청원서를 제출했다. 단체 수는 남한 425개, 북한 36개였다.

*1948년

1월 8일 UN 한국위원단 서울 내한.

5월 10일 총선거 남로당의 총선, 반대투쟁 극심, 선거 사무소 36곳 방화, 탄환 1860발 탈취 선거공무원 18명 죽임.

7월 1일 제18차 제헌국회 본회의에서 국호 결정(大韓民國: 36획).

7월 20일 이승만 180표 얻어 초대 대통령 선출됨.

8월 15일 대한민국 정부 수립(1+9+4+8+8+1+5=36) 광복 후 36개월만에.

9월 9일 (9+9=18) 북한 인민 공화국 선포.

*1949년

1월 8일 반민족행위자 처벌 특별 위원회 발족.

6월 6일 (6×6=36) 반민특위요원 35명 연행.

8월 31일자로 특위업무종료. 재판종결건수 38건.

6월 26일 오후 12시 36분 백범 김구 사망(6×2×6=72).

*1950년

3월 15일 김일성 인민군 대대장급 이상 지휘관 360명 모아놓고 사실상 남침선언.

6월 5일 한미화폐 환율 1800:1로 조정 됨.

7월 18일 한국군 작전 지휘권 UN군사령관에 이양.

8월 18일 부산이 임시 수도가 됨.

광복 후 한국전쟁 전까지 약 180만 명이 북한에서 남한으로 넘어옴.

*1951년

12월 18일 판문점 휴전회담에서 포로교환 명단.

*1952년

1월 18일 이승만 평화선 선포.

2월 18일 거제도 포로 수용소 폭동.

*1953년

6월 18일 이승만 반공포로 석방.

9월 18일 빨치산 남부군 사령관 이현상 사망.

*1954년

1월 18일 독도에 영토표지 설치.

2월 18일 서 베를린에서 소집된 4개국 외상회의(미·영·소·프)에서 한국과 인도차이나 문제 토의.

8월 18일 국회 미군 철수 반대 결의.

이승만 정부와 미군은 환율문제로 갈등 빚음. 당시 공식환율 1:180원이었다. 미군은 이를 1대 254로 할 것을 요청했다. 이 여파로 오일쇼크가 한국 사회를 강타함.

2월18일 미·영·소·프 등 베를린 4개국 외상회의는 소련의 제의를 받아 들여 한국문제 해결을 위한 평화회의를 제네바에서 개최할 것을 합의함.

자유당은 개헌을 위해 당내 비주류 무마와 동시에 무소속을 확보하기 위해 정부에 1억 8,000만 환을 요구했으나 거절당함.

11월 18일 개헌안 국회본회의 상정.

*1955년

2월 18일 전 부통령 김성수 사망.

8월 18일 대일무역 정지.

9월 민주당 창당. 민국당 등이 주축이 되어 범야연합전선 형성, '호헌동지회'를 원내교섭단체 등록 '18인 신당조직추진위원'들에 의해 민주당 탄생.

*1956년

1월 18일 대일 무역정지 해제.

3월 18일 세계기상기구 가입.

5월 18일 전국에 비상경계령.

7월 10일 야당은 국회에서 특혜융자 폭로(태창. 금성방직에 72억 환 특혜융자)

*1958년

2월 16일 KNA(대한항공)소속 서울 부산간 정기 여객기가 북한으로 피납되어 북한은 18일만에 탑승원 전원 돌려보냄. 기체는 끝내 보내주지 않았다.

*1961년

4월 18일 일본동경에서 재일문화인(민단. 조총련계 合同)주최 평화통일 남북문화교류 촉진문화제 개최 호소문 발표함.

5월 16일 쿠데타, 서울 진입 쿠데타 병력 3,600명

5.박정희 18년

격동의 세기에 우리에게 커다란 희망과 불행을 함께 가져다 준 인물이 바로 박정희 전 대통령이다. 본인이 항상 말하듯이 가난한 농부의 아들로 태어나 우리 나라에서 가난을 몰아내는 것이 자신의 사명이라고 천명한 박정희 전대통령은 1917년 경북 선산에서 태어났다.

그는 군사쿠데타로 정권을 잡은 뒤 18년 동안이나 집권하여 그의 인생 역정만큼이나 다사다난한 한국사를 엮어갔다. 자세한 것은 뒤에 나오는 「지도자들의 발자취에서 밝히기로 하고 여기서는 18년간의 역사 속에 18·36·72의 숫자와 관련이 있는 것만 알아보기로 한다.

*1961년 5월 16일 서울에 진입한 쿠데타 병력 3,600명

*1961년 5월 18일 육사생도들 5. 16지지 시가행진 벌임. 장면은 5월 18일 비상계엄령을 헌법 72조에 따라 추인한다고 발표함.

*1961년 비밀 댄스홀에서 춤추던 남녀를 군사재판에 회부 징역 18개월 선고.

*1962년 1월 착공된 워커힐 외자 220만 달러 내자 3억 6천만원 투입. 워커힐 이사장 업자로부터 18만원 수뢰함.

*1962년 정치정화위 적격 심판자 3,600명 확정.

*1963년 2월 18일 박정희 성명을 통해 5. 16군정인수 등 9개 제안이 수락될 경우 민정불참 하겠다고 선언.

*1965년 1월 8일 국무회의 결정에 따라 베트남에 비 전투요원 파견 발표.
*1965년 1월 18일 제 1차 한일 본담 개막.

*1968년 1월 21일 속칭 1. 21사태 김신조 일당은 1월 18일 자정 군사분계선 넘음.
*1970년 서울 지방검찰청 기록창고 화재발생 3,580여건 재판 기록 전소.

*1970년 김지하 시인(본명 김영일 金英一:18획)의 오적과 관

련하여 사상계 등록 말소.

*1971년 8월 18일 농림부는 10년 계획으로 3539억 원 투입 6개 농경단지 개발 발표.

*1972년 서울시는 새마을 운동에 소극적인 통반장 1,800명을 해임.

*1972년 12월 1일 남북조정위원회 북측대표 5명 청와대 방문 박대통령과 35분간 대담.

*1973년 윤필용 사건. 15년 선고받고 구속 됨. 18개월만에 풀려남.

*1973년 7월 18일 로저스 미 국무장관 한미외무장관 회담(서울)후 남북한 UN동시 가입지지 언명함.

*1974년 1월 18일 박대통령 연두기자 회견에 남북한 불가침 협정 체결제의.

*1974년 민청학련 사건으로 형을 선고받은 사람의 총 형량은 1,800년에 이름.

*1974년 박영복 계열 18개 업체에 시중 8개 은행 수출금융명목으로 74억 원 부정대출.

*1976년 8월 18일 판문점 도끼 만행 사건(미 해병 1,800명 한국 도착).

*1977년 이응로 화백 (李應魯 36획)의 부인 朴仁京(18획)씨는 1977년 발생한 파리에 거주하던 피아니스트 백건우, 영화배우 윤정희씨 북한납치사건에 깊숙히 관련되었다.

*1978년 1월 8일 박대통령 연두기자 회견에서 "선평화 후통일 방침" 천명.

*1978년 1월 18일 박대통령 연두기자회견에서 대통령 출마 시사.

*1978년 5월 18일 제2대 통일주체국민회의 대의원 선거.

*1978년 8월 18일 민주국민연합 8. 15선언에서 유신철폐 구속자 석방요구.

*1979년 10월 18일 0시를 통해 부산에 비상 계엄령 선포.

*1979년 10월 26일 (10+2+6=18. 10+26=36) 18시 05분에 궁정동 만찬장 도착. 1801 마크가 있는 시바스리갈을 마시다가 김재규(1926년 <합18> 3월 6일생), 박흥주(육사 18기) 등에 의해 18년 장기 집권의 막을 내림.

6. 신 군부 등장
광주민주화운동에서 IMF까지 18년

12. 12(신군부)와 18이라는 숫자

1979년 12월 6일(합 18) 최규하는 통일주체 국민회의에서 제10대 대통령에 선출된다. 그러나 실제의 권력은 전두환을 비롯한 신군부가 쥐고 있었다.

1979년 12월 12일 18시 30분 전두환 합수본부장은 계엄업무로 수고하는 수도권 주요 지휘관들에게 식사를 대접한다면서 정병주 특전사령관, 장태완 수경사령관, 김진기 육본 헌병감 등과 시내 식당에서 만나기로 약속했고 그 시각 보안사 서빙고실에서 허삼수, 우경윤, 성환옥 등은 총장공관 약도를 보며 연행팀 회의를 열고 18시 50분 경 총장공관으로 출발했다.

18시 30분 전두환은 약속장소에도 가질 않고 삼청동 총리 공관을 방문하여 대통령과 면담일정을 잡았다. 18시 43분 경 총리

공관에 도착하여 정총장 연행을 요구했으나 최대통령은 재가하지 않았다.

같은 시간 18시 30분경 경복궁 30경비단장실에는 유학성, 황영시, 노태우, 박준병 등 12, 12주역들이 모여 향후 대책을 강구하고 있었다. 18시를 철저하게 이용한 신군부는 그들의 뜻대로 정승화 계엄사령관을 구속했고 80년 1월 18일 국방부 계엄보통군법회의에서 내란 방조죄로 징역 10년을 선고했으나 3월 18일 주영복 신임 국방장관이 7년으로 감형했다.

먼저 김재규는(1926년 합18) 1979년 12월 18일 보통군법회의에서 10. 26일을 국가와 민족에 대한 반역죄라며 김재규 피고에게 사형을 선고받았다. 김재규는 80년 5월 24일 그의 수행비서 박홍주대령(육사18기)과 함께 처형되었다.

같은 날인 12월 18일, 이희성 육군참모총장 겸 계엄사령관은 "정치는 군의 영역 밖이다. 정치는 애국심과 양심 있는 정치인에 의해 발전되어야 한다. 군은 조속한 시일 내에 계엄 목표를 완수하고 군 본연의 임무로 돌아갈 것." 이라는 담화문을 발표했다.

그리고 2달 뒤인 1980년 2월 18일, 어찌된 일인지 육군참모총장명의로 충정부대 및 후방주요 부대에 1/4분기 이전에 폭동진압 훈련인 충정훈련을 완료하도록 지시했다. 그리고 석 달 뒤 1980년 5월 13일 18시 25분 경 청와대 중앙청 등 특정경비지역 방어를 위하여 광화문 지역 경찰 저지선 뒤에 수경사 6개 중대를 배치했다.

이어 5월 17일 19시 35분 중앙청 외곽으로 장교 18명 사병 324명이 배치되었다. 한편 그날 5월 17일 민관식 국회의장 대리는 여야 국회의원 186명의 요구에 따라 104회 임시국회를 5월 20일 소집할 것을 공고했다. 당일 18시경 이화여대에서 회의 중이던 전국 대학 총학생회장들을 검거하기 위해 치안본부와 서울시경 수사관들이 출동했으나 10여명만 검거했다.

1980년 5월 18일 0시를 기해 비상계엄은 전국에 확대되었다. 그리고 수도권 18개 대학에 1, 5, 9, 11, 13공수여단과 20사단을 배치했다. 5월 18일 광주민주화 운동을 무자비하게 진압한 신군부 세력은 6월 5일 국보위 상임위원30명을 위촉했다. 어 중 군장성은 18명(12명은 정부고관), 6월 18일 합동수사본부 발표로 권력형 부정 축재자들의 재산을 사회에 헌납하고 공직에서 사퇴하므로 형사처벌을 유보한다는 수사 내용을 발표했다.

전두환은 3월 1일 중장진급을 했고 8월 5일 대장이 되었다. 그리고 18일 만인 22일 민간인 신분이 되었다.

1980년 8월 18일 오전 10시 최규하는 부인 홍기여사와 청화대를 떠났다.

그리고 그날 세종문화회관에서 열린 통일주체국민회의 서울, 제주지역 통일안보 보고회를 시작으로 지역별로 개최된 안보 보고 회의에서 통대의원들은 "강력한 영도체제가 필요한 시점임으로 사회개혁으로 국민지지가 높은 전두환 장군을 대통령으로 추대하자."고 결의했고, 8월 27일 총 투표자 2525명 가운데 2524명이 찬성표를 던져 11대 대통령에 전두환 예비역 장군이 당선되었다.

그리고 1981년 2월 11일 제5공화국 발족을 위한 대통령 선거인단 투표가 실시되었다. 개헌 후 처음 실시되는 대통령 선거인단 투표에서 민정당 후보 3,673명이 당선되었다.

광주 민주화 운동[1980년(합 18) 5월 18일]

1980년 5월 18일 당시 광주시의 인구는 72만 7천 6백27명이었으며 시내버스는 35개 노선 시내버스는 362대였다고 한다.

5월 18일 일단 후퇴한 공수 부대는 전열을 가다듬으며 광주 지역 예비군의 무기와 탄약을 회수하며 부대원의 야간 배치까지 완료했다. 이들은 시내 36개의 지점을 선정하여 1개 지대 35명씩(장교 1명. 사병 10명. 경찰 24명)을 배치하여 경비를 강화했다. 17일은 7공수 35대대가 조선대에 투입되었으며 전남교육위원회는 20일 시내 37개 고등학교에 휴교령을 내렸다.

1980년 5월 31일 계엄사의 발표에 의하면 광주사태 사망 170명(민간인 144명)이며 TNT는 3,600상자를 탈취 당했다. 현재 계엄당국이 1,740명을 검거하여 현재 조사중인 자는 730명이다. 부상자는 380명(그중 경찰 144명), 그리고 7월 4일 계엄사령부는 "김대중 일당의 내란음모사건"의 수사결과를 발표하였다.

김대중을 비롯한 37명을 우선 내란음모 국가보안법 반공법 외환관리법 및 계엄포고령 위반 등 혐의로 계엄보통군법회의 검찰부에 구속, 송치한다고 밝혔다. 그리고 광주 민주화 운동은 아직도 정확한 진상규명도 밝혀지지 않은 채 역사 속으로 묻혀가고 있다. 한때는 1,800명 이상이 사망했다는 설도 있었다.

1993년 공무원 언론인 단체대표 등 37명이 5.18기념사업추진협의회를 조직했으며 다시 5.18광주민중항쟁 기념재단을 출범시켰다.

그리고 1994년 5월 13일(5+13=18) 정동년 5. 18 광주민중항쟁

연합 상임의장 김상근 5. 18 진상규명과 광주항쟁 정신계승 국민위원회 공동대표 등 616명(6×1×6=36)이 전두환, 노태우 두 전직 대통령을 비롯한 당시 지휘관 35명에 대한 고소., 고발을 검찰에 접수시켰다.

동년 11월 23일 검찰과 군검찰은 정동년, 김상근, 이신범, 장태욱 등 고소 고발인 18명을 조사했다.

1995년 7월 18일 서울 지방 검찰청과 국방부 검찰부는 '5. 18 관련사건 수사결과'를 발표했다.

남북한 동시 UN 가입

1991년 9월 18일 새벽 4시 25분(한국시간) 제 46차 UN총회는 대한민국과 조선민주주의 인민공화국의 UN가입을 승인 확정했다. 표결 없이 159회원국 만장일치였다. 알파벳 순서에 따라 북한은 160번째 남한은 161번째 회원국이 되었다. 총회장소에 입장한 대표단 남북한 각각 6명(6×6=36)씩이었다. 남측에서는 이상옥 외무장관, 노창희 UN대사, 현홍주 주미대사, 박정수 국회 외무통일위원장, 박찬종 외무통일의원, 문동석 외무부 국제기구 조약국장 등 6명.

북측에서는 강제규 외교부 제1부부장, 박길연 UN대사, 허종 차석 대사 등 6명이 참석했다. 이 날 연설에서 북한측 강 제1부부장은 "고려 연방제로 남북이 통일되어 단일의석으로 UN에 가입되도록 남북이 같이 노력해야 한다."라고 했고 이상옥 장관은 "세계 평화의 날이기도 한 오는 남북한의 UN 가입은 한반도에서 냉전의 잔재를 청산하기 위한 새로운 출발을 예고하는 날이 되기를 기원하며 남북한은 UN에서 상호대화와 협력을 통해 신뢰를 구축함으로써 한반도 평화정착과 통일을 촉진해야 할 것"이라고 연설했다.

그리고 9월 24일 (9X2X4=72) 노태우 대통령은 UN총회에 참석 『평화로운 하나의 세계 공동체를 향하여』라는 제목의 연설에서 한반도의 평화정책과 조속한 통일 실현을 위한 방안으로서,

1) 휴전 체제를 평화체제로 전환.

2) 군사적 신뢰 구축을 바탕으로 한 군비감축.

3) 사람과 물자 정보의 자유로운 교류 확대 등 3가지 방안을 제시하고 "불안한 휴전체제를 평화체제로 전환하기 위해서는 남북한이 평화협정을 체결 서로에 대한 무력의 사용을 포기하고 모든 분야에서 관계를 정상화시켜 나가야 한다."고 역설했다(노태우 대통령은 1988년 10월 18일 우리 나라 국가원수로는 처음으로 UN총회에서 연설한 적이 있다).

UN 본부 앞에는 대한민국을 상징하는 태극기와 조선민주주의 인민공화국을 상징하는 인공기가 나부끼고 있다. 두 개의 한국 깃발이 나부끼고 있는 것이다. 그것은 1991년 9월 18일부터의 일이다.

남북 불가침 합의서

1992년 2월 18일 제6차 남북고위급 회담에 참석하는 우리 대

표단이 평양에 도착했다. 이튿날 평양 인민문화궁전에서 정원식 국무총리가 "제5차 남북고위급 회담에서 채택된, 남북사이의 화해와 불가침 및 교류협력에 관한 합의서를 대한민국 국가원수인 노태우 대통령이 재가하여 발효에 필요한 모든 절차를 완료하였음을 알리는 바입니다."라고 낭독했다.

이에 앞서 연형묵총리는 "제5차 남북 고위급 회담에서 채택되고 조선민주주의 인민공화국 최고인민회의 심의를 거친 북남사이의 화해와 불가침 및 교류협력에 관한 합의서를 조선민주주의 인민공화국 수반이신 김일성주석께서 비준하시어 발효에 필요한 절차를 완료하였음을 알리는 바입니다."라고 낭독했다.

양 총리의 낭독이 끝난 뒤 자리에서 일어나 통보문을 서로 교환하고 악수를 나눔으로써 남북합의서를 정식으로 발효시켰다. 여기서 한가지 거론하고 갈 것은 TV생중계(북한은 TV중계 생략 라디오만으로 생중계함) 시간이다. TV생중계는 약 18분이었다(오전 10시 33분부터 10시 50분). 이 생중계는 사상 최초로 남북간 동시 생중계를 기록했다(90년 열린 남북청소년 통일 축구는 약 5분간 시차). 교류 협력 분과위는 3월 18일 판문점에서 갖기로 합의하였다.

한편 12월 21일 오전 평양에서 개성으로 향하는 열차 속에서 김주석과 정총리의 별도 회담 내용을 이동복 우리측 대변인이 일부 공개했다. 김주석은 "남북합의서가 효과를 발생함으로서 대결의 시대가 끝나고 협력 합작교류하고 불가침하는 민족 대단결의 시대가 시작됐다. 통일만 되면 발전된 나라보다 우리가 못할 이유가 없다."고 이 대변인이 전했다. 그리고 노태우 대통령은 19일 기본 합의서 발효에 즈음한 특별담화를 발표,

"우리는 모두가 힘을 합쳐 하루 빨리 통일을 달성함으로써 대망의 21세기에는 통일된 나라로 당당히 국제 무대에 나서야 한다."고 호소했다.

이렇게 남북 불가침 합의서가 발효되었지만 발효되기까지는 실로 우여곡절도 많았고 무산될 위기도 여러 번 있었다. 이 합의서는 제5차 남북고위급 회담(90년 12월 10~13일 서울에서 열림)에서 거론되었지만 북한이 핵사찰 등 여러 가지 이유를 들어서 합의하지 못했다. 그러던 중 노태우 대통령이 91년 11월 8일 "한반도 비핵화와 평화구축을 위한 선언과 12월 18일 핵부재선언"을 통해 북한이 핵사찰 수용의 전제조건으로 내세웠던 요구들을 모두 수용시켰다. 참고로 덧붙인다면 독일은 기본조약을 체결한지 18년만에 동서통일을 이루었다.

광주 민주화 운동에서 IMF까지 소사

*1980년 1월 18일 최규하 대통령 연두기자 회견.
남북총리회담. 복권 검토. 평화적 정부 이양 등 언급.

*1980년 1월 29일 전기요금 36% 인상 36개 공산품 가격도 일제히 10~37%까지 인상됨.

*1980년 6월 5일 국보위 상임위원 30명(장성 18명, 정부고관 12명) 위촉.

*1980년 6월 18일 계엄사 김종필, 이후락, 박종규 등 9명의

권력형 부정축재자 수사결과 발표.

*1980년 7월 22일 정부투자기관 등 127개 산하기관의 임직원 1,819명 숙정 발표.

*1980년 9월 29일 문교부 대학입학 정원 60% 늘려 18만7,050명으로 한다고 발표.

*1980년 12월 3일 구 공화 유정회의원 18명 한국국민당 창당 준비위원회 결성.

*1980년 재경종합대학교수 361명 학원사태에 관한 성명서 발표.

*1981년 4월 한국에 의해 제기된 대일차관 교섭은 83년 1월 전두환 대통령과 나카소네 일본 수상간의 정상회담에서 최종 타결을 보아 40억 달러를 7년에 걸쳐 연리 6%로 대여하는 결정을 보았다. 그 중 정부개발 협력 자금은 18억 5천만 달러 나머지 21억 5천만 달러는 수출입은행차관이다

*1982년 1월 5일 36년만에 통행금지 해제.

*1982년 3월 18일 부산 미 문화원 방화사건.

*1982년 5월 18일 장영자 사건과 관련 그의 형부이며 대통령

처삼촌인 이규광 구속됨.

　*1982년 이철희, 장영자사건 (흔히 李張<18획> 사건이라고
함) 82년 5월 20일 검찰 발표에 의하면 이들이 유통한 어음의
금액은 7,111억 원이며 사기액수는 1801억이라고 밝혔다.

　*1982년 11월 18일 일본정부는 정부가 시정을 요구한 일본역
사교과서 왜곡 내용 중 일부만 시정하고 나머지는 시정이 곤란
하거나 계속 검토하겠다고 통보함.

　*1982년 당시 자동차 보유대수는 646,996대.
1964년 자동차 보유대수 36,195대.
18년만에 약 18배로 늘어났음.

　*1983년 2월 18일 국세청은 36개 특정지역을 고시했다.

　*1983년 5월 18일 김영삼 전 신민당 총재 민주화와 정치활동
피규재자 해금 등 주장. 자택에서 단식 돌입.

　*1983년 5월 5일 중국공영항공사 소속 여객기 1대가 승객105
명을 태운 채 북한상공을 거쳐 휴전선을 넘어 춘천부근 미군기
지에 불시착했다. "국민 여러분 실제 상황입니다."라는 말에 전
국민은 긴장했고 휴가 중 장병들이 속속 부대로 복귀하는 사태
가 벌어졌다. 이 항공기를 납치한 주동자는 탁장인으로 당시 36
세였다.

*1983년 KBS는 138일 동안 생방송을 통해 10만 이산가족을 출연시켜 이중 189명의 이산가족상봉을 성사시켰다.

*1984년 5월 18일 민주추진협의회 발족(일명 민추협).

*1984년 12월 18일 민족중흥 동지회 발족.

*1984년 LA 올림픽에 18종목 선수 파견.

*1985년 9월 18일 제4차 남북경제회담 열림.

*1985년 남북예술 공연단 교환방문 당시 공연평.
북한측 : "벌거벗은 35명의 젊은 여자들이 나와 엉덩이를 휘둘러 추태를 부리고 다른 한편에서 팔과 다리를 내 뻗치며 광란을 부렸다."
남한측 : "춤을 추는 무용수들은 말할 것도 없고 노래하는 사람이나 심지어 연주하는 사람들의 표정까지도 획일화된 억지미소였다.".그 만큼 남과 북의 골은 깊었다.

*1986년 독립기념관 본관 화재 발생 피해액 19억원 독립기념관 본관 건물은 3,654평.

*1987년 4월 19일 을지로 두산빌딩 10층 범양상선 그룹회장 박건석 회장이 36m 아래로 투신 자살했다.

*1987년 6월 26일 국민평화 대행진(6×2×6=72).

4. 13 호헌조치를 발표하자 국민운동본부는 호헌철폐 및 박종철(朴鐘哲 36획) 고문치사 조작사건 규탄을 위한 6. 10대회를 개최, 전국 18개 도시에서 일어났다. 6월 26일 33개 도시 4개군 등 37개 지역에서 <군부독재 타도 민주헌법쟁취> 등의 구호 아래 20여만 명 <국민운동본부 추정은 180만> 이라는 5공화국 최대인파가 시위에 참여했다. 경찰은 3,467명 연행. 6. 29선언을 이끌어 냄. 7월 10일 2,335명 사면복권 357명 석방. 8월 19일 전국 95개 대학생 3,500여명 전국대 학생대표자 협의회(전대협)결성.

*1987년 8월 18일 "동백아가씨" "고래사냥" "왜 불러" 등 공연 금지가요 186곡 해금.

*1987년 대선. 양김의 분열과 지역감정으로 인한 어부지리로 노태우 후보가 36%의 득표율로 6공화국의 대통령에 당선되었다. 노태우가 대통령이 된 것은 친구인 전두환이 밀어주었기 때문인데 (전두환 11, 12대 대통령. 노태우 13대 대통령 합 36).

*1987년 서울 국제우체국 우편행낭 160여개 소실 국제소포 360여개 발송 불능됨.

*1988년 2월 27일 시국사범 1,731명 포함 7,234명 사면복권.

*1988년 8월 18일 8. 18계획(정식명칭:장기국방태세발전 여주

사업)수립

　*1988년 12월 3일 전국 18개 대학생 1,500명 KAL사건 진상 규명 등을 요구하며 명동에서 시위.

　*1990년 4월 25일 현대중공업 노조는 대대적인 파업을 단행, 4월 28일 경찰병력 18,000명을 투입하여 해산시켰으나 100여 명의 노조원은 골리앗 크레인에 올라가 20여 일간 농성했다.

　*1990년 9월 중부지방 대홍수 실종 155명 이재민 18만여 명이나 발생했다.

　*1990년 10월 18일 강영훈 국무총리 북한주석 김일성과 만나 남북정상회담촉구.

　*1991년 1월 19일 서울시가 공영개발하기 위해 수용한 수서지구 택지 35,500평을 직장조합에 특혜 분양.

　*1991년 3월 차세대 전투기 결정과정에서 F-18을 제치고 F-16이 결정되었다.(단지 F-18은 전세계에 18000대가 생산 판매되었다.)

*1991년 5월 3일 18개 여성단체 KBS시청료거부 위한 범시민운동 연합결성.

　*1991년 5월 7일 한국의 오로라 탐험대(대장 고정남). 세계

18번째로 북극점에 도달.

  *1991년 5월 항쟁 때 360개 노조 18만 명 점심시간 집회와 잔업을 거부 국민항쟁에 동참함.

  *1991년 9월 12일 한민족체전 개막(88국에서 1,800명 참가).

  *1991년 9월 18일 남북한 동시 UN가입(한국시간).

  *1991년 12월 18일 노태우 대통령 핵 부재 선언.

  *1992년 1월 8일 정주영은 청운동 자택에서 통일국민당 창당과 관련한 기자회견에서 노대통령 정치자금 폭로.

  *1992년 2월 18일 제6차 남북고위급 회담에 참석하는 대표단 평양도착.

  *1992년 8월 서울 동대문구 청량리시장 화재, 점포 184개 전소.

* 1992년 8월 우리별 1호 발사 성공. 첫 교신에 성공했을 당시 우리별 1호의 위치는 중국 산동반도 상공에서 18도 상태로 시베리아에서 적도 쪽으로 이동 중이었고 크기는 가로 35.2㎝, 세로 35.6㎝.

  *1992년 8월 이양호 전 국방장관은 공군참모총장 청탁과 관

련 노태우 전 대통령의 딸 노소영에게 3,600만원 상당의 보석 세트를 선물했으나 노소영은 곧 돌려주었다고 한다.

*1992년 8월 14일 교육개혁과 해직교사 원상복직을 위한 범국민 서명운동. 본부는 해직교사 원상 복직서명에 72만 명이 참여했다고 발표.

*1992년 11월 18일 옐친 러시아 대통령 서울도착(공식방문).

*1994년 7월 18일 김일성 장례에 참석한 박보희씨 주민등록 말소.

*1995년 6월 IAEA 북한 핵 제재안 상정 18개국 연 50~60만불 기술원조 중단 등 공동제안.

*1995년 6. 29 18:00시경 (17:55) 삼풍백화점 붕괴.

*1995년 8월 18일 북한에 집중호우 막대한 인명 및 재산피해.

*1995년 8월 21일 경기 여자 기술학원 기숙사원생 방화사건 (사망 36명).

*1996년 9월 18일 북한 잠수함 이용 동해안 침투.

*1997년 일본인 모모세 타다시는 한국과 일본의 경제, 사회,

문화를 비교하고 날카롭게 꼬집은 <한국이 죽어도 일본을 따라 잡지 못하는 18가지 이유> 출간함.

*1997년 교통혼잡비용 18조 4천억 원.

*1997년 종합유선 방송위가 월급을 변칙 인상해 1억 8천만 원의 공익자금을 낭비했다.

*1997년 3월 18개 시민종교단체 북에 옥수수 범국민운동 벌이기로 합의.

*1997년 5월 노동절 107돌을 맞아 서울 장충단 공원에서 18,000여 조합원이 참가한 가운데 전국민주노동조합총연맹 주최 기념대회가 열렸다.

*1997년 9월 검찰이 밝힌 한총련은 전국 211개 대학 각급 학생회장 부문계열사 대표 등 1,800여명의 대의원 체제로 운영되는 연합체라 한다. 한총련은 우리 정부와 사회를 가혹할 정도로 비판하면서도 북한에 대해서는 너그럽고 따뜻한 눈길을 주었는데 성균관대 조국통일위원회는 지난 94년 북한 사회 18문 18답을 작성 각 대학 총학생회에서 통일학교 교재로 사용하였다.

*1997년 10월 서울대 명예교수 고영복 36년간 고정간첩 암약했다고 발표함.

*1997년 12월 3일 (12×3=36) IMF 협상타결.

7. 금강산관광에서 남북정상회담까지

금강산과 통일

1998년 6월 17일 북한에 제공할 소 500마리(1차분)가 50대 트럭에 나뉘어 실렸다. 1호 차가 도착하자 북측 인수요원들은 군사분계선상에서 차를 잠시 세우고 소의 숫자와 상태 등을 점검하고 바로 통과시켰다.

이어서 2호 차부터 36호 차까지 통과되었다. 그런데 왜 그랬을까? 어떤 이유에서인지 모르지만 36호 차까지만 통과되자 약 1분 넘게 차량통과가 지연되었다가 다시 37호 차부터 50호 차까지 바로 통과되었다. 통일의 소는 6월 5일에 개통된 통일대교(남북한 화해와 교류의 길을 여는 다리로 길이 900m 왕복 4차선 900×4= 3,600)를 지나 72시간 동안 북으로 갔으나 71마리가 죽었다. 정주영 명예 회장은 소 떼를 몰고 가며 "이번 방북이 분단 50년의 긴 세월을 넘어 남북간의 화해와 평화통일을 위한 초석이 되기를 기원한다." 고 말했다.

정주영은 한국전쟁 때 부산에서 미군숙소를 만드는데 길이 36자 폭 18자 짜리 널판지를 깔아 그 위에 천막을 치고 임시숙소를 만들었다.

정주영은 사우디아라비아 주 베일 산업항 공사를 따내면서 44개월의 공기를 36개월로 단축할 것을 약속했으며 주 베일만 공사는 한화 3천5백억 원 규모였고 ,이 공사에 투입되는 자켓이라는 철구조물은 가로 18m, 세로 20m, 높이 36m에 이른 것으로 이 자켓 89개를 사용했다.

정주영은 바덴바덴에서 88올림픽 유치를 위해서 1억8천만 원의 홍보영화를 제작했다.

그는 한강제방을 쌓아 강남 땅을 만들어 한 평에 18,000원씩으로 서울시에 넘겼다.

2차분 소를 보낼 때는 72시간 약효가 지속되는 안정제를 투여해서 북으로 보냈다. 2차분 소는 501마리이며 소 떼 트럭 41대+사료 트럭 10대+외상 제공 승용차 20=총 71대의 차가 북으로 이동했다.

그리고 정 명예회장은 1933년 당시 18세 때 70원을 가지고 가출하여 현재 판문점이 있는 그 길을 통과하여 서울로 무작정 오게 되었다고 한다. 정 명예회장은 민간인으로서 처음으로 판문점을 통해 북한을 방문하는 명예와 개통된 통일대교를 공식적으로 처음 건넌 사람이 되었다.

정 명예회장이 북으로 보낸 소를 길러낸 곳은 서산농장으로 그 넓이는 아쉽게도(?) 3,600만평이 아닌 3천 60만평에 이른다. 서산농장은 북위 36도상에 위치하며 더욱 정확하게 36도 36분에 해당한다. 이것은 우연이 아니라 생각한다.

현대그룹이 금강산 관광을 위해 도입한 관광선 2척 중 2호는 현대 봉래호로 18,455t이고 객실은 357개이다.

또한 현대 할부금융에서 금강산 효도관광 대출을 실시하는데 대출금리는 18.5%이고,. 금강산 여행은 18일 처음으로 시작되었고 여객선이 출발하는 동해시는 호텔 객실 369실 등 총 1,752실의 숙박업소를 점검했다.

관동 8경의 하나인 삼일포는 금강산 동쪽에 위치해 있는데 삼일포에는 36봉이 수면에 비친다고 한다.

금강산에는 한때 표훈사, 유점사, 장안사, 신계사 등 4大사찰을 비롯해 180여개의 사찰이 있었다. 금강산의 최고봉인 비로봉은 1,638m(合 18)이고 금강(金剛))도 18획이다.

금강산 구룡폭포 오른쪽 절벽에는 해강(海岡:18획) 김규진(18세에 청나라유학) 선생이 쓴 미륵불 세 글자는 폭이 3.6m이고 길이는 19m이다.

1999년 4월 24일 원로급 인사들로 구성된 통일부 고문회의 멤버 18명이 금강산 관광선 금강호에서 선상 워크숍을 갖는다. 워크숍 참가자들은 우리 사회의 보수, 진보 여론을 주도하는 인사들이다.

교육부는 교원사기진작의 하나로 2000년부터 현대 측이 할인해 주는 금액을 제외한 나머지 비용을 국가와 교원이 반반씩 부담하는 방식으로 장기적으로 유치원 및 초·중 고교 교원 36만 명 전원이 금강산을 관광할 수 있도록 할 방침이라고 밝혔다.

현대는 금강산 온정리 일대에 남북한의 공동으로 대단위 비닐하우스를 설치하는 등 영농사업에 나서는데 그 면적은 18,000평에 이르고 투자대금은 3년간(36개월) 분할 상환하기로 합의했다.

금감원은 현대개발 정몽근 회장 등이 98년 6월 현대 금강산 관광개발 사업 공사를 전후해 금강개발 주식을 25차례에 걸쳐 18만 8,440주(7억 3,370만원)를 사들인 혐의를 주시하고 있다. 18만주는 장부상 17억 원의 이익을 남겼고 정회장은 회사 주식 지분을 37%로 올렸다. 아이러니컬하게도 정몽근 회장의 어머니이자 정주영 현대그룹 명예회장의 부인인 변중석 여사는 병으로 투병 중인데 모 병원 18층에서 장기간 입원 치료 중이다.

금강산을 화폭에 담아 유명해진 겸재 정선은 일생 동안 금강산을 두 번 찾았는데 첫 번째는 1711년 당시 36세로 금강산 유람길에 올랐고, 36년 후 72세 때 다시 금강산을 찾았다. 그는 해악전신첩 등 금강산의 많은 그림을 남겼다.

현대그룹이 금강산 관광과 개발의 대가로 오는 2005년 2월까지 북한에 주기로 한 돈은 모두 9억 4,200만 달러에 달한다. 이 돈은 금강산 유람선이 첫 취항한 11월 18일부터 6년 3개월 동안 나누어서 지급되는데 98년 12월부터 99년 5월까지 월 2,500만 달러씩 1억 5,000만 달러(1,800억원), 99년 6월 ~2000원 2월까지 월 800만 달러씩 7,200만 달러, 2000년 3월~2005년 2월까지 월 1,200만 달러씩 7억 2,000만 달러를 지급하여야 한다. 그럼에도 불구하고 금강산 여행은 순탄하지만은 않았다. 어느 관광객은 금강산 계곡에서 양말을 빨다가 18,000원의 벌금을 물었고, 99년 5월 18일 세 번째 금강산 관광선 풍악호가 북한의 입항 거부로 출항하지 못했다.

북한의 풍악호 입항 거부가 지난 3월 31일 인도양에서 발생한 현대상선 소속 컨테이너선인 현대 듀크호와 북한 시멘트 운반선 만폭호 충돌사고(만폭호 침몰 37명 사망 실종) 처리 문제에 불만이 있는 것 같다고 통일부 교류협력국장이 밝혔다.

그리고 금강산 관광 도중 북측 관리원(환경감시원)에게 귀순 유도 공작을 했다는 혐의로 억류된 적이 있다. 민영미씨(36세)는 북측 관리원에게 "남과 북이 통일이 되어서 같이 살면 좋겠다."라는 말을 했다고 한다. 민씨는 관광 세칙 35조(북한체제 비난 관광객 억류 규정)에 해당되었다고 한다.

현대 대규모 신년행사.

매년 대규모 신년 행사를 치러온 현대는 2000년 전 계열사 임원 세미나, 주한외국인 신년 하례회 등을 개최한다. 현대는 오는 7일 경기도 용인 미북리 현대인재개발원에서 정몽구 회장 주재로 전무급 이상 임원 180여명이 참석한 가운데, 현대경영전략세미나를 갖고 21세기 현대의 비전을 주제로 토론할 예정이라고 3일 밝혔다.

현대그룹의 현대증권은 '한국경제를 확신합니다'라며 새천년 대한민국은 만사형통 한다면서 다음과 같은 휘호로 광고를 일간지에 냈다. 千年大吉 (18획). 또 1995년에도 "18만 현대인이 한 마음으로 실천하고 있습니다."라는 광고를 낸 적이 있었다.

외국인의 금강산 관광이 2000년 2월 2일 본격적으로 시작되었다. 오후 5시 30분 외국인 36명이 동해항에서 풍악호를 타고 금강산으로 떠났다. 외국인의 금강산 관광은 지난해 10~11월 현대측이 주한외교사절 및 외국단체 대표 40여 명을 초청한 시범 관광이 있었으나 유료로 나선 외국인은 이번 36명이 처음이다.

현대그룹이 금강산관광사업으로 얻은 총수입은 총지출의 18.6%에 이른다.

*정주영 전 명예회장이 현대그룹으로부터 수령한 퇴직금은 총 211억이지만 이중 퇴직소득세 31억을 제외하면 실수령액은 180억이다.

엘리자베스 여왕 안동 방문

1999년 4월 21일 엘리자베스 영국 여왕이 안동을 방문할 예정이다. 언론에서는 여왕이 동쪽으로 가는 까닭이 뭘까? 하며 궁금해했다. 고요한 아침의 나라 그 동방의 나라에서도 동쪽 끝 안동. 여왕이 안동을 찾은 까닭은 아마도 조상 대대로 충효의 유교적 전통을 버리지 않고 꿋꿋하게 살아온 안동 사람들의 고결함 때문일지도 모른다고 표현했다.

그러나 엘리자베스 영국 여왕이 안동의 하회마을을 찾게 된 것은 태극과 무관하지 않다고 본다. 필연이라고 생각되어 몇 자 적어

본다. 먼저 안동시는 북위 36도 32분~37분 사이에 위치하며, 여왕이 방문할 충효당은 하회마을에 있으며 임진왜란 당시 영의정을 지냈던 유성룡의 고택이다.

유성룡의 14세손 유영하(73세)의 영접을 받는다. 하회마을은 풍산 유씨 동족 마을로서 낙동강의 흐름이 마을의 동남서 3방향을 감싸 도는 풍수지리상으로 태극형(연화부수형)의 명기로 일컬어진 곳이다. 하회마을은 남촌과 북촌으로 나뉘어져 있으며 안동향교에는 우리 나라 18현의 위패를 봉안하고 있으며 엘리자베스 여왕은 그 날이 바로 73회 생일이다. 영 여왕은 17개 영연방의 수반이며, 엘리자베스 1세에 이어 그레이트 브리튼이라 불리는 통일왕국 제임스 1세 이후 17번째 왕이고, 토니 블레어 총리는 73번째 수상에 해당된다.

그녀의 대관식은 1953년(합 18)년에 있었으며, 1977년 그녀의 즉위 25주년 축하기간 동안 36명의 영연방 지도자들과 런던 회의를 주재했다. 한국 전쟁 당시 영국은 함정 17척(항공모함 1척 포함)을 보냈다.

그러한 여왕의 나라 영국은 2차 대전 당시 36만 명의 인명 피해를 냈으며, 서울올림픽에 360명의 선수를 파견했고, 영국과 한국의 최초의 접촉은 1845년(합 18) 영국 군함이 거문도에 들러 섬 이름을 포트해밀턴이라고 지은 일까지 거슬러 올라간다.

최근에는 1997년 보수당이 18년간의 통치를 끝내고 노동당의 블레어가 총리가 되었다. 72세의 여왕이 태극명당의 남, 북촌으로 나뉘어져 있는 하회마을을 찾아 73회의 생일을 맞는데 유유히 낙동강(洛東:18획)이 흐른다.

한편 영국 여왕의 부군 필립공은 한참 건설중인 가양대교 현장을 방문한다. 필립공의 방문은 감리사가 영국 모트 맥도날드사이기 때문이다. 이 가양대교는 지금껏 180만 시간 무재해를 기록 중이고, 다리 전체 길이는 1,715m, 다리를 받치는 교각 중앙 사이가 180m에 이른다.

후일담으로 들리는 얘기로는 어느 영국인이 안동을 방문하여 병산서원 만대루를 실측하여 18분의 1크기로 모형을 만들어 영국에서 보관하고 있다가 한국에 보냈다고 한다.

영국에서 만대루 모형을 보고 감탄하던 영국 귀족사회에서는 자연히 안동에 관한 얘기가 오갔고, 그 화제가 영국여왕의 귀에까지 들어가게 되어 영국여왕이 안동을 방문하였다고 한다.

독 도

독도는 북위 37도 14분 동해(東海:18획)상에 위치하고 있으며, 과거 명칭은 삼봉도, 우산도, 가지도 등으로 불렸으며 1881년(고종 18년)부터 독도라고 부르게 되었다.

일본에서는 다케시마, 마쓰시마, 서양에서는 섬을 발견한 선박의 명칭에 따라, 프랑스에서는 '리앙쿠르', 영국에서는 '호넷'이라는 이름을 붙여 해도에 기재되어 있다.

동도와 서도 외에 36개의 암초와 암도로 이루어져 있는데 동도는 71,488㎡이고 서도와 합하여 186,121㎡이다.

이 중 최고봉은 서도에 있는데 174m에 이른다. 이러한 독도가 한일관계에서 아직도 완전하게 해결을 보지 못한 것도 참으로 묘한 기연이다.

일본은 예전부터 독도를 '다케시마'라 부르며 자기네 땅이라고 주장하던 차 일본이 200해리 배타적 경제수역을 선포하면서 전면에 부각되었다.

유엔해양법협약(제3차 UN해양법 회의의 결과로서 1982년 12월 10일 자메이카에서 채택된 해양법에 관한 국제조약)에 의하면 연안국은 원칙적으로 기선(영해의 폭을 측정할 때 기준이 되는 선)으로부터 12해리까지 영해, 24해리까지 접속 수역, 200해리(1해리는 1,852m, 200해리는 약370km)까지 배타적 경제수역을 가질 수가 있다. 울릉도, 독도가 속해 있는 동해는 평균수심이 1,700여 m에 이르고 있다.

독도는 행정구역상 울릉읍 도동 1리 산 63번지(6×3=18)이며 36인승의 삭도시설(케이블카)이 있다.

동도와 서도의 최단거리는 175.5m에 이르고 무인등대는 동도에 있는데 그 광달 거리는 18마일에 달한다. 녹색 조류는 18종이 있는 것으로 알려졌고 1990년 '푸른 울릉 독도 가꾸기 모임'에서 1,780그루의 나무를 옮겨 심었다.

1996년 독도를 개인불하 하라고 주장한 사람은 당시 만36세였으며 일본전신전화를 통해 일본 외무성 주전산망에 접속하여 인터넷 홈페이지에 '독도는 한국땅'이라는 문구를 입력하려다 미수에 그친 최모 군으로 당시 만18세였다.

그 해 3월 1일 오전 11시 뉴욕 맨해튼에 있는 일본 영사관 앞에서는 제 77주년 3. 1절 기념식과 일본의 독도 영유권 망언규탄대회를 가졌는데, 뉴욕 거주 35만 한인들을 대표한 이정화 한인회장은 일본은 독도의 망언을 즉각 취소하고 한국 정부는 독도 영유권 문제가 재발되지 않도록 단호한 조치를 취할 것을 촉구했다.

그리고 일반인에게 전혀 알려지지 않은 외무부의 「독도 관계자료집」은 1952년부터 1976년 사이, 일본 정부가 우리측에 보내온 42차례 구상서와 이를 반박하는 36차례의 우리 정부측 구상서 전문이 수록되어 있다고 한다.

고 홍순칠 대장(독도 의용수비대)이 설치하자고 주장한 독도의 접안시설은 17년만에 빛을 보게 되었는데 총 공사비는 183억 원에 이르렀다. 그는 언젠가는 일본이 독도가 자기네 땅이라고 본격적으로 생떼를 쓸 것이라고 말했는데, 일본의 배타적 경제 수역 선포로 그것은 현실로 나타났다.

1995년 강풍에 태극기 게양대가 부러졌다. 그리고 게양대에 걸린 태극기가 펄럭이다 찢어져서 자주 교체해 주어야 했다. 이에 홍순칠 씨는 찢어지지 않는 태극기를 달아야겠다는 생각에 1983년 사재를 털어 독도의 동도(東島 18) 위에다 시멘트로 태극기를 만들었다. 그 시멘트 태극기는 독도의 하늘을 바라보며 독도를 지키고 있다. 그리고 서도에는 연건평 36평 짜리 어업인 숙소가 있다.

21세기 동반자 일본과 독도 문제를 해결하지 못하는 한 진정한 동반자 관계가 이어갈지 의문일 따름이다.

*1954년 1월 18일 독도에 영토표지 설치함.

*독도와 제일 가까운 울릉도는 면적 73㎢. 한반도 제일 큰 섬인

제주도는 동서 길이 73㎞ 면적 1,825㎢ 전 국토 면적 1.8%를 차지함. 1950m의 한라산은 360여개의 기생화산을 갖고 있으며 1,800여종의 식물이 분포화된 식물자원의 보고이다.

한반도 최고봉인 백두산은 천지 주위에 직접 닿은 연봉이 18개에 이른다.

또한 한반도 최대의 삼각주인 낙동강 하구의 김해 삼각주는 남북길이 18㎞에 이름.

신 창 원

온 국민을 주목시켰던 신창원은 평상시 몸무게가 72kg이었다. 그는 부산 교도소 3동 6방(3×6=18) 화장실 통풍구를 뚫고 탈출했다. 탈옥 후 6시간(360분)이 지난 후에야 세상에 알려졌다.

그 후 훔친 돈으로 요한의 집에 찾아가 1백만 원을 기증하고 소년소녀 가장에게 각각 40만원씩을 주었다(合180만원).

72년생 이모 씨 주민등록증을 위조하여 가지고 다녔다. 그는 82년 2월 절도죄로 검거된 이후 18년 중 12년을 교도소에서 보냈다. 그는 도주 중 폐차된 차량번호판을 달고 다녔는데 충남 70×4223(合18)번이었다.

신창원은 부산 교도소 탈주 후 2년 4개월만에 검거되었는데 검거 당시 골프용 옷 가방에 1만원권 현금 1억 8,130만 원을 갖고 있었다.

그 동안 연이은 신창원 검거 실패로 인한 경찰의 마음 고생을 대

변하듯 신창원을 압송하는 과정에서 무려 73명의 경찰 병력을 동원, 국가 원수급 경호를 방불케 했다.

그리고 신창원이 98년 9월~10월 사이 전북 익산시 팔봉동 야산에서 탈출을 하고 은신했는데 토굴의 길이는 1.8m였다. 신창원이 동거녀 김모 씨 명의로 구입한 순천의 아파트는 융자를 제외하고 3,755만원에 구입했다. 2000년 2월 18일 무기수인 그에게 22년 6월 형이 추가, 선고되었다.

특별검사 제도

대한민국 헌정사상 최초로 특별검사가 운용되는데 특별 검사의 자격은 퇴임 후 18개월이 지나야만 자격이 주어진다. 박상천(朴相千 :18획) 법무장관은 야당시절 줄기차게 특별검사제도를 주장한 사람 중의 한 사람인데 정권이 바뀌고 여당이 되어 법무장관이 되자 다소 어정쩡한 자세를 취해 야당으로부터 비난을 받은 바 있다.

옷 로비 사건 특별검사는 최병모(崔炳模: 35획) 변호사. 옷 로비 사건을 폭로한 이형자씨 남편 최순영 신동아그룹 회장은 1억 8,000만 달러를 대출 받아 1,800억 원을 해외로 도피시킨 혐의를 받고 구속되었다(대한생명=63빌딩=6×3=18).

강인덕 통일부 장관 부인 배정숙씨의 변호인 박태범 변호사는 사시 18회.

라스포사 사장 정일순 (鄭日順:35획)씨의 변호인은 윤전(尹銓: 18획)변호사.

김태정 검찰총장 부인 연정희씨의 변호인은 김양일(金洋一:18획)변호사(연정희씨가 사직동팀 첫 내사를 받은 것은 1월 18일).

배정숙씨는 98년 12월 18일 라스포사를 찾아가 연씨를 데려오겠다고 했고 연씨는 12월 19일 코트를 받았다가 국회청문회에서는 18일 만인 99년 1월 5일에 반납했다고 했다가 특검에서는 1월 8일에 반납했다고 밝혔다.

그리고 1999년 11월 29일에 발표한 금감원 자료에 따르면 최회장은 지난해 4월부터 올 2월 구속되기 전까지 공식적으로 대한생명으로부터 35억 2,000만 원의 접대비와 기밀비를 받아 사용했고 이 기간 중 별도로 18억원을 영수증 처리해 개인적인 용도에 사용한 것으로 밝혀졌다.

한편 연정희씨의 남편 김태정 전법무장관은 특검에서 밝혀진 사직동팀 보고서 유출로 검찰의 수사를 받았는데(대검 중앙수사부부장 신광옥 :辛光玉:18획) 김 전장관은 '공무상 비밀 누설죄'와 '공문서 위변조 및 행사죄'를 적용할 것이라고 한다.

99년 12월 4일 김태정씨는 서울 구치소에 수감되었다. 수인번호 '3223'번 (3×2×2×3=36).

180여일 전까지만 해도 법무장관으로서 교정행정을 총괄하던 그였지만 이날만큼은 수인번호를 단 피의자 신분이었다. 여기서 김태정씨 부부의 불행은 끝나지 않았다. 1999년 12월 18일 연정희씨는 국회청문회 위증혐의로 검찰의 조사를 받았다.

그리고 최순영 회장의 보석은 최종영(崔鍾永:36획) 현 대법원장이 변호사 시절인 98년 9월 초 신청했으나 9월 말 대법원장에 임명되자 변호인을 사임했고 다른 변호인이 다시 보석 신청을 냈다.

　정일순씨는 단골 모피코트 공급자 박 아무개씨로부터 6벌의 밍 크코트를 3,600만원에 구입했는데 나머지 5벌의 행방은 밝혀지지 않았다.

　옷 로비 사건으로 대통령에게 축소 보고한 혐의를 받고 있던 박 주선 법무비서관은 99년 12월 5일 36시간에 걸친 대검조사를 받았 고 그 후 구속되었다. 탄탄대로를 달리던 그가 추락하게 된 것은 98년 2월 18일 청와대 법무비서관이 되면서부터이다. 그는 매우 청렴한 사람으로 평가받고 있었다고 한다.

국민의 정부

　98년 국민의 정부에 새로 입성한 공직자들의 평균 재산은 10억3 천1백만원으로 집계되었다. 그러나 아래의 4사람을 살펴보며 고개 를 끄덕이지 않을 수 없다.

- 이종찬 국가정보원장 36억(36억 5백만원)→언론문건파문.
- 김선길 해양부장관 18억(18억 4,900만원)→한일어업협정.
- 박상천 법무부장관 18억(17억 9,500만원)→특검도입문제철회.
- 박지원 공보수석 36억(36억 6백만원)→언론 길들이기(야당주 장).
- 그 외

　金鍾泌(36획) 김종필 국무총리

　金宇中(18획) 김우중 대우그룹회장 →대우 퇴출.

　金潤煥(36획) 김윤환 한나라당 의원→수뢰혐의.

徐錫宰 (36획) 서석재 한나라당 의원→국민회의 의원(부총재).

최순영 신동아그룹회장→1억8,000만 달러 1,800억 해외 도피.

조수호 한진해운사장→36억 해외유용.

정주영 현대그룹명예회장→金剛(18획)山 관광.

金雲龍(36획)김운용 IOC집행위원→신당발기인.

홍석현 중앙일보회장→18억5,000만원 탈세(유죄인정 액수).

李洪九(18획)이홍구 한나라당→주미대사.

朴在圭(18획)박재규 경남대총장 18년간 극동연구소장→통일부 장관.

崔相龍(36획)최상용 고려대 교수→주일대사

날개 꺾인 김우중과 대우

金宇中(18획) 1936년생(合 18)

"세계는 넓고 할 일은 많다."는 신화를 남긴 김우중 회장, 그는 결국 추락하고야 말았다.

(주)대우의 처리방향을 놓고 국내 채권단은 18조 7,000억 원을 출자전환 및 C.B 발행키로 했다. 대우자동차의 경우 18조 원에 달하는 부채 중 7조 3,000억 원이 전환사채로 교환된다.

11월 9일 (주)대우의 부장이하 전직원 1,800여 명이 서명한 '영업활동 조기 정상화를 위한 건의서'를 채택해 각계 요로에 제출할 예정이다.

한 달 이상 유럽에 체류 중인 김우중 회장은 대우 임직원들에게

'작별서한'을 보냈다. 鄭周浩(37획:정주호)구조조정 본부장 앞으로 보낸 서한을 보면 '임직원과 가족 여러분께 드리는 글'의 제목으로 "대우가 살아온 지난 세월에는 국가와 명예와 미래를 지향하는 꿈이 항상 그림자처럼 드리워져 있었습니다. 그러나 그 자랑스러웠던 여정은 오늘 국가경제의 짐으로 남게 되었으며 우리의 명예는 날개가 꺾이고 말았습니다."(중략)

"대우의 밝고 새로운 미래를 위해서라면 지나온 어두운 과거는 스스로 짊어질 생각입니다."(중략)

"제가 기억 속에 묻히는 이 순간을 계기로 대우와 임직원 여러분이 과거로부터 자유로워지고 새로운 기업환경이 여러분의 앞날을 보장해 주기를 기대합니다."

대우 워크아웃(기업개선작업)대상 12개 계열사에 대한 최종심사 결과 순 자산가치가 장부보다 43조원 적은 것으로 나타났다. 이같은 수치는 중간실사 결과보다 약 3조 6,000억 원이 더 늘어난 것이다.

정부는 2000년 2월 8일 대우채 95%가 지급되는 과정에서 금리불안을 해소하기 위해 현금 36조원을 준비했다.

한국의 정치

국민회의가 주도하고 있는 신당은 창당발기인 38명을 발표했는데 공동대표인 국민회의 이만섭 총재권한대행과 장영신 애경그룹 회장을 제외하면 당 내외 각각 18명씩 36명이다.

16대 총선을 대비하는 신당은 현재 전체 지구당 위원장 190명 가운데 120(63%)~70(36%)명이 물갈이 대상이라는 얘기가 흘러나오고 있다. 국민회의에는 입당파 의원 18명의 모임인 '국민통합21'이 있다.

그리고 공동대표인 장영신 회장은 80년 초부터 민정당, 민자당, 한나라당 등 구 여권에 지금껏 18년간 후원회원을 거쳐 발기인 공동대표를 맡을 당시까지 한나라당 중앙당 후원회 부회장직을 유지하고 있었다.

덧붙인다면 국민의 정부가 들어선 후 구여당(한나라당)에서 현여당(국민회의)으로 자리를 옮긴 국회의원은 18명에 이른다(99년 12월 현재).

또한 신당창당준비위원은 3,648명이며 조직분과위원장은 정균환(鄭均煥:36획) 의원

참고로 한나라당 무소속에서 국민회의 및 자민련 등으로 입당하거나 의원직을 사퇴하거나 상실한 경우를 포함하면 36명이 당적을 바꾼 셈이다(99년 7월 현재).

2,000년 4월 13일 16대 총선 선관위에 등록을 마친 여야 4당 비례대표 후보의 평균 재산은 18억 원에 가까웠다(17억 5,197만 원).

총선 총 출마자 중 재산액 일인자는 무소속 정몽준 의원으로 그의 3년간 납세액은 36억 원에 이르렀다(36억 5,962만 원).

4. 13총선의 결과는 한나라당 133석. 민주당 115석으로 18석의 차이가 난다.

덧붙인다면 4. 13총선 시 지역구 227석 중 영남권 65석 호남권 29석으로 의석 차는 36석에 이르렀다. 한나라당이 영남권 64석을

석권함으로써 1당이 되는 것은 당연하다.

하지만 망국적인 지역감정은 흑색선전이나 금품살포 보다 더욱 무서운 것이다. 여권의 유력한 대권주자 중 한사람인 민주당의 노무현 의원은 지역감정의 벽을 허물지 못하고 그의 지역구에서 36%의 득표율로 낙마했다. 김중권 전 청와대 비서실장 역시 18표 보다 한 표 많은 19표 차이로 한나라당 후보에게 졌다.

여당인 민주당의 패배로 주식시장이 폭락세를 보였다. 14일 종합주가지수는 36포인트(36.12포인트) 하락했다.

16대 총선 1인당 선거관련 비용은 평균 1억 8천만 원 정도였고 민주당은 서울 19곳, 인천 5곳, 경기 12곳 등 경합지역 36곳에 똑같이 2억 1250만 원을 내려보냈다.

16대 국회의원 당선자 중 병역면제자는 63명(6×3=18)명이며 이 가운데 한나라당 의원은 36명으로 가장 많다.

헌법상 대한민국 대통령 임기는 1825일

황장엽(黃長燁:36획)망명

주체사상의 창시자로 알려진 황장엽 북한 노동당 비서가 97년 2월 11일 일본 토쿄를 출발 4월 20일에야 서울에 도착했다. 북한 건국이후 최고위급 인사의 망명이라고 한다.

그는 "우리 민족의 평화적 통일을 위하여 마지막 힘을 다 바침으로써 조금이나마 민족 앞에 속죄 할 수 있게 되기를 바랄 뿐입니다."라고 인사했다.

97년 7월 10일 국민에게 드리는 말씀 중 중요한 것을 요약하면 다음과 같다.

"(중략)저는 지난 4월 20일 도착성명에서도 밝힌 바 있지만 북한의 무력남침 위험성을 알리고 평화통일에 기여하기 위해 대한민국에 왔습니다.(중략) 전쟁을 막고 민주주의에 기초한 평화적 통일을 이룩하는데 몸과 마음을 다 바쳐나갈 것을 국민 여러분들 앞에 다시금 맹세하는 바입니다."

그리고 그는 기자회견에서 통일에 대한 개인적인 생각을 묻자 "통일은 반드시 해야한다. 첫째 지금 북한 체제를 허물어 뜨려 개혁 개방으로 나가게 해야 한다."고 했고, 한반도 통일론에 대해서는 "통일비용을 걱정하는 사람이 많은데 북한이 개혁 개방만 하면 10년 정도면 남한을 따라올 수 있을 것이다."라고 답변했다. 그는 최근 「개인의 생명보다 귀중한 민족의 생명」이란 저서를 발간했는데 "평화통일을 위해서는 모든 교류의 초점을 북한에 자유민주주의 바람, 인권옹호의 바람이 들어가도록 하는데 맞춰야 한다."고 강조했다.

36년만의 국새를 바꿈

새 국새(國璽:나라의 도장)는 1998년 5월 20일 국새 제작 자문위원회가 발족되어 작업에 들어간 후 1999년 1월 26일 공개되었다.

국새란 나라의 중요 외교문서와 훈, 포장증 및 국가공무원 임명장 등에 쓰이는 나라 도장을 말한다.

36년만에 바뀐 국새는 18K에 720돈(2,700g) 98년 11월 28일 출품된 작품 18점(인문12점, 인뉴6점)을 심사하였다.

서체는 서예가 여원구씨의 작품이며 한자 大韓民國대신 한글로 '대한민국'을 새겼다. 인뉴(손잡이)는 홍익대 김영원 교수의 작품이다. 그러나 일부 전문가들은 새 국새에 대해 비판적인 견해를 내비추기도 한다. 제일 먼저 뜻글자인 "大韓民國"을 소리글자인 "대한민국"으로 바꾸었다는 것이다(참고로 大韓民國(36획) 대한민국(20획)).

두 번째는 인뉴의 문제점을 꼽고 있다. 봉황을 만들었다는 새 국새는 하나의 몸에 머리가 둘로 괴조로 보인다는 것이다.

세 번째는 주조과정(진공주조 공법)에서 국새에 크랙(금)이 생겼다고 한다.

국새에 금이 가 있어 나라가 어지럽다는 소문이 있기도 했다. 그러나 모두 근거 없는 소문이라고 한다.

63년 1월 1일부터 쓰이기 시작한 국새는 재질은 은으로 만들었고 인뉴가 거북이 모양을 하고 있었다. 거북의 모양은 중국에서 황제가 변방의 제후에게 내려주던 도장에 있던 영물이라 한다. 국새의 재질을 은으로 만든 것은 이례적이라 한다. 국새는 거의 금이나 옥으로 만든다고 전한다. 1963년에 만든 국새는 당시 정부청사를 드나들던 도장 파는 사람들을 대상으로 입찰을 통해 제작되었다고 전해진다. 그리고 그 동안 글자가 너무나 닳아 광복 50주년을 기념하는 의미로 바꾸었다고 한다.

그리고 새 국새에 들어간 봉황은 국보 제256호인 백제금동대향로에 있는 봉황을 모델로 제작되었고 글씨는 월인천강지곡 등에서 집자(集字)한 순수 한글로 만들어졌다.

여성이 앞서는 세상

앞에서도 언급했듯이 새로운 세기는 음(물)의 시대가 될 것이라고 말한 바 있다. 즉 남성보다 여성이 앞서는 세상이 된다는 것이다.

그러나 여성의 시대가 되었다 하더라도 우리 나라에서 여자라는 이유만으로 태어나지도 못하고 임신중절 당하는 아이는 매년 평균 18,000여 명에 이르고 있다.

그리고 1999년 보험 설계사로 일해온 주부가 남편 명의로 18개 보험에 모두 18억 원을 탈 수 있는 보험에 가입한 뒤 남편을 살해하려다 미수에 그쳤다.

99년 11월 17일 이틀간 실시한 연세대 총 학생회장 선거에서 정나리(사회복지학과)씨가 연세대 개교이래 처음으로 여학생 총 학생회장이 되었다. 득표율은 36.6%

99년 11월 미국 LA에서 한 재미 교포가 목숨을 끊었다. 그는 일본계 회사에서 근무하다 일본인들의 인종차별과 따돌림에 "일본인을 모두 죽이겠다."고 말해 형사 고발당한 처지였다. "남편의 억울한 죽음을 밝히고 명예를 회복하겠다."고 밝힌 그의 일본계 부인은 당시 36세였다.

국민회의가 주도한 새천년 민주당 창당위원회 공동 대표인 장영신 애경그룹 회장은 민정당, 민자당, 한나라당을 거치는 동안 지금껏 18년간 후원회원을 거쳐 발기인 공동대표를 맡을 당시까지 한 나라당 중앙당 후원회 부회장직을 맡고 있었다는 것은 이미 앞에 서도 밝힌 바 있다.

여성 장관인 신낙균 문화관광 장관이 문화비전 2000년 추진예산 18억 원을 기획예산위원회의 비협조로 겨우 확보했다고 한다.

경기은행에서 4억원을 받은 협의로 소환된 경기도지사 임창렬 씨의 부인 주혜란씨는 소환 36시간만에 인천지검에 출두했고, 소환 18시간만에 혐의를 시인했다. 2000년 1월 27일 주혜란씨는 항소심에서 징역 18개월 집행유예 2년 추징금 7,000만원을 선고받고 풀려났다. 주씨는 1심에서도 18개월의 실형을 선고받았다.

금강산 관광도중 북측 관리원에게 귀순 공작 혐의를 받고 억류 되었던 민영미씨는 주부로서 당시 36세였고, 정주영 명예회장의 부인인 변중석 여사는 투병 중으로 모병원 18층에서 장기간 입원 치료 중인 것으로 밝혀졌다.

탈옥수 신창원이 동거녀 김모 씨의 집에서 붙잡힐 당시 1만원권 현금 1억 8,130만 원이 동거녀의 집에서 발견되었다.

옷 로비사건의 4 여인들인 연정희, 정일순, 배정숙, 이형자 등은 특별검사 제도(P)에서 18과 36으로 연관되었음을 이미 거론한 바 있다.

S전자 주부사원 김경희씨는 98년 S전자 주부 판매왕을 차지했 다. 김씨는 18억 원 어치의 가전제품을 팔았다.

서울대 2000학번 새내기 4,715명 중 여학생이 차지하는 비율은 36%로 사상 최대에 달했다.

외국 여성이지만 영국 엘리자베스 여왕은 72세에 북위 36도에 있는 안동을 방문하였다.

영남 정권 36년(1961-1997년)

*박정희 경북구미출생 (18년) 62년 3월 윤보선 대통령 사임 후 대통령 권한대행으로 취임했으며 63년 민주공화당 총재로 제5대 대통령에 당선 1979년 10월 26일 사망. 5, 6, 7, 8, 9대 대통령 역임.

*최규하 강원도 원주출생(1년)
79년 10월 26일 이후 대통령 권한대행. 같은 해 12월 통일주체국민회의에서 대통령으로 선출됨. 10대 대통령. 80년 8월 물러남. 강원도 출신이나 영남정권인 박정권의 연장선으로 판단됨.

*전두환 경남 합천 출신(7년)
80년 통일주체국민회의에서 11대 대통령에 당선.
81년 2월 25일 개정된 헌법에 따라 간접선거에 의한 임기 7년의 제12대 대통령에 당선.

*노태우 경북 달성 출신 (5년)
87년 12월 16일 13대 대통령에 당선.

* 김영삼 경남 거제 출신(5년)
1992년 12월 18일 14대 대통령에 당선.

*김대중 전남 신안 출생
1997년 12월 18일 제 15대 대통령 당선.
36년만의 비영남권 대통령 탄생.

쌍두마차 36

*독립운동의 쌍두마차 이승만과 김 구
李承晩(26획) + 金九(10획)=36획.

*민주화 운동의 두 거두 김대중과 김영삼
金大仲(金大中의 본명 17획) + 金永三(19획)=36획.
(1925년 생 합17) + (1927년 생 합19)=36획.

*두 살륙자 김일성과 김정일
(한국전쟁. 동족상잔) (북한인민 아사시킴).
金一成 (19획) + 金正日(17획)=36획.

*두 친구 전두환과 노태우
전두환(11 ,12대 대통령) + 노태우(13대 대통령)=36획.

*두 사건 광복과 5.16쿠데타
광복(1945년 합19) + 5. 16(1961년 합17)=36획.

018 틴틴 광고

"나는 018이다.

나는 18살이다.

나는 18,000원이다.

난 018로 독립한다."

018광고에 출연하는 주인공은 다름 아닌 18세 가수 김사랑이다. 또한 김사랑과 같이 출연하는 여자 모델은 모두 18명이다.

한솔 PCS 018은 그전에도 (방콕 아시안 게임) 회원이나 신규 가입자를 대상으로 남자축구와 야구의 동반 우승 때 18명을 추첨해 각각 18,000,000원의 현금을 지급하겠다고 했지만 축구의 좌절로 무산된 바 있다.

그리고 요즘 광고를 보라. 태극기가 들어가는 광고가 무수하다. 헤아릴 수 없다. 영화 광고에도, 음반 광고에도, 콜라 '독립 8.15'에도(미국의 유명한 펩시콜라도 사실상 태극마크와 일치한다), 다시 뛰자 대한민국에도…….

다음 광고를 보자

'삼보 컴퓨터의 기준은 세계입니다.' 전 세계 18명 중 1명이 선택하는 세계적인 컴퓨터 - 삼보컴퓨터

그리고 상단부에는 18효의 태극기가 휘날린다. 하단부에는 컴퓨터 화면에 18개의 백두연봉이 비치는 백두산 천지가 뜨고 있다.

이렇게 18자만 택한 경우는 일본에서도 있었다. 현재 일본 최고의 프로야구 인기선수 마쓰자카는 배번 18번. 그는 새해 첫 훈련을

2000년 1월 8일 오전 8시 18분 20초에 시작했다. 그 이유는 자신의 배번 18번과 20승을 추구하는 뜻으로 처음에는 18시 18분 20초를 생각했으나 너무 늦은 시간이어서 8시 18분 20초를 택했다고 한다.

스포츠에도 18과 36의 숫자가…

＊한국인 최초로 올림픽에서 금메달을 딴 손기정(1936년).

＊한국 경마사상 최고의 경주마는 70년대의 AI(에이 원) 통산 승수 72승.

＊프로권투선수 김득구는 미국에서 맨시니에게 14회 KO패 1982년 11월 18일 사망했다(한국시간).

＊국내 프로복싱 최다연승 기록은 36연승으로 유명우가 갖고 있다. 유명우는 WBA 주니어 플라이급 18차방어에 실패 72개월간 갖고 있던 챔피언 벨트를 내주었다. 그는 1992년 11월 18일에 다시 챔피언 벨트를 찾았다.

＊프로야구 간판스타이자 최고인기 선수인 삼성의 이승엽 선수는 등 번호 36번 그리고 1999년 전반기 홈런수 36개. 20회 아시아 야구선수권 대회 겸 시드니올림픽 출전권을 갖고 있을 즈음 일본의 오타가키 감독은 한국에서 가장 경계해야 할 선수로 36번(이승엽)을 지목. 이 대회에서 한국과 일본이 올림픽 출

전권을 확보했는데 한국에는 이승엽(36번) 일본에는 마쓰자카 (18번)가 있었다.

＊이승엽은 2000년 시범경기에서 36타석만에 홈런을 기록했다.

＊한국 프로야구는 출범 18년만에 지역연고제를 탈피하고 2000 년부터 도시 연고제로 바뀌게 되며, 한국역대 최고의 야구 선수로 인정받고 있는 선동열(한국 프로야구 연속구원 성공 18게임의 기 록을 갖고 있음)은 일본에서 36세에 은퇴했다. 그리고 선동열은 2 월 18일 체육훈장 맹호장을 받았다.

＊해외파 야구스타 이종범 99년 8월 22일 36일만에 홈런을 때려 8호 홈런 기록했음.

＊박찬호 역시 8월 23일 36일만에 1승을 보태 시즌 7승을 올 렸다.

＊KBO는 2000년 1월 22일 오전 8시 서울 도곡동 야 구회관 에서 긴급 이사회를 갖고 지난 21일 한국프로야구선수협의회 (KPBPA)창립총회 회원으로 가입한 72명(선수협 주장 75명) 전 원을 자유계약 선수로 방출키로 결정했다.

그리고 2000년 4월 공공연히 떠들던 규격미달 경기구가 발견되 었다. KBO가 주관하여 두 종류의 공인구 36개를 측정한 결과, 공 둘레가 최저규격 1∼2mm가 부족한 것이 10여 개가 나왔다. 굳이

스포츠라 불 수 없지만 분단이후 첫 남북 노동자 축구대회(99년 8월 12일~13일)가 평양에서 열렸다. 남한대표는 이갑용 민주노총 위원장을 포함하여 36명.

　*99년 프로축구 전관왕을 차지한 수원 삼성은 관중수입 등을 포함하여 99년 시즌 총 수입 36억원에 이름.

　*99년 J리그 득점왕은 황선홍으로 배번 18번.

　*99~2000시즌 KBL 10개 팀이 불우이웃돕기 성금 총액은 1억 7천5백만 원이었다.

남북정상 회담

　2000년 4월 10일 박지원 문화관광부장관(8공화국 출범시 재산신고액 36억원)이 장관이 남북정상회담을 오는 6월 12일 (합18) 평양에서 갖기로 했다고 발표했다. 한편 이때까지 남북협력 사업으로 승인된 건수는 금강산 개발 사업을 포함하여 18건에 이르렀다.

　그리고 5월 18일 오전10시부터 남과 북은 판문점 남쪽 지역 평화의 집에서 6월 12일 남북 정상회담을 위한 실무절차 합의서에 서명했다. 그전 5월 10일 김대중 대통령(金海김씨: 18획)의 평양방문에 앞서 납북자 가족들이 집회를 열었다. 그들은 대한민국 대통령이 북에 가니 대한민국 국민인 납북자들을 꼭 찾아달라고 호소했다. 그 중에는 1972년 2월 4일 어로 작업 중 납북된 안영 36호 선장과 갑판장 가족들이 참석했다. 그리고 6월 5일 16대 국회 개원식에 참석해 남북정상회담의 초당적 지원을 호소한 김대중 대통령은 의원들로부터 18회의 박수를 받았다.

남북정상회담에 맞추어 서울에 온 평양교예단 공연 중 마지막을 장식한 '날아다니는 처녀들'은 높이 18m에서 공연했다. 6월 12일 불과 이틀을 앞두고 북측으로부터 하루연기를 통보 받고 드디어 6월 13일 김대중 대통령은 청와대 정문을 나섰다. 그 때가 오전 8시 18경.

*남북정상 회담

대표단이 통과하는 세종로에는 3만 6천 송이의 봉선화가 피어 있었다. 그리고 8시 55분경(합18) 서울 공항 도착. 9시 9분경 (합18) 전용기 탑승. 비행기가 북을 향해 이륙한 순간은 9시 18분경. 박재규(朴在圭:18획)통일부 장관을 포함한 180명과 함께 180여Km에 달하는 평양 순안(順安:18획)비행장에 도착했다.(순안비행장 길이 3,500m) 그때 시간이 10시 26분경 (합36). 10시 36분경 김대중 대통령은 트랩에 첫 발을 내 디뎠고, 김정일 국방위원장은 10시 36분부터 공개적인 의전행사를 주도했다. 백화원 초대소로 가는 길에 뜻밖에도 김위원장이 동승했는데, 개선문(측면 36m 문 너비 18m)을 통과하였다. 언급했다시피 개선문에는 1925와 1945 두 개의 숫자가 새겨져 있고 두 숫자를 모두 합하면 36이다.

그리고 오후 7시경 김영남 최고 인민회의 상임위원장 주최로 인민문화 궁전에서 개최되었는데, 만찬에는 우리 취재진도 초대받아

180명 대표단 전원과 북측 주요인사 300여명이 참석했다. 이날 헤드 테이블에는 김대통령 내외와 김영남 상임위원장 등 남북 주요 인사 18명이 앉았다.

남북 양측 참석자들은 테이블마다 섞여 앉아 김위원장이 정상회담을 기념해 이름지었다는‘6. 6(36) 날개탕’을 들며 대화했다. 한편 6월 14일자 노동신문은 1 면에 김대통령과 김위원장이 악수하는 사진(18×25.2㎝)을 실었다.

14일 오전 만수대 의사당에서 열린 남북 확대 회담에는 남측에서 김대중 대통령, 박재규 통일부 장관, 이헌재 재정경제부 장관, 한광옥 청와대 비서 실장, 이기호 청와대 경제 수석, 임동원 대통령 특보, 박지원 문화 관광부 장관, 황원탁 외교 안보 수석, 박준영 청와대 공보 수석 등 9명.

북측에서는 김영남 최고 인민회의 상임위원장, 최태복 최고 인민회의 의장, 여원구 최고 인민회의 부회장, 이삼로 최고 인민회의 부장, 정운업 민족경제 협력 연합회장, 양형섭 최고 인민회의 상임위 부위원장, 김영대 사민당 위원장, 안경호 조국평화 통일 위원회 서기 국장, 김영성 최고 인민회의 상임위원회 참사 등 9명으로 총 18명이었다.

오후 3시부터 6시 50분까지(휴식시간 45분) 김대통령과 김위원장은 185분 동안 이례 없는 긴 회담을 마치고 11시 20분 아래의 5 개항의 합의서에 서명했다.

1) 통일의 자주적 해결.

2) 연합연방제 공통성 인정.

3) 친척방문단 교환.

4) 경협 확대.

5) 당국 대화 재개.

6월 15일 남측 수행원들은 북한 국보18호인 동명왕릉을 찾았다. 그리고 이번 방북 대표단은 양복 상의 좌측에 태극기 배지를 달았는데, 그 동안 북한이 태극기 사용을 극히 꺼렸음을 고려하면 태극기 배지 부착을 허용한 것은 이례적이다. 이번 남북정상회담은 한국전쟁이후 지금껏 360회에 가까운 남북대화의 결실이라고 한다. 김대중 대통령이 평양을 방문했을 때 보였던 북한 최대의 건축물이자 최대의 호텔의 하나인 유경호텔은 연건평 36만㎡에 이른다.

그러나 이 호텔은 북측의 자금난으로 공사가 중단되고 있다. 이 유경 호텔이 남북정상회담 이후 남측 건설회사의 공사로 완공될 것이라는 전망이 나오고 있다.

6월 14일 김정일은 김대통령에게 백두산(백두연봉 18개)에 오를 것을 권했고, 자신은 한라산(360개의 기생화산, 1800여종 식물분포)에 가고 싶다고 했다. 한라산이 있는 제주도는 18,000㎢, 남한 면적의 1.8%에 해당한다. 평양의 행정구역은 18개 구역과 4개 군으로 되어 있다.

8. 지도자들의 발자취

김 구

백범 김구(白凡 金九:18획)

민족통일을 그렇게 염원하다 가신 김구 선생의 金(8획)과 九(9)를 곱하면 72가 된다. 18세 때 보은에서 동학 2대 교주 최시형을 만나 '팔봉도소접주'라는 직위를 받고 황해도 동학군의 선봉장이 되었고 36세 때 105인 사건(테라우찌 총독 암살 사건)에 몰려 징역 17년형을 언도 받았다.

1944년 임시정부 주석에 선임되어 광복 후 귀국하여 한국독립당 위원장으로서 모스크바 3상 회의의 성명을 반박하고 신탁통치 반대운동을 주도하였고 1948년 남한만의 단독정부를 반대하고 통일정부 수립을 위해 그 해 4월(72세) 김구 선생은 온갖

방해와 음해를 뿌리치고 "남북조선 제 정당 사회단체 대표자 연석회의(合18字)"에 참석 차 북으로 갔으나 별 성과 없이 돌아온 후 정부수립에 참여하지 않고 중간파의 거두로 있던 중 1949년 6월 26일 경교장(京橋莊:35획)에서 살해되었다.

> '눈 덮인 들길을 걸어가노니
> 섣불리 헛딛지 말지니라
> 내가 가는 오늘의 발자취
> 뒤에 올 사람의 표지되리니…'

그러나 50년이 넘은 지금 김구 선생의 뒤를 이어 북으로 간 사람은 아직까지 없다. 선생의 예언대로 선생의 발자취를 따라 갈 사람이 머지 않아 나타날 것이다.

통일운동은 결코 네가 이기고 내가 지는 승부의 세계가 아니다. - 백기완 선생에게--

『'네 소원이 무엇이냐?' 하고 하나님이 물으시면 나는 서슴치 않고 '내 소원은 대한독립이오.'하고 대답할 것이다. '그 다음 소원은 무엇이냐?'고 하면 나는 또 '우리 나라 독립이오.'할 것이다. '또 그 다음 소원이 무엇이냐?'고 세 번째 물으면 나는 더욱 소리 높여 "나의 소원은 우리 나라 대한의 완전한 자주 독립이오."하고 대답할 것이다.

동포 여러분! 나 김구의 소원은 이것 하나밖에 없다. 내 과거의 70평생을 이 소원을 위하여 살아왔고, 현재에도 이 소원 때문에 살고 있고 미래에도 나는 이 소원을 달하려고 살 것이다.』

『미국과 친하는 것도 좋고 소련과 친하는 것도 좋지만 우리는 먼저 우리 조국과 친해야 한다.』

『우리의 통일 정부는 오직 우리만이 세울 수 있다. 외국에 의존해서는 안 된다. 아무도 우리를 위해서 통일 정부를 세워주지 않는다.』

『민족의 행복은 결코 계급 투쟁에서 오는 것도 아니요, 개인의 행복이 이기심에서 오는 것도 아니다. 계급 투쟁은 끝없는 계급 투쟁을 낳아서 국토에 피가 마를 날이 없고 내가 이기심으로 남을 해하면 천하가 이기심으로 나를 해할 것이니 이것은 조금 얻고 많이 빼앗기는 법이다.』

한국특무대 예비훈련소는 1935년 김구가 중국 난징에서 조직한 항일애국단체로 김구는 여기에서 훈련받은 대원들을 1935년 9월부터 11월까지 11차례에 걸쳐 19명의 대원을 상해, 간도 및 국내 각지에 침투시켰다.

*1949년 6월 26일 (6×2×6=72) 오후 12시 36분 백범 김구 사망.

이승만

미국과 UN의 지원을 받은 이승만은 先국가 수립 後통일이라는 건국 취지로 남한만의 단독정부를 주장하여 1948년 7월 20일 재적의원 196명 가운데 180표를 얻어 초대 대통령에 선출되었다. 그때 그의 나이 72살이었다.

전쟁 기간 중 1951년 11월 30일 대통령 직선제 개헌안을 국회에 제출하였으나 찬성 18표, 반대 43표, 기권 1표로 부결되었다(1952. 1. 8).

그리고 총성 없는 쿠데타인 사사오입 개헌으로 영구집권의 길을 연 이승만은 1956년 눈물을 흘려가며 불출마를 선언했다. 하지만 이것은 그의 진심이 아니었다. 관제데모가 벌어지자 이승만은 짐짓 불출마 선언 17일 만에 "국민의 의사에 굴복하여 대통령 후보로 출마키로 했다."는 의사를 밝혔다. 1956년 대통령 선거 때 자유당은 산업은행에 대해 12개 기업체 총 17억 환의 자금을 융자하라고 압력을 넣었다. 그 해 11. 1 정부 기구를 축소시켜 12부 1원 3청 2실로 하였다(12+1+3+2=18).

3. 15 부정선거(3+15=18)후 민중의 분노는 마산에서 시작됐다. 경찰은 시민들에게 실탄 사격을 가했다. 3월 18일에는 사망 8명, 중경상자 72명의 유혈참극을 빚어 김주열 군의 시신 발견으로 4. 19(4×1×9=36)로 이어졌다(36일만에). 학생들이 다치자(전국에서 187명 사망) 그는 병원으로 찾아가 "내가 맞았어야 할 총알을 너희들이 맞았구나." 하고 눈물을 흘렸다.

4월 19일 이승만은 각료회의에서 다음과 같이 말한다.

"피를 흘려서는 안 된다. 부정을 보고서 항거하지 못하는 민족은 죽은 민족이다. 내가 물러나면 된다."

결국 4월 26일 이승만은 국민이 원한다면 물러나겠다며 하야 성명을 발표하고 하와이로 망명을 떠났다. 하와이까지는 18시간이 걸렸다 .이승만은 고국으로 오지 못하고 망명지인 하와이에서 사망했는데 그의 죽음을 지켜본 사람은 프란체스카 여사 양자 이인수(李仁秀:18획) 그리고 재미교포 1사람 단 세 사람이었다(광복에서 5. 16까지 참조).

*4. 19의거로 목숨을 끊은 이기붕 일가는 경무대내 별관 36호실에 묵었으며, 이기붕(李起鵬:36획)은 그의 당선 사실을 국회에서 공포할 때 우연이었을까? 의사봉의 머리 부분이 떨어졌다고 한다.

*1960년 4월 19일부터 26일까지 전국에서 187명이 사망하고 6,026명이 다쳤다. 4월 19일을 역사는 피의 화요일이라 기록하고 있다.

*3.15 부정 선거에서 현직 부통령 장면은 180만 표를 얻었으나 이승만이 지원한 이기붕은 840만 표를 얻었다. 이승만의 뒤를 이은 과도정부는 7월에 가서야 이승만 정권 밑에서 부정축재한 18명의 개인과 66명의 기업가 명단을 공개하고 이들을 조사하겠다고 선언했다.

김일성

우리 민족을 비극의 운명 속으로 몰아넣은 金日成(19획).

김일성은 아버지 김형직이 18세 때 태어났다. 18세 때부터 만주에서 항일유격대원을 시작했다. 그리고 36세 때 조선민주주의공화국을 수립하고 주석에 취임했다. 38세에 남침을 시도했고 (그의 뒤를 봐주던 소련의 스탈린은 50년 당시 71세였다).

원래 이름이 김성주인 김일성은 처음엔 金一星으로 불렸다. 1974년 7월 노동신문 논설에 따르면,

"우리 인민은 수령을 태양과 달에 비유해 높이 모셨다. 거기에는 동지들과 혁명적 군중들이 2,000만의 일치한 마음을 짜내어 처음에는 조선인민을 암운에서 해방의 여명의 길로 이끈다는 샛별의 의미에서 한一자와 별星자로 김일성 동지 도는 한별 동지로 불러왔는데, 위대하신 민족의 영도자를 어찌 샛별에만 비유할 것인가 하여 조선의 밝은 태양이 된다는 염원에서 다시 날日(해)과 이룰 成자를 사용해 金日成 동지로 바로 잡고 높이 우러러 부르게 되었다." 라고 되어 있다.

이 때 金一星의 총 획수는 18획이다.

그는 49년(4×9=36)동안 집권하였다. 1992년 9월 김일성은 장성급 부대장들을 쿠데타 모의로 처형했으며, 71세 때(1983년 10월) 미얀마 아웅산 사건을 일으켜 남한측 고위인사 17명을 죽였다.

1994년 4월 30일 평남 온천군 6. 3 협동농장(6×3=18) 현지지도에 나서 각 지역의 6. 3 협동농장을 순회하였다.

"모든 사람이 다같이 흰쌀밥에 고깃국을 먹으며 비단옷을 입으며 기와집에 살자."는 염원이 이루어질 조짐이 보이지 않아 독려하기 위함이었다.

*1946년 3월 1일 27년만에 3. 1운동 기념일 행사 중 평양 역전집회에서 김일성에 대한 폭탄 테러 미수사건이 났는데 폭탄을 던진 사람은 김형집이라는 18세 소년이었다. 또 김일성은 자신에게 협조하지 않는 사람은 지위고하를 막론하고 숙청했는데 김두봉은 72세에 협동농장에서 죽었고 김달현도 72세에 처형당했다.

*1948년 8월 21일 해주에서 인민대표자대회를 열어 남한측 대의원 360명을 선출했다.

*김일성 탄생 70주년을 맞이하여 세운 주체사상탑은 앞면과 뒷면은 각각 18단, 양 측면은 각각 17단으로 이루어졌다.

*1970년 11월 조선노동당 5차 대회가 열려 160만 명의 당원을 대표해 1871명의 대표들이 참석했다.(김일성은 제4차 당대회 이후 죽은 혁명동지 36인에 대한 추도사로서 제5차 당대회를 시작했고 외국인은 한 명도 참석시키지 않았다)

*북한의 헌법을 고치는 기관은 형식적으로 북한의 국회격인 최고 인민회의이다. 1972년 12월 12일 제5기 최고인민회의 대의원 선거를 실시했다. 제5기 최고인민회의는 종전의 상임위원회

를 상설회의로 바꾸었다. 이 상설회의의 의원은 정·부의장을 합쳐 19명이었다.

*1950년 3월 15일

김일성은 인민군 대대장급 지휘관 360명을 모아놓고 다음과 같이 연설했다.

"1949년에는 북조선을 방위하는데 주력했지만 올해는 조국통일하기 위한 영웅적 투쟁을 전개한 것이다" 그 목적을 달성하기 위해 38선상에서 여러 사건들을 일으켜 남조선군의 관심을 그 곳으로 돌린 다음 우리 유격대는 후방에서 괴뢰군을 공격할 이다. 이것이야말로 조국을 통일 할 수 있는 유일한 길이다.". 그것은 사실상 남침 선언이었다.

*김일성은 1936년 동북항일 연군 중앙사령부 정치위원으로 승진하였고 백여 명 규모의 독자적인 부대를 지휘할 수 있었다.

*1986년 11월 16일 휴전선 북방의 북한군 초소에서 확성기 방송을 통해 김일성이 피격 사망했다고 발표했다. 17일에 이어 18일까지 김일성 사망설이 끊이지 않았다. 그러나 18일 몽고 공산당수를 영접하기 위해 평양공항에 나타남으로써 3일간의 해프닝으로 끝나고 말았다.

*1945년 12월 17일과 18일 개최된 분국 제3차 확대집행 위원회에서 김일성은 분국의 책임비서를 맡게 되었다. 이로써 김일성의 권력기반은 확고히 다져지게 되었다.

*12월 14일 제12차 상무위원회에서 결정된 집행계획서의 기본 내용 중 하나를 보면 "간부학습회 세포학습회에서는 위대한 수령님의 역사적인 연설을 18시간 이상 학습하며 자아반성과 호상비판회를 가질 것"이라고 되어 있다.

*조성한 혁명열사 능에는 항일혁명 열사들의 반신상이 세워져 있다. 그곳에 있는 김일성의 친필비는 길이 18m 470t이나 나된다. 4각으로 된 기념 문주는 너비 3,7m문과 문주 사이에는 정교하게 다듬은 350여 개의 화강석 계단이 있다.

*피도에는 3.61m의 김일성 화강석비가 있다(서해갑문 수문은 36개).

*1994년 7월 25일의 남북정상회담을 18일(7월 8일) 앞두고 그렇게 갔다. 자신의 죄를 씻지도 못한 채 그는 왜 하필이면 역사적인 남북정당회담을 18일 앞두고 죽었을까? 그것이 김일성과 김영삼, 우리 민족의 운명일까?

*사망한지 35시간만에 사망했다고 발표되었다(사망 94. 7. 8 새벽 →발표 94. 7. 9 오후 12시).

문익환

통일의 선구자 고 문익환 목사는 1918년에 태어났다. 1976년

3월 1일, "3. 1 민주구국 선언문"이 명동성당에서 낭독되었다. 이때 발표한 선언문은 문 목사가 기초한 것이었다.

선언문은,

① 이 나라는 민주의 기반 위에 서야 한다.

② 경제입국의 구상과 자세가 근본적으로 재검토되어야 한다.

③ 민족 통일은 오늘 이 겨레가 짊어진 최대 과업이다.

라는 세 가지 부분으로 나누어져 있으며 결론으로서,

"이때에 우리에게는 지켜야 할 마지막 선이 있다. 그것은 통일된 나라, 겨레를 위한 최선의 제도와 정책이 국민에게서 나와야 한다."라고 주장했다.

서명 인사로 윤보선, 김대중, 함석헌, 이우정, 정일형, 윤반웅, 문동환, 안병무, 이문영, 서남동, 이태영 등 11명이었으나 결국 문 목사를 비롯하여 18명이 구속 기소되었다. 이후 문 목사는 본격적으로 민주화 투쟁과 통일운동을 적극 전개하게 된다.

1983년 김영삼이 23일간 단식투쟁할 때 문 목사는 18일 동안 지원 단식을 했다. 이때 단식을 지원한 사람은 이문영, 함석헌, 홍남순, 예춘호이다.

1989년 3월 25일 평양 순안 비행장에서 오랫동안 민주화와 통일운동에 헌신해 온 문익환 목사가 북녘 땅에 첫발을 내디뎠다. 그리고 당시로서는 충격적인 민족의 원흉인 김일성을 얼싸안았다. 이 땅의 많은 사람들이 매국노라 매도했고, 귀국하자마자 감옥으로 갔다.

그는 귀국 직전 동경에서,

"국민 여러분 통일은 옵니다. 아니, 반드시 오도록 해야 합니다. 반드시 오고야 말 통일을 위하여 칠순이 넘은 이 노구가 가

루가 된들 무슨 유한이 있겠습니까?"고 외쳤다.

6월 26일 문 목사의 1차 공판이 열리던 날 일부 청년 학생들이 몸에 태극기를 두르고 "통일 지사 문 목사를 석방하라!"며 외쳤다. 이때 문 목사의 나이가 72세였고 다섯 번째 옥살이가 시작됐다.

1990년 6월 1일 감옥에서 72회 생일을 맞았다. 1993년 3월 6일 김영삼 정부는 건국이래 최대사면이라며 양심수 144명을 석방했다.

이 때 문 목사는 가석방으로 교도소 문을 나섰다. 함께 출소한 대학생들과 어깨동무를 하고 "우리의 소원은 통일"을 합창했다. 그리고 3. 6 양심수 석방자 144명 모임을 결성했다.

그 해 6월 11일 범민련 남측 준비위원회와 민주주의 민족통일전국연합을 비롯한 35개 단체가 모여 '제4차 범민족대회 남측 추진본부 준비위원회'를 결성했다. 7월 16일 문 목사는 제4차 범민족대회장으로 추대되었다.

이날 문 목사는 "통일의 문턱까지 두 걸음이 남았다!"고 외쳤다. 8월 14일 문 목사는 김영삼 정부에 대해 전향적인 통일정책을 추진할 것을 촉구했고 8월 15일 오전 10시 문익환 대회장의 사회로 각 지역 부문 대표 178명이 참가하여 범민족대회가 열렸다.

폐막연설에서 "통일 일꾼들이 힘을 모아 더욱 힘차게 전진하자."며 호소했다. 그러나 1994년 1월 18일 그는 끝내 통일된 조국을 보지 못한 채 고요히 눈을 감았다.

1995년을 통일원년으로 삼자던 그가 통일은커녕 95년이 오기도 전에 눈을 감았다. 그 누가 문 목사, 임수경, 황석영 등을 비난하던 간에 그들이 통일의 선구자라는데 이의를 달 사람은 아무도 없을 것이다.

신익희(35획)

해공 신익희(申翼熙)는 1894년 7월 11일 탄생하였다(7+11=18).

1912년 18세 때 일본 와세다 대학교 정치경제학부에 입학하여 유학생의 통일단체인 학우회를 조직하여 회장, 평의회장, 총무를 역임하였고 학우회의 기관지 '학지광'의 주필, 총무 등을 역임하였다.

1923년 1월 18일 의사 김상옥과 헤어지면서 그에게 권총을 주었다.

1952년 6월 18일 국회임시 의장에 선출되었다.

1953년 5월 18일 국회의장으로 영국 엘리자베스 여왕 대관식에 참석하기 위해 출국하였다.

1954년 12월 18일 야당의원 시절 불온문서가 투입되었다.

1955년 9월 18일 재야정치 연합전선으로 민주당 조직 창당.

1956년 3월 18일 민주당 대통령 후보 지명됨.

독립운동가 초대국회의장 민주당 대통령 후보였던 신익희는 우연히 18일에 운명적인 일을 많이 겪게 되었다.

그러나 1956년 5월 5일 아침 6시 심장마비로 서거했다.

호남선 열차에서 졸도 후 몇 시간 후의 일이다.

신익희의 유해는 호남병원에서 태극기에 덮인 채 앰블런스로 옮겨졌다. 해공의 갑작스런 서거에 대해 짙은 의혹을 품은 군중들은 경무대 앞에서 시위를 벌여 경찰의 발포로 사망 1명, 입원 환자 18명이 발생했다. 이승만도 담화문을 발표하여 해공의 서거를 애도했고 장례는 18일 사회장으로 할 것을 합의하였다. 5월 12일 치러진 선거에서 신익희는 180여만 표의 추모표를 얻었다. 5월 18일 사회장은 취소되고 5월 23일 국민장으로 서울운동장에서 장례가 치러졌다.

향년 63세(6×3=18).

1956년 5월 3일 한강모래사장 유세 중,

"남북이 통일되지 않는 한 제대로 우리의 행복스러운 생활을 해 가는 것이 불가능하다는 것입니다. 그러므로 우리는 남북을 통일하는 것이 우리 민족의 제일 간절한 근본 과제인 것이고 의무인 것입니다."라고 연설했다.

김종필

1926년 생(합18) 金鐘泌(36획)(金海:18획 김씨).

김종필은 족보로 따져 가락국 김수로왕의 72세 손으로 김종필의 부친은 백제를 망하게 한 김유신의 공적비를 부여(옛 백제왕도)에다 세웠는데 당시 도지 값으로 180석을 받는 논을 처분해서 만들었다고 전해진다. 1944년 그가 18세 때 일본중앙대학 예과 독법과에 입학했으나 겨우 1개월 간 대학에 다니다 학적을 그대로 둔 채 귀국하였다.

5. 16때 35세였으며 36세 때 중앙 정보부장을 했다.

37세 때 6대 국회의원 최다득표표율로 당선되었고, 공화당 당의

장에 올랐다. 88년 4월 26일 총선 때 35명의 공화당 후보를 국회에 진출시켰으며 한일합방 반대 시위 때는 당의장을 사퇴하고 2차 외유로 180여일 간을 해외에 머물렀다.

97년 대선 때 전국 유권자 원적지 기준(자신이나 아버지의 고향을 의미) 18%의 충청도 표를 업고 DJ와 합류, DJ와 이회창 후보간의 1.7% 차이로 DJ에게 승리를 안겨주었다.

1963년 2월 25일 공화당 창당을 하루 앞두고 떠났던 1차 외유 후 36년 만인 1998년 2월 25일 새 정부 출범을 맞았다.

박정희 아래서 18년과 13대 대선, 신민주공화당 창당, 3당 합당, 자민련 창당, 국민회의와의 연합 등 홀로 서기 18년 후의 일이다.

그는 다시 72세에 국무총리가 되었다.

그리고 99년 10월 최근 확정된 2000년 정부 예산안에 가야역사문화환경 정비 예산은 문화재 주변 사유지 및 불량주택 매입에 188억 원 중심사적 정비(대성동 고분 발굴정비)에 18억 원이 투입된다. 참고로 가락 종친회는 800만 명의 회원을 갖고 있으며 김해 김씨인 현 대통령과 김종필 국무총리가 그 고문을 맡고 있다.

김종필은 13대 대선에서 182만 3,067표를 얻었다.

박정희

박정희는 1917년생(合18)으로 그의 고향은 경북 선산이다. 그곳은 북위 36도 지점이며, 미국 35대 대통령 J. F. 케네디와 동갑내기이다. 그는 케네디의 장례식에 국내의 선거 등 여러 가지 불리한 여건을 물리치고 '나를 초청해 용기를 준 사람'이라며 직접 참석했다. 그는 장례식 직후 36대 대통령이 된 존슨을 예방, 요담했다.

박정희는 36대 미국 대통령 존슨과 가장 친밀했다.

1966년 존슨대통령이 방한 때 시청 앞에 약 36만 명의 인파가 몰려 차가 진행할 수 없었다. 그해 존슨 대통령은 동두천에 주둔하고 있는 주한 1군단 제36공병단을 방문했다.

케네디의 파병 권유로 한국군은 월남전에 참전 북위 17선상에서 북베트남과 싸웠다. 그 대가로 한국은 전쟁물자를 제공받아 17억 달러의 수입을 올렸다. 반면에 많은 전사자, 부상자, 그리고 아직도 고엽제로 신음하는 참전 용사를 안게 되었다(1999년 현재 국내 고엽제 환자 18,000명).

한국군은 대민 지원 봉사도 활발히 전개해서 3,500여 채의 건물과 1,700㎞의 도로를 신설하였다.

박정희는 5. 16에 앞서 1960년 5월 8일을 거사일로 잡았으나 그 보다 18일 앞서 4. 19가 일어나자 명분을 상실, 거사를 뒤로 미루었다.

박정희는 5. 16거사를 앞두고 안동주둔 36사단장(윤태일)을 불러 상의했는데 이 자리에서 36사단장은 "지금 결행은 빠르다."며 만류했다. 그러나 박정희는 듣지 않고 5. 16을 결행했다. 1961년 5. 16당시 서울에 진입한 쿠데타 병력은 3,600명이었다.

1961년 5. 16으로 정권을 장악한 그는 사회기풍을 바로잡기 위해 비밀 댄스홀에서 춤을 즐기던 남녀들을 군사재판에 회부

1년 6개월(18개월)의 징역을 선고했고, 72년 통일주체국민회의를 통하여 대통령을 선출하는 유신헌법을 제정했다.

1962년 박정희는 국가재건최고회의를 발족시켰다. 그리고 3월 16일 정치활동정화법을 공포, 기성정치인 4,374명의 정치활동을 향후 6년간(72개월) 금지시켰다. 정치정화위 적격 심판자 3,600명 확정.

63년 2월 18일 성명을 내고 민정에 참여하지 않겠다고 발표했다. 박정희는 만주 관동군 (關東軍:36획) 출신으로 소령 때 무기징역을 선고받았는데 72명의 다른 장교들과 함께 여순 14연대 반란사건 후에 있었던 군부 내 남로당 조직 수사에 걸려 군법회의에서 유죄 선고를 받았었다(고등군법회의 명령 제 18호).

박정희는 5. 16직후 장도영(張都暎 :36획) 중장을 혁명내각 수반으로 앉히고 자신은 전면으로 나서지 않았다.

* 6. 3 항쟁

6월 3일 18개 대학생 1,500여명이 실력행사에 들어갔다.

6. 3항쟁(6×3=18) 때 한국 민중은 굴욕적인 한일회담에 반대하여 연인원 350만 명이 참여한 대규모 투쟁으로 18개월 동안 지속되었다.

그러나 1965년 6월 22일 거센 반대에도 불구하고 한일협정은 토쿄에서 체결되었다.

한일협정은 그 과정과 결과에서 굴욕적이었다. 하지만 일본은 회담의 전과정을 통해 반성하는 발언은 하나도 없었고 협정 체결 후 발표된 공동 성명에서도 이에 대한 언급이 전혀 없었다.

심지어 한일협정으로 일본이 한국에 제공하기로 한 3억 달러 무상원조, 2억 달러 공공차관, 3억 달러 상업차관조차 배상금이 아니라 한국의 독립축하금 명목으로 제공되었다. 한일협정은 제2의 한일합방이었다.

그리고 1965년~1976년 사이에 17억 달러에 이르는 차관이 도입되었다. 이렇게 일본 자본으로 기업이 세워지고 이 기업들은 원료에서부터 설비에 이르기까지 일본으로부터 수입에 의존하지 않으면 안 되었다. 일본과의 무역 불균형은 이렇게 시작되었다. 이 경제적 침략은 어쩌면 일제 강점기보다 길어질 것 같다. 참고로 일본이 과거 식민지에 지불한 배상금은 다음과 같다.

필리핀(4년 점령) — 배상금 8억 달러
미얀마(3년 점령) — 배상금 3억 달러
인도네시아(3년 점령) — 배상금 3억 달러
인도(3년 점령) — 배상금 3억 달러
한국(36년 점령) — 배상금 3억 달러

이렇게 살펴볼 때 한일협정이 얼마나 굴욕적이었는가를 알 수 있다. 배상금은 36억 달러가 되었어야 했다.

3월 24일 오후1시 30분 경 서울대 문리대생들은 다음과 같은 결의문을 채택했다.

"(중략)정부는 한국 어민의 생명선이며 국가존립의 국방선이며 한국최대의 미개발 보고인 평화선을 포기하며 36년간의 압제와 착취의 대가를 6억불로 흥정하고 있다. 민족문화를 전멸시키고 오늘의 빈곤을 강요하는 파행적 경제구조를 남겼고 살인적 정권 탄압을 자행한 일본 제국주의자들의 참회가 이 위장된 6억불이란 말인가?"

6. 3 사태가 일어난 근본적인 원인은 1960년 초 신군부가 제 1차 경제개발 5개년 계획을 수립함에 따라 (연간 성장률 7.1%) 거액의 외자가 필요했다. 이에 비하여 미국의 원조는 감소 추세에 있어 경제개발을 위한 외자도입원의 하나로 한일회담을 적극적으로 추진하였던 것이다.

* 김재규와의 관계

김재규는 1926년 (합18) 3월 6일생. 1979년 12월 18일 사형선고를 받았다. 그는 박정희가 5사단장을 역임할 때 예하 36연대장이었다. 김재규가 주관한 궁정동 만찬장에 박정희가 도착한 시간은 18시 05분경이었고 만찬장에서 마신 술은 시버스 리갈로 술병에는 1801이라는 아라비아 숫자 4개가 선명하게 찍혀 있었다(그 1801이라는 숫자는 제조회사 설립연도를 나타냄).

부마사태는 1979년 10월 17. 18일에 일어남. 박정희는 부마사태에 미온적인 태도를 취한 김재규를 못마땅하게 생각했다. 1979년 10월 26일 (10+26=36. 10+2+6=18) 18년 장기집권은 김재규에 의해 비참하게 막을 내렸다.

*1968년 1.21 청와대를 습격하기 위해 민족보위성 정찰국 소속 124군부대 무장 게릴라 김신조 일당이 서울에 침투해서 "내레 박정희 목을 따러 왔수다."고 말해 충격을 주었다. 그들은 10월 18일 자정에 군사 분계선을 넘었다. 이 사건으로 예비군이 창설되었고 학도 호국단을 조직하였다.

*1976년 8월 18일 판문점 도끼 만행 사건이 일어났는데 이 사건으로 오키나와 주둔 미 해병대 1,800명이 한국에 파견되었고 사건 발발 19일 만인 9월 6일 재발방지를 위한 판문점 공동경비구역 분할경비에 합의함으로써 일단락 되었다.

*1972년 10월 17일 대통령특별선언 속에서 박정희 대통령은 유신 단행 이유를 '평화통일을 지향하는 헌법개정'이라고 밝혔다. 그는 이 선언에서 통일이라는 말을 18번이나 사용하였다. 1972년 11월 30일 남북조절위원회가 정식 발족된 다음날 12월 1일 박성철, 유장식, 김덕현 등 북쪽 대표 5명이 청와대를 방문해 박대통령과 35분간 대담했다.

*제주도 5.16도로 포장공사는 1961년 5. 16 혁명 직후 9월 21일 착공되어 1970년 말 넓이 4m, 총 연장 178km에 이르는 왕복2차선 도로의 포장이 완료되었다. 그러나 늘어나는 관광객으로 4차선 확장포장을 할 때 제주도민의 희생적인 노동력 제공과 36만평의 땅을 무상으로 내어놓은 제주도민의 정성에 감명을 받은 박대통령은 포장공사를 국비로 지원하도록 지시했다.

*대한민국 헌법 제4장 71조는 '대통령이 궐위 되거나 사고로 인해 직무를 수행할 수 없을 때는 국무총리, 법률이 정한 국무위원 순으로 그 권한을 대행한다.'로 되어 있다. 이렇게 하여 최규하가 대통령이 된 것이다.

*1999년 7월 26일 박정희 기념관 설립위원회는 창립총회 및

발기인대회를 가졌는데 창립총회에 각계 지도급 인사 35명이 참여했다. 이 기념사업회의 회장은 전 국무총리 신현학 씨, 그리고 명예회장은 김대중대통령. 김대중 대통령을 포함하면 36명.

*육영수 여사 서거

육 여사의 아버지 육종관은 72세에 사망했는데 결혼을 반대했던 육씨는 박정희가 대통령이 되었어도 사위를 만나지 않았다. 그는 본처와의 4명의 자녀 외에 5명의 소실에게서 18명의 자녀를 두었다.

육 여사는 생전에 청와대 안의 야당이란 말을 들을 정도로 온후한 성품의 소유자였다. 일부에서는 박대통령이 1972년 유신을 단행하고도 국민들의 반감을 덜 사게 된 것은 육 여사가 있었기 때문이라고 말하기도 했다.

육 여사가 사라진 뒤의 박 대통령은 서서히 허물어져 내려갔고, 그것은 유신보다 더 암울한 혼란의 시기를 예고한 서막에 불과했다.

1974년 8월 15일 오전 10시 23분 서울 장충동 국립극장 제29회 광복절 기념식장에서 박대통령이 경축사를 읽고 있었다. "통일은 평화적으로 이루어져야 한다는 것을—"이란 대목에 이르렀을 때 관중석에서 대통령을 노리던 문세광이 자신의 왼쪽 허벅지를 관통시키는 오발을 일으켰다. 문세광은 이어 대통령에게 접근하여 제2탄을 발사, 방탄 연설대에 총알이 들이박혔다.

제2탄 발사 후 0.5초 후 문세광은 박 대통령을 정확히 조준하여 제3탄의 방아쇠를 당겼다. 그러나 '철컥' 불발이 되었다. 생과 사의 갈림길이 된 문세광과 박 대통령의 거리는 18.15m. 제4탄

을 준비하며 연단에 접근한 문세광의 눈에는 박 대통령이 보이
지 않았다. 대신 육 여사가 눈에 띄었다. 문세광은 주저 없이
박 대통령 대신 육 여사에게 제4탄을 발사했다. 제4탄은 육 여
사의 오른쪽 머리에 명중했다. 이 때 문세광과 육 여사의 거리
는 18.20m.

문세광은 연단에 더욱 접근하며 제5탄을 발사했으나 한 관중
이 문의 발을 걸었다. 문은 중심을 잃은 상태에서 제5탄을 발사
해 연단 뒤편에 게양된 태극기를 뚫었다. 이때 문과 태극기의
거리는 22.60m이지만 아이러니컬하게도 제1탄 오발 후 18.85m
를 연단 쪽으로 이동했던 순간이었다.

문세광이 잡힌 직후 합창단석에 있던 여고생 장봉화 양이 머
리에 총을 맞고 숨졌는데 경호원의 오발 사고라 추정된다.

이 때 장봉화 양의 나이는 꽃다운 18세였다.

평화적 통일을 호소하는 대통령.

그 대통령 대신 가버린 육영수 여사.

대통령 대신 총을 맞은 비운의 태극기(4괘의 총 18개의 효를
가진).

그 운명의 거리 18m.

아무 죄 없이 가버린 18세의 여고생.

＊ 윤필용 사건

박정희 정권 아래서 한 때 나는 새도 떨어뜨렸던 윤필용 장
군(수경사령관)은 사석에서 "박대통령이 더 노쇠해지기 전에 퇴
진하고 후계자를 내 세울 때가 됐어."라는 한마디를 했다가 육
사 8기 동기인 강창성 보안사령관의 조사를 받았고 73년 4월

28일 군사재판에서 횡령, 수뢰 등 여덟 가지 죄목으로 징역 15
년을 선고받고 구속되었다. 그 후 18개월 윤필용 장군은 형 집
행 정지로 풀려난다.

*박대통령은 경제개발을 성공시키며 집권 초기 수출입을 합
한 교역규모가 3억 6,000만 달러에서 18년 통치기간 100배 증가
시켜 79년에는 354억 달러에 이르게 했다.

*박정희의 통일관 (어록)
"국토의 분단 상태를 민주주의의 승리로써 종결시킨다는 문제
가 단순한 희망이나 결의만으로 달성되는 것은 아니다(64. 12. 8
서독 방문). 우리의 경제, 우리의 자유, 우리의 민주주의가 북한
으로 넘쳐흐를 때 그것이 곧 통일의 길이다."(67. 11. 7 연두교
서).
"통일을 안 했으면 안 했지 우리는 공산식으로의 통일은 못하
겠다."(67. 4. 23 대구 유세).
"북한 공산집단의 만행을 분쇄하고 이 땅에 평화와 번영을 이
룩하고 국토를 통일할 수 있는 길은 단 한가지 국력을 기르는
일이다."(71. 4. 13 칠백의총 보수 정화 준공식).
"우리의 국력을 배양하고 우리의 국력이 빨리 성장해서 모든
면에서 북한 공산 집단을 압도하는 그러한 시기가 결국은 평화
통일의 길이 트이는 시기이다."(71. 1. 11 기자회견).
"경제개발 5개년 계획은 그대로 조국 통일운동이요, 전쟁을
막는 길이요, 북한동포를 구출하여 우리 민족의 평화와 번영과
복지를 약속하는 길이다."

김정일(17획)

김정일은(金正日) 1942년 2월 16일생 (2+16=18)이다.

북한에서는 김정일이 백두산의 줄기인 정일봉(해발 1,797m-원래는 장수봉, 사자봉이라 불림)에서 태어났다고 선전하며 "난세를 올바로 비추어 주는 태양이 되라."는 뜻에서 正日로 지었다고 한다(그러나 그는 러시아 블라디보스톡의 한 병원에서 태어났다). 18세 때 김일성 종합대학 학과 토론 제출 논문「삼국통일 문제를 다시 검토할 때」를 발표하였다.

1980년 당 중앙위 군사위원회 군사위원이었는데 군사위원장인 김일성을 제외하면 18명 군사위원 가운데 유일한 비군사 지도자였다.

영화광인 그는 혁명가극 2부작 '피바다'를 완성하기 위해 180여 장면을 직접 지도하였다. 그에 의해 이루어졌다는 주요 건축물 중 관계된 것 몇 가지만 살펴보면,

주체사상탑 170m.

개선문의 문은 아치식으로 너비 18m(개선문의 측면길이 36m. 개선문의 양옆에 새겨진 숫자는 1,925(17)와 1945(19) 합하면 36).

서해 갑문의 피도에는 361m의 김일성 화강석비가 있다.

건축물은 아니지만 1988년 장수봉에 정일봉이라는 글자를 새겨 제막식을 가졌다(각 60t. 합 180t).

* 남북정상회담 (참조)

김영삼(19획)

김영삼이 정계에 입문한 것은 장택상(張澤相:36획) 국회부의장의 요청으로 그의 비서가 된 것이 시초였다. 1954년 그가 최연소 국회의원이 되었다. 그때 공천을 준 사람은 이기붕(李起鵬:36획)이었다. 그는 51년 3월 6일 결혼했다.

1961년 1월 26일 김영삼, 박준규 등 소장파 의원 18명은 청조회를 결성해서 신선한 물결을 일으켰다.

그러나 넉 달 뒤 군사쿠데타가 일어나자 대부분 공화당에 흡수되었다. 나라를 IMF로 몰고 간 김영삼 전 대통령은 취임시 재산을 18억 원으로 신고했고, 취임 후 녹지원에 새로 만든 265m짜리 전용 트랙을 17바퀴씩 매일 돌았다고 한다.

그가 즐겨 쓴 한문휘호(좌우명)는 大道無門으로 정격이 36획이다. 그는 아버지가(김홍조옹) 17세 되던 해에 태어났고 그가 17세 때 하숙집 책상에 미래의 대통령 김영삼이라고 적어 놓았었다. 그는 박정희, 전두환, 노태우에 이어 대통령이 됨으로써 영남 정권 36년을 마무리했다. 그가 정권을 물려 줄 즈음에는 외환 보유고가 겨우 38억 달러에 달했다고 전해지며 퇴임 후에는 조기현 전 청우건설회장이 35억 원을 빌려주었다며 저택을 가압류 신청했으나 기각 당했다. 조기현 전 청우건설 회장은 김 대통령이 총재로 있던 민자당 중앙 후원회 운영위원을 맡기도 했는데 그 인원은 불과 36명이었다.

1994년 6월 18일 김영삼은 방북을 마치고 입경한 카터를 청와대에서 만나 시간과 장소에 구애받지 않고 조건 없이 정상회담 제의를 한 김 주석의 제의를 수락함으로써 북한 핵 문제를 둘러싸고 위기감까지 돌던 한반도 정세에 새로운 변화가 예고되었다.

그러나 7월 25일의 역사적인 남북정상회담을 18일 앞둔 7월 8일 김일성의 갑작스런 죽음으로 남북정상회담은 무산되었다. 김영삼 정권 집권 말기인 97년 청와대 예산액은 363억 원이었다. 통일민주당 총재로 있을 때 국회의원 후보 매수 사건으로 가장 측근인 서석재 (徐錫宰:36획)가 구속되었고, IMF행을 이끌 당시 재무장관은 강경식(姜慶植:36획)씨로 그 역시 모든 비난을 뒤집어쓰고 구속되었다.

*IMF 협상 타결일은 1997년 12월 3일 (12×3=36)

*외환위기를 김영삼에게 최초로 보고한 사람은 홍재형(洪在馨:35획) 전 경제 부총리.

*1983년 5월 18일 김영삼은 광주학살을 막지 못한 책임과 반민주적인 전력강화와 인권유린 및 정치적 탄압에 대한 항의와 규탄표시로 단식 투쟁에 돌입해 23일간 단식투쟁한다.

*1984년 5월 18일 민주화추진협의회(일명 민추협)가 발족되어 김영삼은 김상현과 공동의장에 추대됨. 김대중은 고문.

1985년 1월 18일 민추협을 모태로 신민당 창당, 이민우가 대표이지만 사실상 김영삼이 창당했다고 해도 과언이 아니다.

김영삼은 1992년 12월 18일 제14대 대선에서 김대중 후보를 누르고 대통령에 당선되었고, 1997년 12월 18일 치러진 대선에 당선된 김대중에게 대통령직을 물려주었다.

  *2000년 2월 9일 김영삼은 거제를 방문해서 'DJ가 야당의원 36명을 협박해 데려갔다."고 하던 대로 독설을 퍼부었다.

  그의 아들 현철씨는 뇌물을 받은 혐의로 1심과 2심에서 혐의가 인정되어 징역 3년(36개월)을 선고받았다가 170일 만에 석방되었다[검찰은 6년(72개월)구형]. 그는 징역형의 벌금 14억 4천만 원을 선고받았다.

  그는 대선 자금 잔금 70억 원을 사회에 헌납하겠다고 각서까지 써놓고 변칙 헌납했다.

  97년 6월 김씨를 기소했던 대검중수부는 그가 관리해 온 자금의 최대 규모를 186억 원으로 추정된다.

김대중 1925년 12월 3일생(12×3=36)김해(金海:18획)

  김대중은 36세에 국회의원이 됨. 당선 이틀만에 5. 16을 만났고 5월 18일 국회가 해산되어 교도소로 직행했다. 만72세에 대통령에 당선. 36년만의 비영남 대통령(원적지 기준 18%의 충청 유권자를 업은 김종필의 도움을 받음).

  김대중은 이희호여사와 신혼생활 9일만에 정부 전복혐의로 잡혀갔다가 36일만에 풀려나 집으로 돌아왔다.

  1971년 4월 18일 당시로서는 사상 최대 인파로 추정되는 장충단 유세를 가졌다.

*1971년 대선 때 박정희에게 94만 표(9×4=36)차로 패배했다.

*1980년 5월 18일 계엄사에 의해 김종필 등과 연행되었다.

*김대중은 신군부에 의해 사형선고를 받고 진주교도소에 수감되어 있었다. 미국망명길에 오르기 앞서 1982년 12월 18일 서울대병원에 이감되었다.

*1985년 3월 18일 민주화 추진협의회 공동 의장직 정식 취임.

*1987년 12월 16일 대선을 앞둔 36일전(11월 12일) 김대중은 민주당을 탈당하고 평화민주당을 창당. 후보단일화는 무산되어 노태우 후보가 36%의 득표율로 대통령에 당선되었다.

*1988년 4월 평민당은 제1야당이 되어 그는 18년만에 국회에서 연설했다.

*1988년 12월 18일 제6공화국 광주 특위 청문회에 증인으로 선서함.

*1995년 7월 18일 정계복귀를 공식 선언함.

*1992년 12월 18일 14대 대선 패배.

*1997년 12월 18일 15대 대선 승리.

*아도니스 골프장 (총 36홀) 과 일산 저택 문제로 시끄러웠던 조풍언 (趙豊彦 :36획).

*2000년 3월 16대 총선에 민주당 공천에 탈락하고 불출마를 선언한 의원 18명과 오찬했다.

*김영삼으로부터 야당의원 36명을 빼갔다고 비난을 수시로 들었다.

*남북정상회담을 앞둔 2000년 5월 10일 납북자 가족들이 집회을 열어 김대중 대통령에게 북에 가서 대한민국 국민인 납북자들을 꼭 찾아 달라고 호소했다. 그 중에는 1972년 2월 4일 어로작업 중 납북된 안영36호 선장과 갑판장 가족들이 참석했다.

*2000년 6월 5일 16대 국회 개원식에 참석해 연설해 의원들로부터 18차례 박수를 받았다.

*남북 정상 회담에 수행원 130명, 기자단50명 등 180명을 대동했다.
(「국민의 정부」와 「남북정상회담」 참조)

9. 2015년 통일

앞에서 열거했듯이 18과 36은 여러 가지 사건과 인물에게 많은 관련이 있음을 알았다.

그러면 왜 2015년일까?

태극기의 제정 필요성을 느끼게 한 사건이 운요호 사건이고 그 사건은 1875년에 일어났다. 이 사건에도 36과 18은 존재한다. 운요호 사건은 1875년 9월 일본 군함 운요호의 강화해협 불법 침입으로 일어난 사건을 말한다.

메이지유신을 일으켜 근대 통일국가를 이룬 일본은 대륙침략을 위한 첫 조처로 '정한론(征韓論)'을 내걸고 한반도 침략 기회를 노리고 있었다. 이런 때에 명성황후 민씨 일파가 정권을 장악하고 있자 일본은 흥선대원군이 득세할 경우 쇄국정책의 강화를 우려하여 세력을 회복하기 전에 무력을 사용하여 조선을 강제 개항시키려고 운요호를 출동시켜 초지진에 포격을 가하였다.

이 전투로 조선군은 전사자 36명, 조선대포 36문, 포로 16명, 화승총 130여 자루를 빼앗겼다.

그러나 일본군은 경상자 2명뿐이었다. 일본군은 조선인 포로 16명과 일군 경상자 2명을 데리고 갔다(16+2=18).

이 사건을 계기로 한일간에 강화도 조약이 체결되었다(1876년). 이 때 일본측이 "운요호에는 일본 국기가 게양되어 있는데 왜 포격을 가했느냐?"고 따졌다. 당시 조정 인사들은 국기가 무슨 의미와 내용을 가지고 있는지 조차 몰랐다고 한다. 이 내용은 앞에서도 기술한 바 있다.

국기의 필요성을 느끼게 한 강화도 조약이 체결되고 이어서 일제 36년으로 이어지게 되는 것이다.

18년 음양의 주기

그러면 운요호 사건 이후 18과 36의 음양주기로 이루어진 우리의 역사를 도표로 한번 자세히 살펴보기로 하자. 그러면 18과 36이라는 숫자가 우연이 아니라는 것을 여러분도 잘 알 수 있을 것이다.

```
┌─ 1875년 운요호 사건
│    (음36)
└─ 1910년 한일합방
┌─   (양36)
└─ 1945년 광복절
```

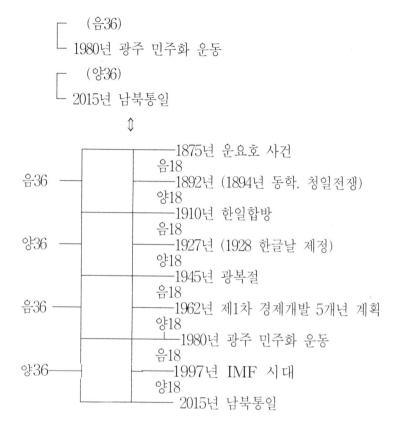

1875년 운요호 사건

1876년   강화도 조약. 일본에 수신사 파견.

1882년   임오군란. 청군 대원군 납치. 제물포조약.

1883년   태극기를 국기로 결정.

1884년   갑신정변.

1894년 동학혁명. 청일전쟁.

1895년   을미개혁. 민비 시해. 단발령.

1896년   전국의병 봉기. 아관파천. 독립협회 결성.

1897년 대한제국 선포.
1904년 러일 전쟁.
1905년 을사조약.

1910년 한일합방

1919년 고종 국장. 3. 1운동.
　　　　대한민국 임시정부수립.
1920년 봉오동전투.
1926년 6. 10만세운동.

1928년 한글날 제정.

1930년 광주학생운동.
1936년 안익태 애국가 작곡.
1940년 창씨개명.

1945년 광복

1948년 대한민국 정부 수립.
1950년 한국전쟁.
1953년 휴전협정.
1960년 4. 19의거. 제2공화국 수립.
1961년 5. 16혁명.

1962년 제1차 경제개발 5개년 계획

1963년 제 3공화국 수립.
1964년 6. 3사태.
1965년 한일조약 비준.

1970년 새마을운동 시작됨.

1972년 10월 유신. 7. 4남북공동성명.

1973년 6. 23 평화통일 선언.

1979년 박정희 대통령 암살.

1980년 광주 민주화 운동

1981년 제5공화국 수립.

1983년 소련기 KAL 격추. 버마 아웅산 폭발사고.

1987년 6. 29선언.

1988년 6공화국 출범. 올림픽 개최.

1991년 남북한 UN가입 권고 결의안 UN 안보리통과.

1993년 7공화국 출범.

1994년 김일성 사망.

1997년 IMF 구제금융 신청

1998년 8공화국 출범.

2000년 남북정상회담.

2003년 경협 본격적 실시(추정).

　　　　이산가족에 한하여 남북상호방문 허용(추정)

　　　　끊어진 경원, 경의선 착공.

2004년 올림픽에 부분종목 단일팀 파견(추정).

2006년 여행 부분적 허용 (추정).

　　　　남북경협 절정에 이름(추정).

　　　　남북여행 부분적 허용.

2008년 올림픽 전종목 단일팀 파견(추정).

2009년 서울과 평양간 고속도로 착공(추정).

휴전선에 병력이 대부분 철수하고 철책선을 이용 자연 생태공원이 만들어진다(추정).

주한미군 일부 철수.

남북 여행 완전 자유화.

통일에 대비 국가 명칭, 국기, 애국가 등 핵심문제가 거론됨.

2012년　한 국가에 두 개의 정부 출범(추정).

서울과 평양간 고속전철 착공(추정).

남북 연합군 창설(추정).

남북상호 이주 허용.

2015년　대한민국 평화민주통일.

2033년　수조원을 들여 중국정부로부터 고구려의 옛땅을 사들임.

지금까지 거론한 것을 시대별로 핵심적인 것만 요약하면 아래와 같다.

고조선 (360가지 법)

　↓

고구려 (광개토대왕 비문 1802자)

　↓

백제 (기원전 18년 창건)

　↓

신라 (35 금입택 18만호)

　↓

고려 (도참사상 18자 왕)

↓

조선 (한양성곽 18㎞)

1875년 운요호 사건 (조선수군 36명 사망. 대포 36문)

↓

태극기 탄생 (18효)

↓

1910년 일제시대 (36년)

↓

1945년 미군정 시대 (36개월)

↓

대한민국 탄생 (36획)

↓

한국전쟁 (18개국)

↓

이승만 (180표)

↓

박정희 (18년)

↓

1980년 전두환 (광주민중항쟁 1980 합18)

↓

노태우 (36% 지지율)

↓

김영삼 (대도무문 36획)

↓

김대중 (36년만의 비 영남 대통령)

↓

16대 대통령

↓

17대 대통령

↓

2015년 18대 대통령

18과 36의 숫자로 본 통일

우리 역사에서 통일은 두 번 이루어졌다. 신라의 삼국통일과 왕건의 후삼국 통일이었다.

한민족을 최초로 하나로 묶은 것은 신라이다. 누구의 공이 제일 컸느냐고 거론하는 것은 무리일지 모르나 다음 세 사람의 공이 제일 크지 않았나 싶다.

＊무열왕(김춘추 660년 백제 멸망시킴)은 24세에 18代 풍월주(국선)가 됨.

＊문무왕(김법민 668년 고구려 멸망시킴)은 36세에 왕위 오름.

문무왕 15~16년(675~676) 2년 동안 당은 고구려 고토에서 대소 18회 도발했으나 모두 격퇴했다.

＊김유신 (신라의 삼국통일에 중심적 구실을 한 장군)

18세에 인박산에서 삼국통일을 기원함.

18세에 15대 풍월주가 됨.

그 외 소정방은 667년 72세로 사망.

연개소문은 666년(합18) 사망.

신라의 통일 후 200년이 지나자 신라도 서서히 기울기 시작한다. 887년 진성여왕이 등극하자 889년 견훤, 양길의 반란을 시작으로 지방호족들이 일어나게 되어 후백제 견훤, 고려의 왕건, 신라의 후삼국 시대가 열리게 되었다.

왕건은 아버지 왕륭이 36칸 짜리 집을 지으면 천하의 대수에 부응하여 큰 인물이 태어난다는 도선국사의 말을 듣고 36칸 짜리 집을 지어 왕건을 얻었다.

왕건은 36세에 궁예 밑에서 시중이 되었고 민심이 떠난 궁예를 몰아내고 918년(합18) 고려를 건국한다. 그리고 18년 뒤 936년(합18) 후삼국을 통일한다.

후백제는 완산(전주)에 도읍하고 국호를 후백제라 칭한 지 36년 만에 멸망했다.

그리고 세 번째의 통일, 그것은 2015년 대한민국 제18대 대통령의 취임과 함께 이루어질 것이다. 그때가 되면,

세계인구 72억 명(추정)

대한민국 인구 7,200만 명(추정)

4대강국 인구 18억 명(추정)

해외동포 360만 명(추정)

재일동포 72만 명(추정)

大韓民國(36획)은 태극기에 나타난 18과 36의 주기로 운요호 사건에서 한일합방까지 36년. 일제 36년, 광복에서 광주민주화

운동까지 36년, 광주 민주화 운동에서 대한민국 통일까지 36년. (광복에서 5. 16까지 18년. 박정희 시대 18년. 광주민주화운동에서 IMF까지 18년. IMF에서 대한민국 통일까지 18년) 2015년에 통일이 된다. 통일도 그냥 통일이 되는 것이 아니다. 무력 통일은 절대 이루어지지 않는다. 한반도에 전쟁은 절대 없다. 왜냐하면 민주 평화 통일(民主平和統一)이라는 한문획수 역시 36이기 때문이다.

18과 36으로 본 세계 역사 속의 통일

*중국 역사상 최초의 통일국가는 秦(진)나라로 기원전 221년에 제나라를 멸망시켜 중국 통일을 완성하였음. 진시황제(秦始皇帝:36)는 재위기간 36년. 전국에 군현제(전국을 36개 군으로 함)를 실시하고 도량형 및 문자를 통일함.(얼마 전 진시왕릉을 최초로 발견한 농부에게 그 공로로 중국 정부는 겨우 3.6달러를 지급했다고 전함).

*전한은 1세기 초 왕망에게 나라를 빼앗겼으나 유방의 9세손인 유수(후한 광무제)는 다시 한나라를 재건(후한). 서기 36년에 전국을 평정하였다.

*당은 수를 이은 통일국가로 이연이 618년에 건국했다(수는 618년 멸망).
*중국 역사상 통일국가 중 최대영토였던 시기는 청나라 6대 황제 건륭제(인천방송 '황제의 딸'에 나오는 황제의 시기로 18개

의 성과 만·몽·회·장의 변강 지역을 한데 묶는 최대 판도를
형성함).

*알렉산더는 페르시아제국을 멸망시키고 중앙아시아와 인도
북서부에 이르는 광대한 제국을 건설했다. 알렉산더 대왕은 기
원전 336년에 즉위하였다.

*독일

1871년 1월 18일 총리 비스마르크의 지도로 독일은 통일되었
고 초대황제가 된 빌헬름 1세는 비스마르크를 총리이자 정부수
반으로 앉혔다. 독일은 UN에 동서가 동시에 가입한지 18년만에
통일을 이루어 냄. 통일독일 면적 356,733㎢. 독일통일 달성 직
접경비 3,600억 마르크.

*미국

1820년 미주리협정(미국 남과 북의 노예제도 협정)에 따르면
북위 36° 30′ '이북지역에서 노예제도 영원히 추방. 남북전쟁
당시 승리한 북부군은 36만 명 사망. 패배한 남부군 등 약 26만
명 사망. 두 개의 미국이 될 뻔했던 남북전쟁을 승리로 이끈 링
컨 대통령 사망 당시 36개 주(링컨기념관 기둥은 그래서 36개).
미국 독립전쟁 당시 미 프랑스 연합군 18,000여 명이 요크타
운에 있는 콘 월리스 부대를 포위해 영국군의 항복을 받아냄.

*1801년/ 영국은 연합헌법으로 대영제국과 아일랜드 통일왕국
을 이루어냄. 해가 지지 않는 나라 대영제국을 이룩한 빅토리아

여왕은 18세에 즉위했음.

*남북예멘

1918년 북 예멘 독립. 1962년 남 예멘 각각 독립한 뒤 여러 차례 무력충돌을 일으켰다. 그러나 1972년부터 18년간 3단계 통일작업을 벌인 끝에 1990년 5월 22일 새 정부를 구성하고 통일을 이루었다.

*프랑스

1799년 11월 '브뤼메르' 18일 쿠테타로 나폴레옹은 정부를 장악, 36세에 프랑스 황제가 됨. 유럽을 통일시키지는 않았지만 전 유럽을 평정함. 그러나 훗날 연합군에 패해 루이 18세(루이 16세 조카)에게 황제자리를 빼앗김. 엘바섬에서 탈출한 나폴레옹이 진격해 오자 루이 18세 도망감. 워털루 전투 패배(1815년 6월 18일). 이 싸움으로 나폴레옹의 100일 천하는 끝나고 세인트 헬레나로 귀양가 그 곳에서 죽었다.

*1590년 〔天正(덴쇼오:일본연호)18년〕 토요토미히데요시는 일본을 통일했다. 풍신수길은 1536년 생이며 18세 때 노부나가의 종복이 되었으며 1589년 36만 5천냥에 달하는 금은을 취락제에 쌓아 놓고 조정고관들에게 나누어주어 위세를 과시했다. 그는 필리핀·명·조선 등 아시아를 통일시킨다는 과대망상으로 우선 조선에 18만 명을 침략시켰으며 1598년 1월 18일 사망했다.

*베트남

1975년 1월 8일 월맹군 18개 사단 병력이 월남공격에 투입되어 4월 30일 사이공이 함락되었다. 이로써 하나의 베트남이 되었다.

세계의 역사를 바꾼 18과 36

*이브 18명

미국 에모리의과 대학 더글러스 월러스 박사팀은 최근 모계를 통해서만 전달되는 유전물질인 미토콘드리아 DNA를 통해 인류의 조상을 추적한 결과 인류가 18명의 서로 다른 모계에서 출발했다고 밝혔다. 아담은 10명.

*마라톤

제2회 페르시아 전쟁에서 아테네군은 페르시아군을 마라톤평야에서 무찔렀다. 아테네 시민들은 전쟁의 결과에 대해 불안해하고 있었다. 이때 한 병사가 달려와 승리의 소식을 전하며 죽었다. 이를 기념하기 위해 1회 올림픽 때부터 마라톤 경주가 시작되어 42.195㎞를 달리게 되었는데 실제 마라톤 평야와 아테네 간의 거리는 36.75㎞라고 한다.

*소크라테스

기원전 399년 고대 그리스의 철학자 소크라테스는 그리스의 신을 믿지 않는다는 것과 청년들을 잘못 가르치고 있다는 것으로 사형 당했다. 501명의 재판관 중 360명이 사형에 찬성했다.

*십자군 원정

십자군은 11세기말부터 13세기까지 (1096~1270) 총 8차례에

걸쳐 구성. 180년에 이르는 십자군 전쟁은 지금까지 그 승패의
여부를 떠나 그 평가는 엇갈리고 있다. 그러나 동서 교류의 영
향은 지대했으며 여러 민족의 장기적 교류를 통해 정신적, 물질
적, 종교적 시야를 넓혀 세계적 규모의 대항해 시대를 여는 밑
바탕이 되었다고 한다.

*프랑스 혁명

프랑스 혁명 때 단두대의 이슬로 사라진 루이 16세의 죽음은
의회의 투표로 이루어졌다. 국왕의 처형을 주장하는 파와 반대
하는 파의 비율은 361대 360 단 1표 차로 사형이 우세했다.

*워털루 전투

1851년 6월 18일 워털루 전투. 나폴레옹에게는 360문의 대포
가 있었다. 그 360문의 대포가 세계의 역사를 바꾸고 말았다.
아니 정확히 말하면 그 전날 비가 세계의 역사를 바꾸었다. 비
에 젖은 땅은 진창이 되어 대포가 마음대로 움직일 수 없었다.
결국 나폴레옹은 패배해 몰락했다.

*노벨상

스웨덴의 알프레드 노벨은 1873년 프랑스 파리로 이전해 그
곳에서 18년(1890년)을 보냈다. 그 18년 동안 많은 화약을 제조
했고, 그것이 전쟁에 이용되는 것을 보고 가슴아파했다. 그후
그는 세계 평화에 기여할 것을 생각하다가 1895년 11월 17일
노벨상 제정을 유언장에 썼다. 1896년 12월 10일 숨졌다. 매년
12월 10일 노벨상이 수여된다.

*러일 전쟁

1905년 5월 러시아의 발트함대는 대한해협에서 일본함대와 맞딱뜨렸다. 그러나 일본함대에 맥도 못추고 대파당했다. 이로 써 18개월간의 러일전쟁은 막을 내렸다. 이로써 일본은 아시아 에서 군림하게 되었다.

*1900년 8월 14일 미·영·러·불·독·일·오스트리아 등 열강은 18,000여명의 연합군으로 청의 수도인 북경을 공략 입성 했다. 이후 아시아의 거인은 깊은 잠에 빠지게 되었다.

*1917년 4월 6일 미국의 제1차 세계대전 참전은 오후 1시 18 분을 기해 개시되었다. 이 순간은 월슨이 백악관 로비에 나와 그의 작은 방에 앉아 참전 문서에 서명한 순간이다. 제1차 세계 대전 교전국은 총 36개국.

*공산주의

1917년 11월, 10월 혁명으로 소비에트 정부가 수립되었다. 10 월 혁명 때 공산당원 수는 35만 명에 이르렀고 1918년 1월 "근 로 피착취 인민의 권리선언"을 채택하여 새로운 공화국 기존원 칙을 천명했다.

3월 독일과 단독강화조약 체결, 8월에는 영·일 등 제국주의 열강이 국내간섭을 하자, 이에 소비에트 정권은 적군을 창설 이 에 맞설 제7차 볼셰비키대회에서 당명을 러시아 공산당으로 개 칭하였다.

공산주의 모태인 과학적 사회주의(마르크스주의) 창시자인 칼 하인리히 마르크스는 1818년에 태어났으며 공동 창시자인 엥겔스를 기념하여 이름 붙인 러시아 연방 서부에 있는 엥겔스 시는 1990년경 공산당이 붕괴할 즈음 인구가 18만 명이었다.

레닌(볼셰비키당=현재 소련공산당 창설자)은 VIadimir Il'ich Lenin라는 18자이고 18세에 결혼했으며 1924년 1월 21일 18시 50분에 사망했다.

1936년 스탈린 헌법이 성립되었고 1953년(合18) 스탈린은 사망했다.

*대장정 (大長征)

1934년 국민당 장제스가 수십만을 동원 중국공산당 18만 홍군을 토벌하기 위해 압박을 가해오자 공산당 지도부는 근거지를 옮기게 된다. 368일을 행군한 끝에 산시성에 도착했다. 이 대장정으로 중국은 공산당 정부가 들어섰다. 그 가운데 우뚝 선 모택동은 다음과 같은 시를 남겼다.

"금사강의 격랑은 바위를 두드리고 대도하 조교의 쇠사슬은 차갑구나. 만산 천리에 눈발이 밝으니 최후 여정을 정복하고 삼군은 웃음을 머금다."

*현장

서유기의 모델이 된 당의 현장법사가 인도에 가서 불경을 가져 온 것은 18년 만이었고, 귀국하여 18년간 불전을 번역하였다. 이렇게 고대 인도어로 씌어진 불경은 한문으로 번역되었다.

*동방견문록

마르코 폴로는 18년간 쿠빌라이칸 재위시절 원에 있었다. 마르코 폴로 일행이 베네치아로 오기 위해 호르무즈에 도착했을

때는 일 한국의 아르군 칸의 세사자와 6백 명의 시종 수백 명
의 선원 중 살아남은 사람은 18명이었다. 마르코가 베네치아로
돌아오자 베네치아는 제노바와 전쟁이 벌어져 마르코는 전투에
참가 포로가 되었다. 제노바의 감옥에서 36개월(1296. 9~1299.
8)을 보내는 동안 동방견문록을 완성하였다. 이 책으로 말미암
아 콜럼버스 등 수 많은 탐험가가 탄생되었다.

*콜럼버스

1492년 10월 콜럼버스는 파로스항을 출발한지 70일 카나리아
제도를 뒤로 한지 36일만에 신대륙에 도달했다. 콜럼버스가 타
고 간 기함인 산타마리아호는 180톤이었다. 콜럼버스는 최초로
상륙한 이 섬을 산살바도르(현 엘살바도르. 구세주 그리스도의
성)라고 명명했다.

*최초 세계일주

포루투칼 귀족의 아들인 마젤란은 스페인 왕의 원조를 받아
1519년 스페인을 출발하여 서쪽 서쪽으로 지구를 한 바퀴 돌았
다. 그러나 마젤란은 필리핀에서 원주민과 싸움 중 죽었고 3년
에 걸쳐 5척의 배와 265명의 선원 중 배 1척과 18명의 선원만
이 스페인으로 돌아왔다.

*갈릴레이 갈릴레오

「흔들이 등시성」 「물체의 낙하법칙」을 발표하고 코페르니
쿠스의 지동설을 증명한 갈릴레이는 피렌체에서 18㎞ 떨어진
바론 브론사 수도원에 들어갔다. 그리고 피사 대학을 떠나 베네
치아의 파도바 대학에서 18년간을 근무했다. 1642년 1월 8일 사

망했다.

*라이트 형제

인류가 최초로 하늘을 난 사건인 라이트형제의 최초의 비행거리는 36m. 1903년 12월 17일 미국 로스캐롤라이나 주에서 윌버와 오빌 라이트형제가 제작한 플라이어1호로 동생 오빌이 조종해 최초로 동력을 이용하여 하늘을 날았다.

*북극점 최초 도달

1909년 4월 미국인 퍼어리는 북극점에 성조기를 꽂았다. 이 탐험에는 17명의 에스키모인, 19대의 썰매가 동원되었다. 36일 만에 북극점에 도달했다.

*남극탐험

1911년 아문젠이 남극탐험에 쓴 탐험선 프람호는 180마력 디젤 엔진을 달았다. 그는 1928년 6월 18일 조난 당한 노빌레 선장을 구하러 떠났다가 행방불명되었다.

*성층권 도달

1931년 5월 최초로 15,990m의 성층권에 인간이 도달했다. 기구를 타고 스위스 오거스트 피카드 교수와 동료과학자 샤를 키퍼에 의해서였다. 이 기구는 독일의 아우그스 부르크에서 시작해 18시간 후 오스트리아 알프스 거글 빙하에 안착하였다.

*우주 왕복선

1981년 4월 미우주왕복선 콜롬비아 호가 캘리포니아 애드워드 공군기지에 착륙. 세계에서 첫 번째로 우주선을 재 사용하게 되었다. 콜롬비아 호는 지구를 36바퀴 돌았다.

*노예해방

1820년 미국에서 노예제도 찬성주와 반대주의 경계를 정할 때 남북의 타협 협정에 따르면 북위 36° 30´ 이북지역에서 노예제도를 영원히 추방한다(미주리 협정). 그후 남북 전쟁으로 북부군 360,000명이 사망.

*메르세데스 벤츠

오스트리아 사업가 에밀 젤리넥이 다임러사에 36대의 자동차를 주문하면서 이름을 메르세데스로 해줄 것을 조건으로 달았다. 메르세데스는 젤리넥의 딸 이름으로 스페인어로 우아하다는 뜻이다. 이렇게 메르세데스 벤츠는 탄생되어 세계를 달렸다.

*최초 심장이식 수술

1967년 남아프리카 케이프타운 한 병원에서 세계최초 심장이식 수술에 성공했다. 그러나 18일간의 성공이었다. 수술을 받았던 루이스 워쉬칸스키 (53세)는 18일 만인 12월 3일 사망했다.

*금성표면 착륙

1967년 5월 17일 2대의 우주선(비너스5호와 6호)이 18주 동안 3억6천만km를 비행 목적지에 도달. 비너스5호는 낙하산을 이용 금성표면에 착륙했다.

*런던 대 박람회

1851년 최초 대규모 국제 전시회인 런던 박람회는 유례없는 성공을 하였다. 186,437 파운드의 순익을 남겼으며 가장 유명한 것은 수정궁(1936년 화재로 소실)으로 이 수정궁에서 1854년 6월 최초의 현장 촬영 뉴스 사진이 촬영되었는데 켄터베리大주교가 기도하는 장면이다. 18,000여 명으로 구성된 세 개의 관현악단과 하나의 합창단이 연주하는 장면이었다.

*마하트마 간디

인도의 역사를 바꾼 간디는 18세에 영국으로 유학을 갔으며 생애 중 18회(145일)를 단식 투쟁했다.

*77그룹

전세계 133개 개도국들이 참가한 77그룹(G77)정상 회담이 2000년 4월 12일 쿠바 아바나에서 개최되었다. 개도국간 경제협력과 무역 확대 등 '남남 협력'을 모색해온 77그룹의 정상 회담은 지난 64년 창설이래 36년만에 처음으로 회합했다.

*2000년 7월 티베트 서부에서 100개나 넘는 피라밋 군이 발견되었다. 이중 제일 높은 것은 180m이라고 하니 지금까지 세계 최고 높이라는 이집트 케롭스 피라밋(146m)을 훨씬 능가하는 것이다. 그러나 그전 1957년 10월 러시아 IL 18형 여객기가 이 피라밋을 발견, 1958년 러시아는 1차 탐사대를 보냈으나 탐사대는 전멸. 2차 탐사대는 피라밋을 발견하지 못했다. 1차 탐사대의 한 교수가 기록을 남겨 피라밋의 존재가 전설로 남아 있었으나 이번에 발견된 것이다.

*기타

· 조지오웰은 1948년 36년 후의 미래를 예언한 '1984'년을 완

성했다.

· 마야력(마야족에 의해 씌어진 달력) 1개월이 20일이고 1년은 18개월이었다.

· 세계최대의 댐인 이집트 에스완 댐은 수문이 180개

통일의 그날

그렇다면 정말 언제쯤 통일이 되는가? 이제 슬슬 결론을 말할 때가 된 것 같다. 그 동안 수많은 예언자와 역사학자·미래학자· 정치가들이 각자 나름대로 주장을 펼치며 통일의 그 날을 예언했다. 하지만 일부는 이미 1998년 이전으로 지나가 버렸다.

먼저 미국의 전 백악관 안보 보좌관 브레진스키는 1992년 10월 26일 SBS가 방영한 시사진단 핵심 프로에 출현하여 한반도 통일은 2002년 안에 해결될 것이라고 했다. 2002년 안에 통일된다고 주장한 사람은 게리트(CSIS→미국의 전략 및 국제문제연구소-레이건 시절 코스트 국무장관 밑에서 외교정책 수립. CSIS의 아시아 연구실장으로 일했음)로 그 역시 2002년 안에 통일된다고 말했다. 그리고 러시아 한반도 문제 연구가들은 남북한의 평화통일이 2005년쯤 가능할 것으로 예상했다.

또한 각종 설문조사에서 2005년 안에 통일될 것이라 믿는 사람들이 40%에 이른다고 한다.

오××라는 역술가는 1998년 11월에 통일이 된다고 예측했다. 기도를 통한 영감과 정세 변화의 흐름을 보아서 그렇다는 것이다. 그 외 2010년, 2015년, 2018년, 2020년 설 또한 있다. 1875년

운요호 사건을 시작으로 18개의 괘를 태극 양의로 인해 음18 양18 합 36을 4괘에 의한 4번의 주기로 끝나는데는 앞 도표로 설명한 바 있다. 2015년 통일. 이것이 바로 태극기에 감춰진 우리 민족의 운명이다.

첫째, 2015년 김정일은 만 73세가 된다.

김일성(金日成 19획)은 1985년 일본 월간지 「세카이(世界)」와의 대담에서 "한반도의 통일이 내 세대에서 이루어져야 하겠지만 만일 그렇게 되지 않는다면 그 과업은 김정일 시대에 꼭 수행되어야 한다."고 했다.

만시지탄이긴 하지만 그렇게 해서라도 반드시 되어야 할 것이다. 방법이 문제가 되겠지만 김정일이 그 이름의 뜻대로 임기 중에 평화적이고 민주적인 대한민국 통일이 이루어진다면 아버지 김일성의 과오를 조금이라도 덜어주게 될 것이다.

김정일은 매우 위태로워 보이지만 어렵게어렵게 정권을 2015년까지 이어갈 것으로 보인다.

결국 김정일은 냉혹한 국제질서에서 고립되어 북한정권 붕괴 일보 직전에 민족은 하나라는 대세를 명분으로 대한민국 통일 국가에 합의할 것이다.

본격적인 통일논의는 그가 72세가 되는 해인 2013년이 될 것이다.

그리고 김일성과 김정일의 정격의 合은 36획이다.

金日成 : 19획 + 金正日 : 17획

평양의 개선문은 높이 20m, 정면 50m, 측면36m, 문 너비 18m에 이르며 문 양 옆에는 1925(김일성이 열네 살 때 만경대를 떠

난 해를 의미함)년과 1945(해방을 이루고 개선했다는 해인 1945
년 광복을 의미함)년이라는 숫자가 새겨져 있다.

그러나 공교롭게도 1925년

1945년

1925와 1945의 모든 숫자의 합은 36에 이른다.

둘째, 2015년이면 남한에서는 18대 대통령이 통치하는 기간이
다. 김정일이 그때까지 북한의 권력을 놓지는 않을 것으로 볼
때 북한의 김일성, 김정일 2代와 남한의 18代 대통령(2×18=36).

셋째, 태극기의 4괘의 총 개수가 18개, 18효(爻)라는 것을 이
미 말한 바 있다. 그 4괘를 의미하는 4대 강국은 미국·일본·
중국·구소련(러시아)이라고 밝힌 바 있다.

98년 현재 4대 강국의 인구는,

미국	2억 6천만
러시아	1억 5천만
중국	12억 3천만
일본	1억 2천만

17억 6천만

통일의 그 날 2015년쯤에는 18억 명이 약간 넘을 것이다. 4괘
의 총 18개의 괘 = 4대강국 인구 총 18억 명.

넷째, 세계인구는 1999년 10월 현재 60억 명. 현재 해마다
7,800만씩 증가한다.

2015년에는 세계인구가 72억 명이 될 것이다(이렇게 인구가
늘어가지만 한편으로는 매년 1,800만 명이 굶어 죽고 있다).

328 제2부 우리 나라 역사 속의 예언

다섯째, 2015년 남북한 인구는 7,200만 명이 넘을 것이다.

1990년 남한 4,300만 명
　　　　북한 2,140만 명　　　약 6,400만 명

1997년 남한 4,500만 명
　　　　　　　2,400만 명　　　약 7,000만 명

이러한 추세라면 2005년쯤이면 7,200만 명이 넘게 될 것이다.
2015년에는 약 7,500만 명.

그러나 북한의 불안전한 정세와 남한의 출산기피 현상으로
2015년 7,200만 명을 겨우 넘길 수 있을 것이다.

1989년 기준 재외한국인 350만 명, 2015년 360여만 명, 1990
년 기준 재일동포는 68만 7,900명 2015년 72만여 명에 이른다면
지나친 추측일까?

여섯째,1996년 기준 대한민국 일인당 국민소득 1만 548달러. 1
년 간 평균 증가율이 5%~7%대임을 감안하면 2015년 18,000달
러 가까이 이를 수 있을 것이다.

2015년 남북관계 4대강국 기타

다음은 1999년 현재 남북관계와 국제정세, 우주, 지구에 나타
난 18과 36이다. 2015년이면 남북관계와 국제정세는 약간은 달
라질 수도 있겠지만 우주와 지구는 변함이 없을 것이다.

*비무장 지대는 원래 양쪽으로 2km 씩 4km가 되어야 하나 실
제로는 점점 가까워져 3.6km 밖에 되지 않는다고 한다.

*대한민국 서울은 동서간 거리 36.78㎞, 북위 37°상에 위치하고 인구밀도는 18,000명/―㎢(99년 현재)

*북한 돈 1원=남한 돈 360원

1992년 초 1달러 북한 돈 2원 18전

남한 돈 800원으로 봤을 때

북한 돈 1원은 남한 돈 367원이 된다.

북한 돈과 남한 돈의 가치를 환율을 통해 단순 비교하기란 어렵지만 어쨌든 같은 원이지만 몇 백 배의 차이가 있다고 한다.

*1999년 현재 대한민국 국군 지상군 56만, 해군67,000, 공군 6만 3,000명, 合 69만 명.

북한군 지상군 100만, 해군 6만, 공군11만, 合 117만 명. 남북한 총 병력 186만 명(통일 대한민국 군대 72만 명?).

*알고 갑시다.

대한민국 국보 18호는 부석사 무량수전, 국보 36호 상원사 동종. 북한 국보 18호 동명왕릉, 국보 36호 선죽교

*남북한 행정구역

행정구역으로 볼 때 현대 남북한에는 18개의 도가 있다. 해방 이후 북한의 행정 구역은 수 차례에 걸쳐 나뉘어졌다. 해방 직후 북한은 황해도, 평안남도, 평안북도, 함경남도, 함경북도, 경기도(북부), 강원도(북부)로 나뉘어져 있었으나 황해도는 황해남

도와 황해북도로, 평안북도가 평안북도와 자강도로 함경남도가 함경남도와 양강도로 다시 나뉘어졌다.

남한

① 전라남도 ② 전라북도 ③ 충청남도 ④ 충청북도 ⑤ 경상남도 ⑥ 경상북도 ⑦ 강원도 ⑧ 경기도 ⑨ 제주도

북한

① 황해남도 ② 황해북도 ③ 평안남도 ④ 평안북도 ⑤ 함경남도 ⑥ 함경북도 ⑦ 자강도 ⑧ 양강도 ⑨ 강원도

물론 통일이 되면 달라질 수 있겠지만 남한에도 9개 북한에도 9개 도가 생겨난 것이다.

*대한민국은 북위 36도를 지난다.

남한의 정식 국호는 대한민국이다(4).

북한의 정식 국호는 조선민주주의 인민공화국(11)이다.

남과 북의 사이에는 휴전선(3)이 있다.

4+11+3=18

*서울과 평양의 직선거리 180여㎞.

휴전선의 직선거리(김포와 통일전망대) 180여㎞.

휴전선지역에는 육상식물 361종이 서식한다.

그리고 지역감정의 대표적인 도시 광주와 부산 직선거리 180여㎞. 광주와 대구 직선 거리 180여㎞.

*4大 강국

2015년 4大 강국의 인구는 18효의 원칙에 따라 18억 명이 될 것이라고 말한 바 있다. 그 외 4大강국에 나타난 18과 36의 공통점을

보자

• 일본

일본의 국토면적은 37만㎢(한반도의 약 1.7배). 국토의 72%가 산지. 일본의 수도는 동경으로 북위 36도에 위치한다. 한반도와 일본 본토와의 거리는 180㎞. 2차대전시 일본은 일반인을 포함하여 1,854,793명이 사망했으며 민간인 368,830명이 부상 및 행방 불명되었다. 1923년 관동대지진 때 공황상태에 빠진 위기를 극복하고자 민중의 보수적 감정을 이용하여 '조선인이 폭동을 일으켰다.'는 터무니없는 소문을 퍼뜨렸고 급기야 각지에서 조직된 자경단에 의해 수많은 조선인이 학살되었다. 그 수는 6,661명에 달했다. 관동대지진의 진원지는 사가미만으로 북위 35도 2분(35°2')지점이었다.

그로부터 72년 후 일본은 고베 대지진으로 많은 희생자를 내었는데 한국의 많은 자원봉사단이 건너가 구조활동을 벌였다. 95년 1월 17일 발생한 고베 대지진 규모는 리히터 7.2였다.

그리고 일본의 20세기 마지막 종합경기대책이 99, 11, 11발표되었다. 그 액수는 자그마치 18조엔(사업비 기준 약 200조원)으로 日 사상 최대규모에 해당한다. 일본은 4대 섬으로 나누어졌는데 제일 큰 섬은 혼슈 섬으로 한반도와 거의 같은 22만 741㎢. 세 번째 섬은 규수섬으로 36,554㎢. 네 번째 섬인 시코쿠 섬은 18,256㎢.

• 미국

미국의 수도 워싱턴은 1800년에 수도가 되었고 면적은 179㎢ 링컨 기념관은 기둥이 36개(링컨 사망 당시 36개 주를 상징). 1950년 한국전쟁 때 미군포로 7,140명. 1820년 미국의 남과 북의 노예

제도에 대한 협정을 맺었다 (미주리협정). 미주리주 면적 180,516 ㎢. 이에 따르면 북위 36°30' 이북지역에서는 노예제도를 영원히 추방한다. 1999년 현재 주한미군 병력 36,000여 명

· 러시아

면적 1707만 5,400㎢.

수도 모스크바 그린벨트면적 1,800㎢.

나폴레옹은 모스크바 점령 후 35일만에 철수.

러시아의 大초원은 세계최대 평원으로 평균고도 180m.

면적 350만 km² . 한국과 국경선은 18㎞에 가까움.

· 중국

수도 뻬이징 18,000㎢.

중국의 기록된 역사는 3,500년.

또 하나의 중국인 대만의 면적 36,000㎢.

현재의 공산당 정부가 들어서게 된 것은 1934년 10월 국민당 장개석이 수십만 병력을 동원. 18만 홍군을 토벌하기 시작하자 368일간 대장정을 했고, 결국은 장개석은 대만으로 물러가고 본토에는 공산당정부가 들어섰다.

중국의 산뚱 반도와 한반도의 장산곶, 백령도와는 180여㎞에 이르며 조선족이 제일 많이 살고 있는 길림성은 187,000㎢.

· 4대강국은 아니지만 분단국가인 독일과 베트남 그리고 대한민국과 180° 반대에 있는 남위 36°가 지나는 아르헨티나는 어떤가?

먼저 독일의 면적은 356,733㎢. 수도 베를린은 해발 35m에 위치함. 베를린의 남북 길이는 37㎞. 독일 통일의 비용은 약 2조억 마르크로 추정되는데 통일달성에 불가결한 직접 경비는 약 3,600억 마르크(한화 181조억 원)가 소요됐다. 통합된 독일의 군대는 37만 명으로 축소됐다(비엔나회담 발표).

· 베트남은 북위 18°선상에 위치함

분단당시 경계선은 17°선상.

한국군은 남 베트남으로 파병되었는데 당시 남 베트남 면적은 173.810㎢. 파병 후유증으로 고엽제 환자 99년 현재 18,000여 명. 1975년 월맹군은 18개 사단 병력으로 월맹을 패망시키고 하나의 베트남으로 무력 통일함.

· 아르헨티나는 우리 나라와 정반대인 지구 반대편(180°)에 있는 인구 3,600만 명(99년 현재). 부에노스 아이레스에 있는 세계에서 저일 넓은 도로로 '7월 9일가'는 편도 18차선 왕복 36차선에 이른다

*지구와 우주

2015년이 되어도 변할 리가 없겠지만 세계의 표면적은 5억 940만㎢. 그 가운데 71%가 물(3억 5920만㎢)로 덮여 있다. 그 중에서도 태평양은 1억8100만㎢를 차지하는데 동해도, 서해도, 남해도 태평양의 일부분에 속한다. 대양의 평균수심은 3,600m.

*지구의 지각은 대부분 암석으로 대륙지역은 평균 35㎞에 달하며 지구의 내부 압력은 지구 중심으로 들어갈수록 커지는데 지표부근에서는 1㎞ 깊어질 때마다 약 300기압씩 증가한다.

지구 중심의 기압은 약 360만 기압에 달한다. (1㎠의 면적에 3,600만t의 무게가 내리 누르는 힘)

*천구상에서 별들의 사이를 태양이 지나가는 길이 황도인데 반하여 달이 지나가는 길을 백도라 한다.

이 백도는 황도에 대하여 5°9분 경사진 채 18.6년의 주기로 방향을 바꾸어 간다.

*위선은 적도에 평행한 선으로 적도를 0°로 북위 90° 남위 90° 합 180°도 나뉘어 있으며, 경선은 북극과 남극을 잇는 선으로 런던의 그리니치 천문대를 지나는 경선을 0°로 동쪽으로 180° 서쪽으로 180° 合 360°로 나뉘어져 있다.

*태양 에너지는 지구로 100% 받아들이지 못하고 36% 정도는 외계로 반사시키고 64% 정도만 받아들인다.

*달과 지구와의 평균거리는 38만㎞. 그러나 제일 가까워졌을 때의 거리는 36만㎞.

*태양계에서 위성을 제일 많이 갖고 있는 것은 토성으로 18개 정도로 추정하고 있다.

*인공위성의 궤도는 고도 약 36,000㎞에 위치한다.

*하늘에서 가장 밝은 별인 시리우스별(큰개자리 알파별)의 표면 중력은 지구의 36만 배

이상의 여러 정황으로 살펴볼 때 우리 나라 통일은 분명히 2015년에 된다는 것을 믿어 의심치 않는다. 그때의 대통령은 18대 대통령이 될 것이며, 그 인물이 우리 나라를 통일로 이끄는 역사적인 인물이 될 것이라는 것을 믿어 의심치 않는다.

과연 그런 인물은 누구일까? 독자 여러분도 한번 점쳐 보시기 바란다. 그러면 여러분도 예언가가 될 수 있는 것이다.

《권말부록》

1.IMF 이후의 소사

1998년

*1998년 1분기 도시 근로자 가구당 월 평균 소득은 36년만에 처음으로 감소.

*1998년 한해에 36만 6천 쌍이 탄생했다.

*부실 은행 5곳의 정리로 이들 은행과 거래하는 중소기업이 겪는 어려움을 덜어주기 위해 1조 8,000억 자금이 특별 지원된다.

*98년 8월 14일 정부는 10,000여 개의 규제 중 여러 가지를

풀었다(예를 들어 의료보험 전국어디에서나 사용가능). 그러나 그것은 18%에 불과했다.

*미국상원 180억 달러 규모 국제통화기금 자원법안 토론 없이 표결 65:29로 통과(36표 차).

*국방부에서 수송기 CN235기를 도입하는데 인도네시아산으로 바꾸면서 인도네시아가 계약을 위반했는데도 360억 원의 선수금을 지급했다. 도입기수는 35기.

*1998년 국내 제조업체들은 1,000원어치 물건을 팔아 18원 밑지는 장사를 했다. 이 같은 손실폭은 한국은행이 통계를 내기 시작한 62년 이후 36년만의 최대 규모이다.

*한자 사용 문제로 논쟁이 끊이지 않고 있다.
전국한자교육추진 총 연합회에서는 범국민 한자교육 추진 궐기대회를 11월 17일 가졌으며 각계 184개 단체가 참가했다.
현행 교육용 한자(1,800한자)는 72년에 제정되었고 98년 3월과 6월 국어 연구원 조사 결과에 따라 180자를 추가하고 기존 60자를 삭제하였다. 한자는 원래 회화 문자에서 발달한 표어문자로 일반적으로 송대 등운가들이 관용한 36자 도모를 이용하는 것이 통례라 한다.

*1998년 18년만의 마이너스 성장.

*국방부가 1990년 대잠수함 해상 초계기 P3S를 도입하면서 이 군수업체에 대금을 많이 지불한 사실을 뒤늦게 알고 반환소송에 나섰으나 패소, 모두 365억 원의 손실을 입음.

*1998년 전국에서 3억 5481만평 이상의 준 농림지가 도시 및 준도시 지역으로 전용되었다.

*IMF국난이후 외채를 갚기 위해 우리 국민이 대대적으로 벌였던 금 모으기 운동은 약 351만 명이 참가함.

*1998년 건국 50주년과 제2의 건국을 맞아 전국에 태극기의 물결이 넘쳤다. 25년 전에도 태극기 달기 운동이 있었지만 1998년처럼 대단하지 않았다고 한다.
제헌절인 7월 17일부터 정부수립 기념일인 8월 15일까지 30일간을 전국 방방곡곡 24시간 태극기가 휘날렸다.
30일×24시간 =720시간

*98년 1,800여 택시노조가 파업을 강행하려다 철회.
*한국은행 시중은행에 360억 달러를 물려서 1998년 한국은행이 외환보유고를 국내은행들에 예탁금 형태로 빌려주었다가 받지 못한 돈이 8월말 현재 360억 달러에 달한다.

*공정거래 위원회는 5대 재벌에 대한 2차 부당내부거래 조사를 통해 총 1조 9천억 원 규모의 부당내부거래를 적발했으며

36개 업체가 부당내부거래를 해온 것으로 드러났다고 밝혔다.

＊퇴출은행 전 행장 등 36명 수사의뢰.

5개 퇴출은행 임직원이 불법여신이나 부실경영으로 은행에 끼친 손실액은 모두 1조 7,700억 원에 달했다.

＊1998년 전국 지방자치단체 부채 총액 18조 5,000억 원에 이른다. 1998년 추정한 것에 따르면 99년 갚아야 할 외채는 360억 달러.

＊농림부에서 소 값 안정을 위해 지난 7월 18일부터 8월말까지 송아지를 17,695마리를 수매했으나 10월 7일 현재까지 폐사 강제도축 등으로 전체의 73%인 13,008마리가 죽은 것으로 나타났다. 농림부는 당초 수매 직후 3,717마리를 강제 도축해 소각 매립처리 등을 해오다 잔인하다는 지적이 일자 중단한 바 있다.

＊1998년 농지 360만평 강제 처분 명령.

＊군 정찰기 도입사업 전면 재검토 가능성. 총 사업비 3,600억 원 기종 선정 과정 로비 의혹.

＊평화통일 복지기금 설립-민주평통 이수성 수석 부의장의 구상으로 만들어지는 복지기금은 18명을 이사를 위촉했다.

＊한탄강에 통일의 댐을 건설 추진 중. 이 댐의 최대 댐 용수량은 3억 6천800만 톤 규모이다.

＊한나라당 이신행 의원의 재판에 변호인 출신 한나라당 의원 18명이 무더기 선임계를 냈다. 이신행 의원 비자금 170억 원.

＊국민연금 가입 실직자 18만 명 혜택 못 받는다.

＊98년 각 정당들이 추가 예산에서 지급 받은 국고 보조금 537억 원의 집행실태를 조사한 결과 366억 원의 지출 내역이 불투명함

＊국내 기업들 IT(정보기술)분야 예산규모는 평균 72억 원에 이름.

＊IMF 체제 이후 유치원 아동이 18년만에 처음으로 줄어듦.

＊농협의 부실로 그 여파가 축협 임협의 통폐합까지 거론되고 있다. 1998년 임기4년의 명예직인 전국단위 농협 조합장들의 평균보수는 35,945,000원이었다. 농협은 협동조합통합의 대가로 3조6천900억 원의 공적자금을 정부에 요청했다.

＊노동부장관은 각종 실업대책을 통해 실업자 180만 명을 넘지 않게 하겠다고 밝혔다.

1999년 이후

*1999년 현재 경찰계장직은 3,666개에 달하나 1,866개를 폐지하여 전체 계장 직위가 1,800개로 줄어들 것이라고 경찰청이 경찰 조직개편 방안을 확정 발표했다.

*IMF 여파로 국내서 일자리를 찾지 못하자 해외 취업의 길이 새롭게 열린다. 60년대 서독 광부와 간호사를, 70년대 중동에 건설인력을 송출이래 대규모 국외 취업행사가 열린다.

외국기업 54개 업체에서 직접 채용 2,000여 명, 인턴채용 1,600여 명 모두 3,600여 명이 취업하게 된다(행사장 수원 종합운동장).

99년 초 군의관 등에게 뇌물을 주고 군 면제 판정을 받은 병무비리 관련자 중 재징병 검사가 완료된 52명 중 36명이 현역 또는 보충역 판정을 받아 군에 입대하게 된다.

*99년 7월 경기은행에서 4억 원을 받은 혐의로 소환된 경기도지사 부인 주혜란씨는 소환 36시간만에 인천지검에 나왔고 소환 18시간 후인 7월 15일 새벽 증거를 대자 혐의를 시인했다.

이어 임창렬 경기지사도 1억 원을 받은 혐의로 구속되었는데 동일한 사건으로 부부가 함께 구속되는 것은 매우 이례적인 일로 유력인사로는 82년 이철희, 장영자 부부 이후 18년만의 일이다.

96년 이성호 복지부 전 장관 부인이 대한안경사 협회로부터 1억 7,000만 원을 받은 혐의로 구속되었으나 이 전 장관은 구속되지 않았다.

2000년 1월 27일 서울고법 형사3부는 주혜란씨를 징역 18개월 집행유예 2년 추징금 7,000만원을 선고하고 석방했다. 주씨는 1심에서도 18개월의 실형을 선고받았다.

임 지사는 '경제도지사'를 자처했는데 실제로 98년 한해 경기도가 유치한 외자 총액은 전국자치단체 총액의 18%인 15억 9,300만 달러(1조 8,000억 원에 가깝다)에 달했다.

3개월만에 풀려난(집행유예) 임 지사는 10월 18일 경기도청에 출근해 도정에 복귀했다.

*1999년 9월부터 1년 간 적용될 최저임금은 월 36만1,600원으로 결정됐다. 최저 임금제는 88년에 도입되었으며 최저임금심의위의 의결을 거쳐 매년 결정되고 있다.

*1999년 8월 현재 1768명의 한국인이 외국으로 출국금지 된 상태

*1999년 10월 16일 열린 부산민주공원 개관식에 세계적인 인권지도자들이 초청된다. 사업비는 180억 원이 소요됐다.

*1999년 국제투명성위원회 보고서에 따르면(뇌물지수) 한국은 세계 제18위에 이른다.

*1999년 전국 통반장 운영비는 1,800억 원에 이른다고 한다.

*1999년 우리 나라 최고 연봉을 받는 사람은 서울증권 사장으로 취임하는 강찬수(미국명 : 토마스 강)씨로 연봉 36억 원에 이른다.

*국민의 정부가 들어서 처음으로 기업인 중 구속된 신동아그룹 최순영 회장은 국내은행에서 1억 8,000만 달러를 대출 받아 1억 6천 5백만 달러(1,800억 원)을 해외로 도피시켰다. 최회장은 서울지법 민사 72단독 판사에 대한 생명으로부터 주권가압류 신청을 받았다.

*99년 1월 23일 식약품 안전청장이 1억 8천 5백만 원을 받은 혐의로 구속되는 순간에도 모 국장은 뇌물을 받았으며 모두 3,600만 원을 받은 혐의로 구속되었다. 그런데도 직원들이 1,850만 원의 전별금을 구속된 전 청장에게 건네 주려해 물의를 빚었다. 일부 직원들의 반발로 모금을 시작한 지 이틀만에 걷은 돈을 모두 건네주었다

*자유의 집(노숙자 수용소-노숙자의 겨울철 동사 방지를 위해 서울시가 운영하는 곳)은 10평방에 평균 18명씩 수용되어 있고 관리 직원은 34명이다.

*98년부터 2002년까지 수질개선 G-7(선진기술연구) 프로젝트 등 환경개선을 위한 투자비가 36조 5,000억 원으로 조정됐다. 고로 99년 국회환경 노농위원은 18명이다.

*31년 간 일본 감옥에서 복역한 재일교포 김희로씨는 1968년 일본폭력단 간부 2명을 총으로 살해하고 18명을 인질로 잡고 경찰과 88시간 대치했다. 김희로씨 석방 후원회를 이끌어온 이재현씨는 어려운 살림에도 불구하고 전국을 돌며 석방탄원에 필요한 서명을 받았는데 지금까지 35만여 명의 서명을 받았다.

김희로씨가 지난 19여년간 장기수감 사실이 알려지면서 답지된 성금 가운데 여러 가지 명목으로 들어간 경비를 제하고 모두 350만엔(약3,500만원)이 남았다.

그는 99년 9월 7일 오후1시 36분 경 어머니의 유골을 태극기에 덮어 안고 부산 김해공항에 도착했다.

*한강과 임진강

대부분의 강이 합류하는 각도는 대개가 90°이하이다.

남한강과 북한강이 만나는 각도 90°이하이고 남강과 낙동강이 만나는 지점과 보성강과 섬진강이 만나는 각도 90°정도이다.

그러나 한강과 임진강이 만나는 각도는 180°에 이른다.

한강의 유역면적은 26,000여㎢(길이 790㎞).

임진강의 유역면적은 8,000여㎢(길이 254㎞).

임진강의 유역면적은 63%가 북한 땅에 있다.

임진강과 한강이 만나는 지점에 휴전선이 지나고 있다.

해마다 임진강 유역이 홍수 피해를 입는 것도 3배 이상 되는 한강물과 정면충돌하는 것이 한 원인이 된다고 한다.

*대지진으로 비탄의 땅이 되어버린 터키에 정부는 99년 8월

18일 7만 달러를 긴급구호자금으로 지원했다. 그러나 너무 인색하다는 지적이 나오자 20일에야 구조대원 17명을 급파했다. 이 같은 정부의 미온적인 대응은 돈 문제가 도사리고 있는데 99년 해외 긴급구조자금은 200만 달러에 불과하다.

99년 우리 나라가 책정한 국제개발원조자금(ODA)은 1억8,000만 달러(참고로 터키는 한국전쟁 때 14,000여 명이 참전 3,600여 명이 목숨을 잃거나 부상당했다).

*원래 벼멸구는 추위에 약해 우리 나라에 존재하지 않는다. 다만 매년 베트남지역에서 부화한 벼멸구는 중국을 거쳐 6~9월에 한반도에 도착하게 되는데 중국 광동성이나 푸젠성에서 Z기류를 타고 36시간만에 한반도에 도달한다.

*안동大경영학과 지호준 교수가 최근 발표한 '주식채권 부산 시장 경기순환관계'라는 논문에 따르면 부동산 시장은 실물경기보다 1년 정도 늦게 움직인다. 이에 반해 주가는 실물경기 보다 9개월 정도 앞선다. 이러한 근거를 토대로 주가상승 18개월 후 집 값이 오른다는 공식이 성립된다고 한다.

*참여연대는 정주영 명예회장 일가도 현대전자 주가 조작에 관여했을 가능성을 제시했으며 시세차익을 여러 가지 정황으로 미루어 3,600억여 원으로 추정했다.

*진형구 전 대검공안부장 조폐공사 파업유도사건의 수사를

맡았던 특별수사본부소속 검사 12명은 99년 9월 6일 조선일보
사와 조선일보 정중헌 논설위원을 상대로 36억 원의 손해배상
청구소송을 서울지법에 냈다. 그리고 2000년 2월 2일 서울지법
민사 25부는 1억8,000만 원을 배상하라고 판결했다.

*99년 9월 대검은 검찰총장 주재로 전국 특수부장 회의를 열
어 정치인 고위공직자 등에 대한 본격적인 사정활동을 위한 '반
부패특별수사부'(가칭)를 구성키로 했는데 전국 13개 지검 및 5
개 재경지청 등 합하여 18곳에 반부패특별수사부를 설치한다.

*제7차 아태경제협력체(APEC) 정상회의는 현재현 동양그룹
회장, 유상부, 포항제철 회장, 조석래 효성그룹회장, 정몽규 현대
산업개발회장 등 18명이 동반한다.

*99년 8월말 현재 국내 체류 중인 외국인은 36만8,212명이고
이중 32.4%인 12만여 명이 비자기한을 넘겨 불법체류하고 있는
것으로 조사됐다고 법무부 출입관리국이 밝혔다.

*1899년 9월 18일은 철도가 개통되었던 날이다.
한국철도는 대륙침략의 수단으로 경제개발의 견인차로 변신했
는데 100년이 지난 오늘날 철도원 종사자 수는 35,000여명에 이른
다. 말도 많고 탈도 많은 경부고속철에 투입되는 고속열차는
18,000마력(이는 중형자동차 180대가 동시에 끄는 힘과 같다)의 초
강력 엔진과 12대의 견인모터를 장착하고 있다. 경부고속철도 사

업에는 총 18조 원이 소요될 예정임.

*5大그룹의 계열사주 보유액은 1조8,000억 원 수준.

1999년4월 현재 5大그룹이 계열금융기관을 통해 보유하고 있는 계열기업 주식이 장부가(취득가)기준으로 1조 8,000억 원에 해당된다고 공정거래위원회가 밝혔다.

*새만금 종합개발사업은 전북 부안군 변산면 대항리와 군산시 비응도를 잇는 33km의 방조제를 쌓아 1억2,000만평의 땅을 조성하는 사업으로 91년부터 99년 현재까지 18km의 방조제가 축조됐다. 그러나 시화호의 전철을 밟은 우려가 있어 이러지도 저러지도 못하고 공사가 잠정 중단되고 공사백지화 등 모든 대책을 강구하고 있다. 지금껏 사용된 전체 골재는 1,800만㎥

*1999년 10월 정부는 지난 91년 러시아에 빌려줬다 아직 받지 못한 경협차관 17억5,000만 달러를 향후 15~16년에 걸쳐 원자재와 방산 물자 등 현물로 분할 상환 받기로 잠정 합의했다. 3억5,000만 달러는 이미 원자재 등으로 상환 받은 것으로 알려지고 있다.

*99년 동티모르 전투병 파병으로 논란이 심하다.

그것은 베트남전 파병 후 35년만의 전투병 파병이고 장갑차 17대 임무수행 중 사망하면 1달 월급의 36배를 국가에서 지급한다.

*말도 많았고 탈도 많았던 영화 '거짓말'은 제작비가 18억 원

이 소요되었다.

*대한불교 조계종 제30대 총무원장에 학교법인 동국학원 이사장 서정대 (徐正大:18획) 스님이 당선됐다. 그러나 정화개혁회의측은 절차상 문제를 무효라고 주장하고 있어 조계종의 분쟁은 사그라질 줄 모르고 있다.

*올해 쌀 수확량 3,655만 섬(99년 현재 국내 연간 소요량 3,500만 섬)

*경기 광명시 거주 유권자 36만 명(35만9천 명)의 이름과 주민등록번호, 주소 등 개인정보가 수록된 선거인 명부가 시중에 유출돼 불법 거래된 사실이 11월 9일 드러났다.

*여당에서 야당으로 입장이 바뀐 한나라당은 후원금마저 현재 여당인 국민회의에 비해 초라할 정도로 모금액이 저조한데 (지난해 3억 원. 국민회의 294억 원), 11월 18일 중앙당 후원회에 18억 원이 모금되었다.

*1999년 3월 30일 구로 시흥 안양의 국회의원 및 시장 재 보선 투표에서 투표율은 36.2%에 그쳤다.

*1981년 4월 발족한 대검중앙수사부는 18년간 각종 굵직한 사건들을 맡아 처리하다 검찰총장 직속 독립기구로 신설될 "공직비리조사처"(가칭)에 그 기능과 역할을 넘기게 된다. 역대 대검 중수부장은 17명.

＊새로 건설될 동강댐이 이에 관련하여 동강이 예정대로 건설되면 3개군 17개 리가 잠긴다고 한다.

환경단체와 건설교통부가 첨예하게 대립되어 있는데 동강에는 72종의 조류가 살고 있고 36종의 담수어가 살고 있는데 그 중 18종은 한국에서만 볼 수 있는 고유어종이다.

수도권 1,800만 주민들은 동강댐이 건설되더라도 누수율 17%에 이르는 현 상수도시설로는 물 부족 사태는 해결될 수 없다고 한다.

수자원공사는 동강댐이 건설되면 3억6,7000㎥의 용수를 공급하고 2억㎥의 홍수조절 용량으로 건설할 계획이다.

2000년 6월 동강댐 건설계획은 백지화되었다. 10여년간 재산권 행사를 못한 수몰예정지역 주민 1,800여 명은 정부에 보상을 촉구했다.

＊한일어업협정으로 2만 5천명의 선원이 실직. 이들은 6개월간 노임 등 3,570억 원의 손해배상을 정부에 청구할 방침이라고 밝혔다.

＊서해교전

1999년 6월15일 벌어진 서해상 교전에서 북한군 17명 정도가 사망된 것으로 추정되고 북측 피해액은 180억 원에 달할 것으로 보인다. 6월 16일 미국은 한반도에 대한 전력증강 계획을 발표했는데 이 날 발표된 계획에 따르면,

순양함 빈센스호는 길이 171m, 최고시속 72㎞.

항공모함 컨스텔레이션호는 FA18 36대를 탑재한다.

*1999년 8월 15일 광복절 특별사면 조치로 1742명이 석방되었다.

*1999년 1월 2일 민주노총은 북한의 조선직업총동맹에 "통일염원 남북노농자 축구대회"를 공식 제안해 북측으로부터 "겨레의 통일의지와 열기를 한층 높이는 좋은 계기가 될 것"이라고 반겨 분단 이후 첫 남북노동자 축구대회가 열렸다(8월 12~13일). 남한대표는 이갑용 민주노총 위원장을 포함하여 36명이다.

*로버트 버드 미국 민주당 상원의원은(7선) 99년 5월 7일 교통사고를 내 30달러(36,000원)의 벌금을 물었는데 면책특권이 있는데도 스스로 벌금을 물었다. 그가 낸 교통사고란 한국인의 차량을 들이받은 사고였다.

*99년 1월 현재 한미미사일 개발 제한규정은 사거리 180km이다.
*북한 경수로 한국분담금은 1달러 당 1,100원의 환율을 계산해 모두 3조 5420억 원을 원화로 제공키로 장선섭 경수로 사업지원 기획단장과 데사이 엔더슨 KEDO 사무총장이 정부종합청사에서 99년 7월 2일 합의, 협정 서명했다.

*금속가구 업체들이 해외시장 공략에 나서는데 99년 수출목표를 1억 8,000만 달러로 책정했고 3월 싱가포르 전시회에 국내금속가구업체들은 단체로 참가 180만 달러 어치를 전시장에서

직접 주문 받았다.

＊99년 6월 16일 오전9시경 서울시의 사무자동화시스템 주전산기 하드디스크가 고장나 서울시청 전자결재 시스템이 18시간 중단됐다.

＊99년 B-WLL(광대역 무선가입자망) 출연금이 논란이 되었다. 정통부는 이에 상한액 365억 원, 하한액 182억 원으로 확정했다.

＊전화와 팩스를 통해 담보나 보증 없이 당일에 돈을 꾸어주는 사채회사가 첫 등장했다. 단 대출금리는 최고 연 36%에 달한다.

＊통일교의 문선명 목사는 99년 2월 3억6천만 쌍 국제합동 축복식을 가졌고, 95년 1월 8일에는 통일교 전국 대의원 총회를 가져 3,600명이 참석했다.

＊1999년 8월 한국은행은 환매조건부채권(RP) 매입을 통해 은행권에 1조 8,000억 원의 자금을 은행에 지원했다. 이 돈은 증권 및 투신사에 환매 자금으로 공급된다.

＊벌금 내지 못한 생계형 범죄자 7,200여 명 석방.

＊경제정의실천시민연합은 국회 경제청문회가 끝나는 대로(2월 말) 김 전대통령을 포함 지난 정권 경제정책책임자 금융기관 및

금융감독관 관계자 등을 상대로 국민 1인당 7,150만원 미래소득 손실 예상액을 보상하라는 위자료 청구 소송을 제기할 방침이라고 밝혔다.

*정부는 통신비밀 보호법 개정으로 긴급 감청은 36시간 내에 법원 허가를 받게끔 했다. 종전은 48시간 이내.

*안기부가 99년 180억 원의 예산을 아껴 국고에 반납한다. 이는 통치 자금성 예산으로 과거 같았으면 대부분 대통령의 통치 자금으로 사용되었을 돈이라고 한다.

*오는 2001년으로 예정된 디지털 TV방송 개시를 앞두고 디지털 TV용 컨텐츠가 국산화되는데 정보통신부는 올해부터 2년 동안 한국전자통신연구원(ETRI)에 모두 36억 원 지원키로 했다.

*서울지검 총무부는 노태우 전대통령의 미집행 추징금 8백86억 원 가운데 법적 다툼이 없는 359억 원을 우선 강제 징수키로 했다. 노태우는 1987년 3金의 오판으로 어부자리를 얻어 36%의 득표율로 대통령에 당선되었고 천문학적 비자금을 조성 징역 17년형을 선고받았다.

*SOC(사회간접자본)민간투자 수익률 18%보장.
정부는 외국인투자유치 전략에서 SOC부문 민자유치 때는 현재의 수익률 13%를 18%로 높여주며 외자를 유치하는 SOC 분야에 금융기관이 대출할 때는 국제결제은행(BIC)기준을 완화할 방침이

라고 밝혔다. 99년 SOC예산 증액은 작년대비 7374억 늘어났다.

*12월 23일 영국 스탠스테드 공항 인근에서 추락한 대한항공 KE8509편 화물기는 18시 36분 경 이륙허가를 받았고 레이더에서 항공기가 사라진 것은 18시 38분 36초였다. 이 사고로 대한항공은 이미지 회복에 치명타를 입게 되었는데 그 해 4월 15일에도 중국 상하이 공항에서 이륙직후 폭발 추락해 9명이 사망하고 36명이 부상했다(이상 현지시각).

*12월 20일 오후1시 29분쯤 대구 북서쪽 약 20㎞ 지점(북위 36.0도 동경 128.4도)에서 리히터 규모 2.5의 지진이 발생했다. 이번 지진은 우리 나라에서 36번째 지진이며 대구지역에서는 처음 발생한 것이다.

같은 날 경기 경찰청은 구리 농수산물시장 상인 등 36명을 단속에 나선 공무원들에게 흉기를 휘두른 혐의로 긴급 체포하였다.

*12월 15일 청와대는 18개 중앙부처에 개혁정책의 이행 상황을 점검하고 공직기강을 확립하기 위해 복무실태를 점검 착수했다.

*세금 징수액 3조5531억 원 초과달성(목표치).

*영화진흥회가 발표한 99년 한국영화 관객점유율은36%.

2000년

*2000년 2월 코스닥 미등록업체인 라이코스코리아가 국내 증시 사상 최고가인 주당 1,800만 원의 가격으로 유상증자 성공

*2월 1일 18시 40분 경 부산 한빛은행 소속 차량에 실려있던 현금 1억8,000만 원과 자기앞 수표 1억 8,000만 원 등 3억 6천5백만 원을 3인조 강도가 강탈했다.

*2000년 1월 26일 병·의원 및 제약업계가 의료시설 건립 및 의료장비구입 명목으로 정부융자금 104억 원을 받아 이 중 36억 원을 다른 용도로 사용하였다.

*2000년 3월
99년 말 이전에 대출 받은 기존 중형 APT(18.1-25.7평) 중도금 대출자들이 물어온 대출금리를 3월 2일부터 1% 내린다. 이에 따라 18만 4,000여명의 금리부담이 덜어지게 되었다.

*200년 1월 18일 서울 여의도 지하공동구에서 화재 발생. 통신대란 발생 화재발생 추정시각 오후 8시 36분.

*2000년 2월 18일 한나라당 총선 공천에서 중진들이 대거탈락 한나라당 의원들은 이를 두고 '2. 18대학살'이라 불렀다.

*2000년 1월 6일 인도네시아 한 항구에 한국 컨테이너선 (18,000t급)에 해상강도가 습격하여 18,000달러와 기관 부속품을 빼앗아갔다.

*2000년 3월 2일부터 이산가족 상봉 지원 금액을 기존 80만 원에서 180만원으로 인상한다.

*2000년 2월 경기 연천군 백학면 구미리 지하 36m지점에 북 측이 내려온 것으로 추정되는 땅굴이 발견. 합참의 발표에 의하 면 자연동굴이라고 한다.

*2월 경제정의 실천 시민연합, 언론개혁 시민연대 등 18개 시 민단체는 정부가 TV 중간광고를 허용하려는 것에 대해 반대 성명을 냈다.
*한빛, 서울은행 등 전국 29개 금융기관 중 18개 금융기관 노 조원 6만여 명이 단일노조로 뭉친 금융산업노동조합이 3월 3일 출범했다.

*3월 7일 일본 부정대출 사건으로 유명한 '이토만'사건에 연 루돼 체포되었던 재일한국인 허영중씨가 도쿄지검 특수부검사 출신 변호사와 짜고 180억 원대의 어음사기를 벌인 혐의로 구 속되었다.

*한강의 환경적 가치는 연간 1조 8,000억 원에 이름(식수이용 6,634억, 여가이용 1조 1.303억). 우리 나라 논의 환경적 가치는

연간 18조 9천억 원에 이름.

*2000년 3월 경기도 파주에서 가축 전염병 '의사구제역 발생' 파주시와 국립수의 과학검역원은 4월 현재 반경 20Km이내 가축 36만 (35만8,000)여 마리에 대해 이동을 통제하고 있음(97년 대만에서 구제역 발생 18만 축산 종사자 실직함).

*2000년 4월 13일 16대 총선 출마자 180여 명(189명)이 금고 이상 전과가 있다. 선거 결과 비례대표를 포함하여 한나라당 133석 민주 115석으로 의석차는 18석. 총선 영향으로 증시가 전 날 보다 36포인트나 하락했다.

*정부는 강원도 산불 지역을 특별재난지역으로 선포할 것이라 한다. 강원도에는 18개의 시·군이 있고 산불이 경북 울진까지 번져 울진 원자력 발전소까지 번질 기세에 있었다. 울진에서는 민·관군 1만여 명이 헬기36대를 동원 불길을 잡았다. 한편 지난 96년 산불 때는 피해농가 신축비로 평당 180만원씩 지원했다.

*4월 서울지검 특수2부는 중국산 장뇌삼 3,600여 뿌리를 도. 소매상에 판매한 혐의로 이모씨를 구속 기소했다.

*2000년 6월 12일 남북정상회담 예정(6×12=72)이라고 4월 10일 서울과 평양에서 동시에 발표 한편 이때까지 남북 협력사업으로 승인된 건수는 금강산 개발사업을 포함하여 18건에 이름.

*6월 22일 전국의과대학교수협회는 16개 의과대학 대표자가 참석한 가운데 서울대병원에서 확대 회장단 회의를 열어 전국 36개 의대 교수들의 집단 사표를 결의했다.

*건교부는 7월 1일부터 그린벨트(개발제한구역) 지역 내 1,800곳을 취락지구로 지정 재산권 행사가 수월해질 것이라 한다.

*삼성 자동차 채권단은 프랑스 르노사에 삼성차를 매각키로 했다. 르노, 채권단, 삼성이 합작 설립하는 삼성, 르노자동차는 자본금 3,600억 원에 자산이 1조 원 이상이다.

*4월 26일 새 천년 처음으로 맞붙은 한일전에서 하석주가 통렬한 18m 중거리 슛을 터뜨려 일본을 꺾었다.

*2000년 3월 수입증가율이 늘어남에 따라 환란 이후 경상수지 흑자가 1억8000만 달러로 월간 최저치에 달했다.

*2000년 5월 1일
현대전자는 올해 반도체 비메모리 분야에 2000억 원을 투자하는 등 전체 반도체 부문에 1조8000억 원을 투자한다고 밝혔다.

*5월 10일 서울 세종로 정부종합청사 후문에서는 납북자 가족들이 집회를 열었다. 그 중에는 1972년 2월 4일 어로작업 중 납북된

안영 36호 선장과 갑판장 가족들이 참석했다.

*5월 18일 남북 회담 실무절차 타결.

*2000년 5월 19일 재산문제로 박태준 총리의 사표가 수리되었다. 국세청이 93년 발표한 박태준 총리의 재산 총액은 360억 원이었다. 14代 대선 후 18개월간 미국과 일본에 외유했다.

*서울 지검 강력부 (부장 문효남 : 文孝男 : 18획) 는 2000년 5월 28일 중국과 태국 등지로부터 마약을 밀수입해 국내에 유통시킨 마약 밀수조직 5개파를 적발했다. 이들은 필로폰 6kg과 해시시 500g(18만 명이 한번씩 투약할 수 있는 분량)을 국내에 들여와 일부를 유통시킨 혐의이다.

*기업개선자금(워크아웃) 대상 가운데 흑자기조로 돌아섰거나 매각을 추진하고 있는 동방금속 등 11개 사가 워크아웃에서 완전 졸업한다. 또 경영호전 추세가 뚜렷한 한창제지 등 18개 사는 주채권은행 자율로 워크아웃을 추진해 사실상 졸업하게 됐다.

*김창준 미국 전연방 하원의원은 한국전50주년을 맞아 미 유타주 비버에 한국전 기념박물관을 건설할 예정이라고 밝혔다. 건축비는 3백20만달러(약36억원)

*오는 7월부터 전용면적 25.7평 이하인 국민주택 규모의 1가구 1주택근로자가 금융기관에 주택을 저당 잡히고 돈을 빌리면, 이자

지급액에 대해 연간 180만 원 한도까지 올해 연말정산에서 소득공제를 받는 등 서민 계층에 대한 세제 혜택이 확대된다.

*6월 5일 16대 국회 개원식에 참석해 연설한 김대중대통령은 의원들로부터 18차례의 박수를 받았다.

*6월 12일 남북정상회담의 참석인원은 총 180명(김대중 대통령 부부 제외 수행원 130명 기자단 50명). 남북정상회담에 맞추어 서울에 온 평양 교예단 공연중 ' 날아다니는 처녀들' 은 높이 18m에서 공연했다.

*미군의 매향리 사격장 문제로 한미관계가 벌어지고 반미감정이 고조되고 있다. 이에 한미 양국은 해안에서 1800m떨어진 농성으로 기총사격장 표적위치를 바꿀 것을 검증중이라 한다.

*한국천문연구원 지구근접천체 연구팀은 5월 보현산 천문대에서 1.8m의 망원경을 이용해 지구에서 36,000㎞ 떨어진 곳에서 소행성(2000K14)을 발견했다.

*7월 5일 한나라당은 현정권 낙하산 인사 주요사례를 공개하고 올해들어서만 정부 산하기관과 공기업 주요 임원에 낙하산 인사가 18명에 이른다고 주장했다.

후 기

    지금껏 왜 2015년에 통일이 되는가를 태극기에 나타난 태극양의와 4괘에 의한 18과 36에 대해 열거했다.

    물론 여러 가지 큰 사건에 18과 36이 연관되지 않는 것이 연관된 것보다 많다. 그러나 한일관계에서나 남북관계에서는 이상하리 만치 들어맞는 것이 많았다고 본다.

    2015년에 통일이 된다고 함부로(?)글을 썼지만 내심으로는 자신도 없고 그 때 통일이 될지도 아무도 모르는 일이다. 그러나 역사의 수레 바퀴는 주기적으로 흐르고 있다.

    보아라, 소 떼가 북으로 가고 이어서 금강산 여행길도 열리게 되었다. 남북정상회담도 열렸다. 성급한 일부의 사람들은 통일이 눈앞에 왔다고 생각한다. 그러나 서둘러서는 안 된다. 통일은 준비되어야 한다. 성급하게 2005년 통일, 2010년 통일은 반대한다. 우리는 지난날 준비되지 않았던 광복, 남의 힘에 의한 빈 광복으로 그 대가를 톡톡히 치렀다. 우리는 일제의 압제보다 더한 분단의 고통과 동족상잔의 비극을 겪은 바 있다.

    독일의 통일은 준비되었고 게르만 민족 스스로 나서서 이룩한 통일도 그 후유증에서 완전히 벗어나질 못했으며 예멘은 내전까지 치렀다.

미·러·중·일 주변 4大 강국의 도움과 협조를 받아야겠지만 그들에게 끌려가서는 안될 것이다. 한민족이 주체가 되어야 하고 그들은 객체가 되어야 한다.

통일은 한두 사람의 역량으로 이루어지는 게 아니다. 7000만 한민족이 더욱 노력해야 한다. 마음의 문부터 열어야 한다. 먼저 동서의 지역감정부터 허물어야 한다. 그것을 간직한 채 남북통일의 발상은 무모하다. 2000여 년 전의 동서간 싸움과 몇몇 정치인들의 농간에 동서의 골이 이렇게 깊은데 불과 50년 전에 많은 피를 흘리고 지금도 상대방에게 총부리를 겨누고 있는 상태에서 통일은 결코 서둘러서는 안 된다. 먼저 동서의 화합을 이루고 평화적인 남북통일을 이루고 나가야 할 것이다. 소 떼가 첫발이라면 금강산 관광은 두 번째 걸음이다.

최초의 남북정상회담 역시 세 번째 걸음에 불과하다. 이제 시작인 것이다. 통일의 소가 북으로 간 18년 후인 2015년 대한민국의 평화적인 통일이 이루어질 거라 확신하면서 이만 맺는다.

끝으로 평범한 시민이 통일에 대한 무한한 열정을 가지고 있구나, 생각하고 매끄럽지 못한 글 솜씨, 자료의 연구 부족 등을 덮어주었으면 싶다. 본문의 내용 중 궁금한 점이 있거나 도움이 될 만한 내용을 보내주시면 더할 나위 없이 고맙겠다.

e - mail : young @ cgroup.co.kr

<참고도서 목록>

삼국사기(김부식 지음) 한길사발행

삼국유사(일연 지음) 하서출판사

사기(사마천 지음) 홍신문화사

고려왕조실록(박영규지음) 도서출판 들녘

역대왕조실록(이강훈 편저) 역사편찬회

조선의 왕(신명호 지음) 가람기획

이야기 조선왕조사(교양국사연구회) 청아출판사

조선왕조사(이성무 지음) 동방미디어

한국사(한길사)

6.25동란사(이강훈 감수) 역사편찬회

역사신문(역사편찬위원회) 사계절

연표 한국현대사(김천영 지음) 한울림

한국사 100장면(박은봉) 가람기획

일본의 역사(민두기 지음) 지식산업사

연표와 사진으로 보는 일본사(박경희 지음) 일빛

대한민국 어떻게 탄생했나(이현희 지음) 대왕사

독도 지리상의 재발견(이진명 지음) 삼일

독도 이야기(정해왕 지음) 글나루

안동하회마을(신영훈 지음) 조선일보사

21세기 4차원 지구문명(황성빈 지음) 태을출판사

숫자꺼리(박영수 지음) 삶과 함께

조선의 점복과 예언(村山智順 지음) 동문선

아! 박정희(김정렴 지음) 중앙MB

해공 신익희 이야기(류석중 외) 민족공동체 연구소

김정일과 수령제 사회주의(스즈기마사유키) 중앙일보사

빨치산에서 수령까지(박종배 지음) 한국일보

내 무덤에 침을 뱉어라(조갑제 지음) 조선일보사

김대중 이야기(최연태 왕수영 지음) 성산

시련은 있어도 실패는 없다(정주영) 현대문화신문사

백범일지(김구 지음) 학민사

인간 김정일 수령 김정일(이찬행 지음) 열린 세상

정감록(이민수 역) 홍신문화사

이름짓는 법(김종기 지음) 고려출판문화공사

단(김정빈 지음) 정신세계사

동주 열국지(최재우 지음) 여강출판사

삼국지(박종화 지음) 어문각

명심보감(이기석 역) 홍신문화사

채근담(이기석 역) 홍신문화사

국운(오재학 지음) 책 만드는 집

7년 기근 7년 대환란(조명래 지음) 작은 책

요재지이(포송령 지음) 포도원

아마겟돈(전민식 지음) 지성문화사

신구약전서(기독교서회 발행)

파스칼 세계대백과사전(동서문화사 발행)

한국민족문화대백과 사전(한국정신문화 연구원 발행)

두산 세계대백과사전(두산 동아 발행)

브리태니커(한국브리태니커 발행)

세계상식백과(리더스 다이제스트 발행)

국사대사전(이홍직편저) 민중서관

학생백과(금성출판사)

21C웅진학습백과(웅진출판)

역사인물사전(신규호) 석필

한국인물사(이강훈 감수) 역사편찬회

80년 5월 광주(이카리 아키라) 한울

20세기 세계와 한국(크로니쿨 발행)

20세기 대 사건들(리더스 다이제스트 발행)

기자의 증언(한국언론인 클럽 발행)

격동 30년(고려원 발행)

북한에 가고 싶다(편집실) 학민사

아! 북조선(김학준 지음) 동아출판사

어! 그래 북한편(이병관 지음) 새로운 사람들

북조선 악마의 조국(박갑동 지음) 서울출판사

이제 모두 통일로 가자(차종환 지음) 나산

통일 그날 이후(이경훈, 이용숙 지음) 길벗

한반도 통일로 가는 길(니콜라스 에버스타트) 한국경제신문사

민족화해와 통일을 위하여(강만길외 26인) 심지

흡수통일 금세기중 가능한가(유종열 지음) 민예사

통일 통일 통일(최봉수 지음) 심학당

인물로 본 통일 에세이(황범주, 윤용민) 지리산

한민족의 예언과 예언자들

2010년	3월 10일	/	1판 1쇄 인쇄
2010년	3월 15일	/	1판 1쇄 발행
2014년	9월 3일	/	2판 1쇄 발행
2016년	5월 10일	/	3판 1쇄 발행
2016년	6월 10일	/	4판 1쇄 발행

지은이 | 박 영 구
펴낸이 | 김 용 성
펴낸곳 | 지성문화사
등 록 | 제5-14호(1976.10.21)
주 소 | 서울 동대문구 신설동 117-8 예일빌딩
전 화 | 02)2236-0654 , 2233-5554
팩 스 | 02)2236-0655 , 2236-2953

가 격   15,000원